举目远眺的同时,
不能忘了自己来自何处,身在何方。

古路之路

陈 果 / 著

天地出版社 | TIANDI PRESS

图书在版编目（CIP）数据

古路之路 / 陈果著. —成都：天地出版社，2020.5
ISBN 978-7-5455-5511-0

Ⅰ. ①古… Ⅱ. ①陈… Ⅲ. ①纪实文学 – 中国 – 当代 Ⅳ. ①I25

中国版本图书馆CIP数据核字（2020）第026492号

GULU ZHI LU

古路之路

出 品 人	杨　政
作　者	陈　果
策　划	漆秋香
责任编辑	孙　晖
封面设计	挺有文化
电脑制作	跨　克
责任印制	刘　元

出版发行	天地出版社 （成都市槐树街2号　邮政编码：610014） （北京市方庄芳群园3区3号　邮政编码：100078）
网　　址	http://www.tiandiph.com
电子邮箱	tianditg@163.com
经　　销	新华文轩出版传媒股份有限公司

印　　刷	北京尚唐印刷包装有限公司
版　　次	2020年5月第1版
印　　次	2020年5月第1次印刷
开　　本	700mm×1000mm　1/16
印　　张	21.5
字　　数	298千字
定　　价	58.00元
书　　号	ISBN 978-7-5455-5511-0

版权所有◆违者必究

咨询电话：（028）87734639（总编室）
购书热线：（010）67693207（营销中心）

本版图书凡印刷、装订错误，可及时向我社营销中心调换

目录

序　章　从中关村出发…………………………………… 001

第一章　以声音命名的村庄……………………………… 023
 1. 古路人都是呷哈家的 ……………………………… 027
 2. 这辈子已经死过四五回 …………………………… 037
 3. 像棒头草那样活着 ………………………………… 047
 4. 背影，远去的背影 ………………………………… 060

第二章　一条路走过的路………………………………… 073
 1. "油茶没吃成，喝口水也不错" …………………… 078
 2. "买路钱"只有十万元 …………………………… 089
 3. 卤水点豆腐 ………………………………………… 101
 4. 路从天上飘过 ……………………………………… 122

第三章　生长与消失……………………………………… 149
 1. 山不转水转 ………………………………………… 153
 2. 古路新生 …………………………………………… 168
 3. 就像一颗流星 ……………………………………… 180

    4. "天边小学"从天边消失……………207

第四章　撸起袖子打一架…………225

    1. 峡谷里的那片灯光………………229

    2. 风生水起………………………241

    3. 骆云莲的三板斧…………………252

    4. 群起而攻之……………………274

第五章　古路村还很年轻…………293

    1. 通而不顺的"句子"………………297

    2. 我想和古路村谈谈………………307

    3. "上集"结束，"下集"开始…………315

后　记　不止是"身入"……………329

序章

从中关村出发

最白的云都汇聚到这里来了吧。天也似乎不好意思,不使出全部的力气去蓝。楼房的"森林"一望无际,显得见惯不惊,该高高,该矮矮,高也高得天经地义,矮也矮得不卑不亢。下班前的阳光温情脉脉,风又是不染纤尘的、明眸皓齿的、带着银杏叶浅显纹路与素淡气息的,不动声色与你撞了个满怀,一闪,又撞一个满怀,非要在人脸上涂下点舒服的颜色不可。似乎是经过了精密计算,眼前情景把情景中人的眉眼高低控制在了一个理想的数值,多一点显得傲慢,少一点便是忸怩。人们匆促或是舒缓地从身前走过,匆促是胸有成竹,舒缓是成竹在胸。车流制造着热闹,而这热闹又有所节制,稳慎但不失激情,流畅而不显放纵。

这是京华应有的模样,中国该有的模样。国庆节的两天前该有的模样。每一天都该有的模样。

如果恰巧有一架无人机在航拍,而且恰巧在我站立的上方眨巴眼睛,或许会给我留下一个镜头:站在中关村大街正当中——当然是天桥正当中位置——我把双手插进裤兜,借以让整个身体进入一种松弛的状态。很长一段时间里,我的视线和街面保持平行,街上车水马龙,给人一个错觉,路也奔流不息,街沿两侧楼宇"唰唰唰唰"往后退让,充满秩序感的脚步声从耳畔"呼呼呼呼"掠过,细细辨析,有家事国事天下事,风声雨声读书声。

有一些风是从我左侧十米开外一道院墙里加入进来的。刚刚过去的五天,在这座与中关村大街一墙之隔的著名学府里,以一个短训班学员的名义，我聆听了一系列高端前沿的讲座，课题涉及国际形势与国家周边安全，涉及中美贸易战，涉及领导理念、领导艺术，涉及中国传统智慧和人文素质提升……专家说，2017年，中国创造国内生产总值八十二万零八百亿元，2020年预计达到九十万亿元。专家说，中国大豆严重依赖进口，2017年国产一千四百万吨，进口九千五百万吨，进口额占全球大豆贸易的百分之六十。专家说，美国个人消费支出占国内生产总值的比例超过百分之七十，中国社会消费品零售额在不断增长的背景下，2017年占国内生产总值的比重为百分之四十四点二八。专家说不明白为什么我们刚取得了一点成绩，有人就开始心浮气躁，忘了自己的斤两，专家教我们如何跑赢M2（M2指广义货币供应量）……讲到如何跑赢M2的专家又说，我们这些老师一般都有两套房，这一带房价大约每平方米十万元，我们得做出应对，多出来的一千来万下一步是继续存在房子上呢，还是抽出来炒股，或者投资其他……

　　这次短训对我是一个不小的冲击。说"不小"还不准确，应该说是"巨大"。小与大通常互为参照，一定条件下可以互相转化。眼下的中国正是如此，作为一个农业大国，改革开放四十年来，有七亿四千万农村贫困人口成功脱贫。即使这个数字已然不小，到2017年，现行标准下，全国仍有农村贫困人口三千零四十六万，贫困县六百七十九个。没有农村的强盛，中国是跛脚的中国；没有乡村振兴，城市机车就失去了前行动力。基于此，基于民生与民心，基于国家形象与历史责任，基于一个民族更高远的志向和目光，2018年1月2日和2018年6月15日，中共中央、国务院先后下发《关于实施乡村振兴战略的意见》和《关于打赢脱贫攻坚战三年行动的指导意见》。不管是文件出台的层级与节奏、内容关涉的广度与深度，还是制度设计的周期之长、配套政策的力度之大、动员参与的力量之强，应该都是前不见古人后不见来者了吧。如果这个判断成立，"三农"工作也就是中国当前重中之重的工作，"三农"问题也就是这个时代大过一切的问题。而这个大到极致的问题在这间教室里又小到了几乎可以忽略不计——那位说到大豆的教授,顿也不打就将话题转移到了她的房产上去,似乎大豆问题本身也不过就是一粒大豆。

——这么说的意思本身不是对大豆教授表达不满,或者对主办方的课程设置提出异议。每一颗子弹消灭一个敌人,扩展到一个短训班也是这样,不可能四面出击,横扫千军。大豆教授要讲的是中美贸易战,短训班要解决的是学员视野问题,学员视野是不是应该与占据了中国陆地最大面积的农村有所重叠,这是另一个问题。就像来中关村之前我刚刚去过一趟四川省雅安市汉源县永利彝族乡古路村也是出发之前题目就已命定。此前不久,我去这个村子采访,写下的一篇小文登在《人民日报》,天地出版社漆秋香女士恰巧看到了,她约我为古路村也是为她所在的出版社写一本书,更近距离、更宽视角、更多维度地打量这个独一无二的村庄。漆女士热情而执着,我不得不作出回应,容我再想一想,再看一看,并利用2018年中秋节又去了一趟古路村。结束对古路村的回访,我径直来到中关村,做了名牌大学的"冒牌学生"。

摘"牌"前一天,站在中关村大街天桥上,双手插进裤兜的我看起来神闲气定,内心却一片凌乱慌张。我羡慕眼前的一切——车有方向,人有方向,楼有方向,云有方向,夕阳西下有方向。而我没有。我不知道该不该接受这个邀约,我不知道自己能不能写下这个村庄——热情、冷静、全景、精微记录下她的光明与幽暗、敞阔与逼仄、欢愉与疼痛、从容与焦虑。

无意识地,也可能是有意识地,我摸出手机,打开收藏夹。也许真是病急乱投医了,我竟然试图借助它的力量抚平情绪——

古路飞歌

来源：2018年9月8日《人民日报》

一条路

第一次下山那年，骆朝珍二十五岁。她想赖着不去，丈夫兰明福眉毛一挑，一根长绳就系在了她的腰身。

一开始路还有个羊肠形状，走着走着，便像斜着刀口斫过，越往前，越显出机锋凌厉。待到隐约能听到大渡河的吼声，山路突然消失，一道断崖，把十几丈高的悚惧抛到她跟前。

兰明福将一根扁担藤塞到她手中，然后对着她的耳朵，扯开嗓子重复了三次："攥紧，别怕，慢慢梭（方言，往下滑之意）！"

扯着青藤荡秋千，这是要把自己打回一只猴子吗？而在一根藤蔓眼里，人根本就连猴子都不如！一阵河风哽咽着从谷底抬起头颅，骆朝珍看见自己的眼泪在风中乱窜。

她明白了丈夫为何要在她腰间系上长绳，也顿悟了丈夫逼她下山的良苦用心——如果有一天他没能从这道危崖上回去，她和他们的孩子，务必与"仇家"握手言和。

几十年过去了，飘在风中的眼泪重新溢满眼眶。骆朝珍说，我一共生了十二个娃，有六个被这道天险挡住生路。

1966年，成昆铁路一线天隧道成功贯通。从幽深山洞里探出头来的一刻，面对从天而降的老乡，铁道兵们脸上的兴奋被一阵寒风吹成了冰凌。既然可以洞穿大山之厚，也就可以征服大山之高！首长一声令下，战士百折不挠，地老天荒的悬崖上，长出十三道铁齿钢牙的"天梯"。

"变形金刚"贴身在危岩上，也耸立在骆云莲陡峭的童年记忆里。

她忘不了第一次从"天梯"降到地面时的如释重负，以及由骆朝珍的讲述传导到双腿的战栗。

火车从山洞里"轰隆隆"开过，古路村人和悬在空中的"一线天桥"被熟悉的寂寞留在原处。骆云莲眼里的时间，似乎是20世纪80年代才又重新长出脚来。

村里先是拉了水管，乡亲们喝水不再跑老远去背；而后架了电杆，手指在开关上一摁，黑暗比猴子见了人躲得还远；2000年的一串"0"个个都是腾空庆祝的气球，县上拨来十万元现金、一吨炸药，村民们拿出吃铁吐火的干劲，硬生生在悬崖上开出一条骡马道。路长一公里，也有人说，相当于一个世纪。

这些都是老支书时常在手心里摊开的骄傲。老支书骆国龙是骆云莲的父亲。2011年，骆云莲挑起了父亲曾挑过的担子，也接过了藏不住的得意：这些年，古路之路一连拐了三道弯，这可是起身投篮前的"三大步"啊——

骡马道最初只修到癞子坪。癞子坪的位置，好比是红军长征路上的老山界，翻雪山过草地，更难更险的考验都在后面。

后来，政府陆续投资三百多万元，不光让骡马道贯穿全村，还硬化了路面，安装了护栏，修建了纳凉亭、观景台。上山下山由此有了"高速路"，来村里观光的游客数迅速增长。

"高铁"的兴建无疑是最为振奋人心的一步。投资两千四百万元的索道跨越七百五十米峡谷，把不通公路的古路村与对面大路朝天的马坪村连为一体。三分钟铁臂摆渡，古路不再是

有着"地质天书"之称的大渡河峡谷。郑汝成/摄

一座孤岛。设备已完成调试,整装待发的橘红色吊箱,正笃定为一个重要节点的到来读秒。

而在村庄内部,连接斑鸠嘴与村委会的机耕道,硬化前的整饬有条不紊地进行。一辆拖拉机在毛路上"突突突突"撒着欢儿,似乎在为即将开场的大戏报幕。

从"世界尽头"到"世外桃源",一条路的前世今生,也是一个时代的高清投影。

一个家

再难有一张脸上的表情能像古路村这样丰富,再难有一部剧情的走向能像古路村这样奇特。这也是为什么我们第一次以村为单位组织集体采访,并破天荒地把主题横幅绑定在两棵核桃树上。

核桃树在骆朝珍家屋旁。骆朝珍十五岁嫁到癞子坪。在她到来前,丈夫已经营造好属于他们的婚房。依山傍岩,房屋省去了一堵墙。头上方是从山体突出的岩石,屋顶可谓"天成之作"。整座山就是一块石头,脚底下自然也是纯天然的全石地面。再将青冈木用扁担藤连缀成合围之势,也就算是向猴子、岩羊、牛马宣示了主权。专属于两个人的世界,除了三块石头半口锅,和外面似乎也没有什么两样。骆朝珍第一次从里向外推开柴扉的那个早上,在一阵风将拢在脑后的头发吹散的同时,茅屋对面核桃树上,一对喜鹊禁不住叫出了声:天啊,他们的床竟然和我们一样,只是乱蓬蓬一堆干草。

这并不值得大惊小怪,至少骆朝珍觉得。癞子坪哪家不是这样,或者哪家不是这样过来的呢?看惯了花开花谢日出日落,难道你还会为一株荞麦在风中折断而落泪?

可这地方还是没法再待下去。大女儿像一个楔子,挤占了屋里仅有的空格。当骆朝珍的肚子又一次慢慢隆起,原本就形同虚设的柴门,更感到深深的无力。

于是有了第二个家,离老屋百米开外。不知多久远之前,也不知因为地震还是别的什么,斜靠高山危岩的逼仄阶梯上,掉下来无数体积、硬度都足以比肩碉堡的石头,远远看去,像是谁生了一头癞子。"癞子"无意中帮了人们大忙——在没有钢筋水泥的年月,白手起家,这是最为可靠的支撑。

一块两米多高的石头被认定为新家身上最硬的一根骨头。巨石坐南朝北,东、西两侧仍是身形魁伟的同类。几块巨石间拿碎石砌成墙垛,北方一面留出门洞,仍用碎石层层码砌到理想的高度。之后,凭借杂木在墙头作了沟通,再在其上覆以茅草,天地四方各得其所,寒来暑往终有所依。

搬进茅屋不到一个月,二女儿呱呱坠地。年轻的夫妇长出一口气,若非动手早,小手小脚都没有搁处。

然而,一把茅草终归承担不起雷霆万钧。雨季到来,屋顶流泻的悲声在大人脸上身上砸起一个个水花。起初还有腾挪余地,当越来越多的"楔子"把地上空隙次第填满,往左腾挤出一声"哎哟",往右挪压出一阵叫唤。

鸟之所以自由,是因为每次掠过天空的轨迹都不相同,人只有冲出惯性轨道,才能改变活着的面目。想到这里,骆朝珍的儿子兰绍林决定将老屋推倒重建。

20世纪的最后一个冬天,兰绍林的建房伟业,"沙"场点兵进入了高潮。当时骡马道还没有开凿,五元一包的水泥,运费差不多要花上十元。水泥再贵也不敢心疼,但是沙子,兰绍林决计就地取材。癞子坪除了疯狂的石头只有草纸般一层薄土,谁见过一粒沙?不是想住砖房想疯了,就一定是被三间茅屋关傻了。也不管人们的议论在饭桌上敲得碗响,兰绍林开始了他无中生有的创举——用炸药将石头掰开,再用竹筛从裂得并不那么甘心的石头缝里抠出微末当沙。

全村第一幢楼房地基上传出的炮声在山谷间激起经久不息的回响。三年后,骡马道从兰绍林家门前逶迤而过。驼铃声声,是对往事深情的抚慰。

我们站立的地方与骆朝珍二女儿降生处只不过几步之遥。石头看起来仍孔武有力,石墙虽佝偻着身子倒也还气息匀称,戳心的茅草却已经不知所踪。我看见八十四岁的骆朝珍从一道残垣上抬起视线,我看见她的眼神忽然变得清亮。

一间店

索道正式开通前,癞子坪是古路人打望世界的前哨。癞子坪身后,有更高的山峰、更险的崖壁,有起伏在重岩叠嶂间的小路,有火苗顶起的油茶香,有"擦尔瓦"包裹下的传说,有一个村庄更隐秘的细节和不同寻常的打开方式。

向上,当然要向上。从癞子坪到斑鸠嘴,骆云莲四十分钟能走的路,我们花了三个小时。"之"字形山路并不显陡,沿途护栏解除了安全警报,一行人中自感体力不足者也通过马帮得到了信心的补给。拖住我们后腿的,是一贯自视见多识广的相机。

路在绝壁上行走,人也就行走在绝壁。绝壁对面竟也还是刀削斧砍的绝壁,咫尺之距,双雄对峙,面容冷漠,目光冷峻,让人俯仰之间直感到血脉偾张,屏住呼吸仍听到心跳剧烈。端在手上的相机于是也成了张开在食指的嗓门，一阵阵发出感叹。

靠山吃山，常识之后，申大哥补充了一句心得：离开花没有蜂蜜甜，没有火哪来油茶香。

在兹言兹，我当然明白，"油茶"是申大哥客栈，"火"则指的是路——至少是，但不止于进山的路。

二组门户斑鸠嘴是骡马道和索道站房的交叉点，与村部驻地三组咕噜岩相隔一点三公里。两个组之间有全村目前仅有的一段机耕道，路面眼下已眉目清晰。除了六组癞子坪，海拔更高的一、四、五组进出物资都要汇聚到这一条路上。说斑鸠嘴是古路村交通枢纽，也算恰如其分。

都说近水楼台先得月，最早从路上尝到甜头的，却偏偏是三组的申大哥。

申大哥叫申绍华，十多年前就开着一间小卖部，给左邻右舍输送香烟瓜子、味精白糖。方便面那时在村里算得奢侈品，采购回来一箱，三个月能卖完就不错了。一天午后，小小店面前走来一个生人，一张口就要了两桶方便面，这张"大单"激动得他找零的手禁不住微微颤抖。人家却冲他露出一口白牙：不找了！申绍华正纳闷呢，对方说，这条路千难万险，这个价天值地值。

申大哥才不是顺着竹竿往上爬的人。他找了钱。但一束光在他的印堂上长久地驻留下来。外来客说，古路风光这样美，民风这样纯，以后游客会把门槛踩断，你最好早作准备。

伸长脖子，申大哥也没有等来繁盛在外来客口中的景象。直到骡马道开通，直到唇齿相依的大渡河峡谷以国家地质公园之名连接起外面世界。

最近几年，申大哥接待站每年盈利不下一二十万。游客都是好吃嘴儿，更有食神级别的，一顿饭吃下来，筷子一放，不干了。这肉香得不像话，凭什么只有你家的锅能煮？有福同享，有肉同香，你家的老腊肉，匀也要匀我一点！就这样，广州、深圳、北京、香港，古路村土货满世界飞。接待站成了货运站，以前运不下山、卖不上价的本地核桃，一年从这里走出去几千斤。

虽是天天忙着数钱，申大哥仍有难言之隐。他家接待的客人全村最多，可家里也只有五间房。索道眼看着就要正式开通，到时候游客还指不定怎么个多法，再这样小打小闹、缩手缩脚，只怕是既坏了游人兴致，又砸了古路招牌。再盖一溜客房的计划他早就有了，连草图也已经请人画了出来，两个儿子响应得却不是那么干脆。

外面世界太大，把孩子心放野了。但他相信，天空再怎么宽广，喜鹊还是要落窝。

罗开茂一句话让申大哥看到了翅膀投在地上的影子。修骡马道那阵，作为乡武装部长，罗开茂在工地上一守一个多月。这期间没洗过澡，牙也没怎么刷，白虱子乐活得在脑门上拱屁股跳起霹雳舞。已调到县上工作的他以扶贫工作组成员身份重返古路，和村民们说：人往高处走，我们村高在地势，更高在生态环境和后发优势。

听说我们来搞文艺扶贫，创作的成果要搞巡展、要出书，装裱好的照片最后还要送给照片上的人，罗开茂两眼放光，先是表扬我们把镜头对准群众，接着又说了无数个谢谢。

看他情真意切的样子，真以为他是土生土长的本地人。

一爿地

阳光晒到大山背面，需要借助时间的脚力。不似申大哥家占着"桥头堡",眼下,掉在三组最尾巴上的申其林一家,吃穿用度只能向地里伸手。

申其林是三组组长。和组里二十一户人家一样,习惯一年一季庄稼,苞谷套种洋芋。申其林十二岁之后的力气,毫无保留地交给了家里八亩多山地。古路是挂在绝壁上的村子,七零八落的地块,多是六七十度的斜坡。每年一两千斤苞谷、一两千斤洋芋,是土地对一家人极尽辛劳的奖赏。

老天爷的脸色从来就不会照顾人们的心情。有一年灌浆时旱魃为虐,苞谷缨须从头到尾没见着一滴雨水,起先吹弹可破的苞谷叶子渐渐干缩成一支支烟卷。收获季成了伤心地,苞谷棒子瘦成了两三寸长,一把能抓起十个八个。

八亩地收了三百斤苞谷还仰仗占了地利——"山高一丈,土冷三尺",只有皮包骨头一层泥的癞子坪,半点不夸张,一亩地只收了三五斤!

地边引过来一根水管,苞谷就不喊渴了。吃不完的苞谷、土豆可以喂鸡养猪,肠壁上渐渐开始有了油气,像四月的山岩上泛出毛茸茸一层绿色。可除了一张嘴,需得人照应的事情还多。其他都可以克服再克服、节约再节约,三个娃娃读书,那可是砸锅卖铁也不敢耽误。

可惜锅只有一口,还是饥的。买书买木子和其他一应开支,还得向地里讨要。一大捆核桃苗种进地里。树子长势快,人的心气跟着往上蹿。眼睁睁等到挂了果,才发现不光产量比预期差着一截,壳还和鸡蛋一样软。丑女难找好婆家,核桃价格低得让人抬不起头来。

申其林打起背包进城打工。真正让两只脚与一爿地订下终身,申其林已四十五岁。这是2015年的春天,县乡农技部门组织农技人员为核桃树高枝换头。负责同志说，嫁接成功后，三年数钱，五年丰产。有村民担心这是换汤不换药的折腾，人家讲，驴拉磨子牛耕田，根本就不是一回事——"手术"过后，除了树身变矮，产量质量都会增高。

组里四百五十亩老树发了四万六千多个新芽，申其林家贡献了两千多个。本来是自愿原则，老申说，再不勇敢就老了。去年收了一千一百斤核桃，今年产量会翻番，估计五年内，还要翻上两番。申其林又在树距稀疏处栽花椒、种重楼，避免所有鸡蛋放一个篮子。

折叠在峡谷里的密码让申其林破译出一个人的命运。没有什么不能改变，而所有改变的原点，是让自己——尤其是自己的思想和行动——不同以往。

一首歌

好个癞子坪，
四方铁围城，
猴子爬不过，
老虎也不行。

上山头一天，夜宿癞子坪。美酒飘香的夜晚，这段陪兰绍林长大的顺口溜，怎么听都是自他喉结滚落的一声叹息。在申大哥接待站，我问这段顺口溜有没有顺着天梯爬上来，申大哥说，来是来过，不过都是老皇历了，现在好多娃儿听都没听过——即使念给他们听，他们也未必当真。话刚说完，内当家手机响了，《春天的故事》，旋律再熟悉不过。

铃声把天宫玉蟾引了出来，为墙上"申大哥接待站"接地气的手写店招做了特效。申大哥说这是一个游客花两个多小时为他一笔一画描上去的，另一个游客还帮他建了"来者是客"的微信群，每天拿着手机，好像也就抓着了商机。端坐在申绍华小院的溶溶月色里，有那么一瞬，我的心却飞进了申其林家的垄亩——终是有些挂怀，种下不久的重楼，究竟会长成什么模样。

下山那天，正赶上电力工人作业，沾光体验了一把索道上的飞翔。在八百米高的兴奋里，马坪村渐渐逼近，一个宽广博大的世界向我们缓缓打开。我问一起蹭索道的一位"阿咪子"，是不是觉得很过瘾很穿越，她反问我道，你觉得呢？后来她的身影就消失在了站房拐角。后来的后来，我听到有甜美的歌声自拐角处飘出：

走不完的山里路，
说不完的家常话，
风尘仆仆来到我们彝人家。
坐一坐火塘边，
转一转小院坝，
握一握乡亲手，
抱一抱乡里娃。
这一条路，它并不遥远，
转过最后一道弯，
就到我的家。
瓦吉瓦，卡莎莎，
大凉山是你遥远的牵挂。
…………

大山大水大峡谷·廖仕林／摄

这歌好听，真是好听。我想，如果要为我们的"古路飞歌"摄影展选一段背景音乐，这首《大凉山上卡莎莎》，也许再适合不过。

细心的读者看得出来，那一次，我是带着欣赏，带着愉悦，带着急切分享的心情离开古路村的。事实也的确如此，作为曾经被遗忘在世界尽头、刚刚用上电灯、至今不通汽车、十年前还人迹罕至的边远山村，在不到十年的时间里，数千万元资金源源不断输入古路，古路村和古路人的环境变迁、命运逆转、梦想起飞，书写了置放在整个时代幕景上也堪称惊艳的传奇。我无法不为这样的大手笔大变革大发展大跨越而感染而激动，我也无法做到心中有歌而笔下无声。然而，这就是古路村吗？这就是古路村情的全部镜像吗？这就是漆女士和她背后的读者进入古路的所有道路了吗？

是，真是的话，我就不会这般纠结，不会左右为难，不会以故作轻松之态掩盖饮冰内热之心了。因而，站在中关村大街的天桥上，对古路村的读屏进入底部，我突然意识到，许多遗落在《古路飞歌》之外的古路细节，有必要被轻轻捡起、细细擦亮、慢慢回放。

我想起大豆教授古井不波的话：以一套房一百平方米算，一不小心，我们也是身家两千万的人了。

我想起村里"最有实力"的申绍华曾对我说：本来想扩大客栈规模，不敢心大，但手指头还是打不伸展。

我想起骆云莲给我提供的数字：古路村2017年人均纯收入为三千九百元。这意味着，就算这个数字里全然没有水分，全村四百三十六人仍要五年间不吃不喝，才能买下教授口中的一套房——还得要房价保持稳定。

我想起一个大国对世界作出的承诺：小康路上，一个都不能少。

站在余晖将尽的天桥上，我想，此刻与我遭逢的，是最中国、最时代的两个"村"了，一个雄踞北方、一个偏处西南，一个闪亮在四通八达的京都、一个困守在崇山峻岭的腹地，一个被高科技和现代文明高高托举、一个在兴家立园的道路上负重前行。完整的中国是这两个"村"的融合体，但眼前的"村"里人流如织，如织人流对于远方的那个村却心安理得地无暇旁顾——而且，这个"村"里的多数人，其实来自另一个"村"。

古路不仅仅是一个村，她的背后站着大半个中国——尽管古路有古路的特殊性，古路之路也有其不可复制性。

我决定去古路村了，从中关村出发。

一个多月后，我看见某著名作家接受采访时说，中国的文学不久会完全转向书写城市，"这是城市化进程的必然"。

我不对他坐在书斋里发表的观点加以置喙，但是因为他的判断，我肯定了自己的决定。我即将进入的是一个微渺的村庄,也是一个广大的中国——对此,我深信不疑。

我相信你——我亲爱的读者——也会相信的。从现在开始,我把我的眼睛借给你,耳朵借给你,把我的两只脚借给你,整个人都借给你。让我带你去古路——

或者,成为你去往古路的替身。

第一章

以声音命名的村庄

很难想象有地方是以声音为之命名的。就像古路村。

别说"古路"不是拟声词。拐个弯呢?

——"啯噜"。

"啯"字在汉源人口里发"咕"音,"啯噜",也就成了"咕噜"。这也就是为什么《清史稿》和《清溪县志》里的"啯噜岩",在《汉源县志》里摇身一变,成了"咕噜岩"。

"咕"字比"啯"字少三个笔画。能少走一步就少走一步吧,何况三步。人们是越来越图省事了。

一块石头从山上掉下去了,"咕噜,咕噜"。

哦,不是一块石头。是一个人,不知怎么就滚下去了,一阵风追着他撵,根本停不下来。消失的速度是那么快,比声音跑得还快。所以你并没有听到几声"咕噜",一个人就不在了。

心上的痛还没有散开,又是一声"咕噜"。

命换了名,这地方就叫"啯噜岩"——后来的"咕噜岩"。

如果声音像植物那样可以分出草本木本,"咕噜"再怎么都说不上是一棵大树。可这个声音还是太锋利了,锋利到可以杀人。

这名字也该改改了,可改个什么名儿才好呢?

"咕噜,咕噜",就叫"古路"吧。都和耳朵混熟了,还不用费脑筋。

——而且,平白无故多出来一条路!

古路古路，自古无路。说有也有，要不祖祖辈辈四十多代人怎么来到这里、怎么生存下来呢？电影《芦笙恋歌》中，澜沧江流域的拉祜族同胞被国民党赶进深山老林，成了"野人"。那个叫扎妥的猎手，他的路好多时候就是一根野山藤。那条路也是古路的路，彝人的路。而且，他们手上的山藤，比《芦笙恋歌》里的还要长——村里人沿着它一直摸到1966年……

我是来听老书记讲故事的，在他长河坝的家里。老书记正襟危坐，手里直直地竖起一沓稿纸。他说他讲的不是故事，是历史——故事有时候靠不住，历史才是真金不怕火炼。

生于1949年的骆国龙是村里同龄人中鲜有的识文断字者，加上他能把古路的前世今生说出个鼻子耳朵眼，乘以村里第一条真正可以叫路的路是在他担任村支书时打通的，村里人看他时，就有了一点把目光往高里抬的自觉和不自觉。

到底是当了十年村主任、十六年村支书，骆国龙拿着稿子给我讲历史，一点不觉得别扭。他的语速慢下来了，落在字上的力量重了。他的目光时而切近，时而遥远，仿佛有一个线头，牵连着时间的飞羽。他的脸变得红润起来，胶原蛋白也仿佛在刹那间得到强有力的补充，让我不由感慨：历史，不仅在复活的一刻发出声音，而且被追寻的目光渐次赋形……

1. 古路人都是呷哈家的

若干年后，当他被提起，庄重而虔诚，他的名字便替他站了起来，高高地站了起来。他和他的后辈又一次重逢，虽然他们之间实际相隔的距离，已经说不清究竟是三百年，还是四百年。

他是呷哈。一个其貌不详其事不详其迁徙流转生息繁衍通通无以详说但又确切存在，并以血脉的延递让自己活到今天而且仍将香火薪传的人。

"我们都是呷哈家的人。整个村子的人都是，现在差不多也还是。"骆国龙口中的"呷哈"发音与从他口中钻出来的其他词语明显不同，像我打出的一行字有两个被加粗按钮涂深了颜色。"呷哈"是彝人，骆国龙自然也是彝人。彝语发音是"阿哈"，音译过来，成了"呷哈"。

呷哈这个人，我曾在四川科技出版社1994年版《汉源县志》上见过一面。他在118页现身，与他一起出现的，是影响深广的"咕噜岩事件"。这是迄今能够找到的关于"呷哈"的仅有的文字记录：

> 清嘉庆十九年（1814年）四月，清溪县松坪土司管辖的呷哈支彝民于咕噜岩（今永利乡古路村）掀起反抗官府的斗争，附近彝民纷纷响应，锋芒所向，直趋峨边厅署，震动了黎、巂、嘉诸州。厅署通判杨国栋一面向上司告急求援，一面督促剿办。各路官军蜂拥而至，分路进剿：归化千总李照纠集乡勇五百名，由大

岩脑、大沙坝、倒流子一带堵截渡江要道；把总王开芳率领峨左乡勇及招安降彝数百人，由茶坪、大梁、野猪塘、大坪山、箩筐岩、蒲梯岗、白熊岩、癞子坪进剿，抄袭咕噜岩之左；阜右都司马永魁、建昌千总杨明魁、阜右把总何斯聪等率兵一千余名，由莫朵、万家石推进，抄袭咕噜岩之右；峨边游击唐文淑、黎雅游击马镇雄、冕山都司张必禄等率官兵三千余名，由寿屏山、蓑衣岭、苦慈林、马鞍山中路进军。三路官兵遥相呼应，包抄兜剿，搜索前进。是年阴历五月初五，官兵攻破咕噜岩彝寨，杀彝民数百人，活捉彝人头目及鱼子、及鱼宝、山日三宝、水宝、母及和牛角一百余人，经峨眉县审讯后处死。

事件之后，州府经过会勘地势，将清溪县松坪土司管辖的岩窝沟以东之二十六地（包括今金口河区的金口河、建设、永平、共安、共茨、永胜、太平及峨边县的宜坪、杨村等乡）划归峨边厅署管辖，每年认纳粮银四十四两四钱八分五厘二毫。二十六地彝民被改为二十个汉姓。四川布政使以松坪土官马岭氏对部众管束不力为由，追缴其印信，土千户一职由土舍马贵元承袭。

与这段史料相比，骆国龙关于呷哈、关于咕噜岩的描摹显得还要粗线条一些。他没有从县志里见过他的先祖，但他对于呷哈其人似乎又是那么熟稔、亲切，就像这个人昨天还用青筋纵横的手为他倒过一杯热气腾腾的油茶。

骆国龙告诉我，祖祖辈辈传下来一句话，古路村的彝人都是呷哈之后，是打断骨头连着筋的一家人。很久很久以前，山下很广大的地区居住着大量彝人。后来打仗，兵连祸结，家族内部又是四分五裂。呷哈不想成为官军刀下鬼，也不愿蹚冤冤相报这摊浑水，这才拖儿带母，远走高飞，来到这隔世之地。

事情真是这样的吗？我在史书与方志间辗转跋涉，试图为骆国龙的说法找到依靠，或者至少是一点支撑。

嘉庆己未刘传经纂辑的《清溪县志》卷二《人民类》载："汉初，苲侯叛国，除诸夷民，散居岩穴间，不相统属，时出为乱。据土司自称：后汉诸葛平南后，以马岱镇之。"

同一版本的《清溪县志·户口志》又载："邑虽自汉入版籍，然汉夷杂处。故当时两部有治汉、治夷之官。而六朝直名之为獠郡……所谓上下七枝，皆在境内。国初，黎州以七姓子弟破献贼，居功至伟。继以张吴余党先后蹂躏，沈黎之遗民几尽矣……"

熟悉汉源历史的人知道，斯地古名笮都，西汉元鼎六年（前111年）始置沈黎郡，天汉四年（前97年）为旄牛县，北周为黎州，隋仁寿四年（604年）称汉源县，清雍正七年（1729年）"改土归流"定名清溪县。1914年复称汉源县至今。联系上文，也就知道，早在西汉时期，今天的汉源，昔日之笮都，作为"南控夷獠，西拒吐蕃"的经边要地，最常见的是烽烟四起，最常态的是民不聊生。

连天战火漫卷到明清时期，不仅没有式微的迹象，反而因权力争夺和统治者与被统治者间的势不两立愈加炽烈。汉源人黄洪安编著的《汉源县军事志》载，1589—1949年新中国成立前，发生在汉源的主要战事有九次，其中三次直接或间接与咕噜岩有所关涉，实录于下：

兴兵攻城夺印事件

明万历十七年（1589年），第八代安抚司马祥死后，无子承袭，马妻瞿氏遂掌司印。瞿受通把朱九洲等人怂恿，将本族弟子瞿一枝安插司内视事，欲"以瞿易马"，取安抚司职而代之。马祥族侄马应龙眼看土司职权旁落他人，马氏宗祠顿改异姓，遂赴成都抚院陈情。抚院"坐视不理，任其拘衅成仇"。马应龙久盼无望，便率下七枝彝人攻打清溪城，欲以武力夺取印信。瞿氏调动上七枝彝人反击马应龙。几经争夺，夺印事件成了拉锯战。直至农事荒废，明朝廷这才下令作壁上观的汉族七姓首领援马反瞿。眼见两败俱伤，下七枝彝人请愿"改土归流"。万历二十五年（1597年），朝廷降旨：追回黎州安抚司印信，遣瞿氏于荥经黑马溪，划上七枝彝人归大渡河千户所，降黎州安抚司为土千户，由马应龙嗣位。历时八年的"兴兵攻城夺印"事件至此方告结束。

宰骡河事件

明万历四十一年（1613年）秋四川都督刘铤（作者注：《清溪县志》记为刘綎）率兵征剿大渡河南岸少数民族，同参政王之机等分兵数路，刘自己住黎州居中节制。数月之间，经过大小五十余战，将少数民族集中居住的桐槽、洗马姑、沈渣、阿都、厦卜等村寨焚毁，屠杀各族民众三千三百余人。刘铤入黎之初，"知夷性嗜酒，酿于近夷诸市，不取值，夷次传语，以期至，掩而擒之。夷势渐衰，遂破之……"黎州地方官将刘铤这一诱杀行为誉为"因时策变，计出万全"，是"继丞相之天威，扫南人之复尔"，"与武侯异事而同功"，为其三修"刘将军庙"，撰文赞颂，勒石以记。

杨芳平"叛"

清道光十二年（1832年）冬月，白岩河（今万工乡）万民安等人房屋起火，认为是彝人衣基麻寿纵火，将其捉拿送官。县令郑金榜不问青红皂白，严刑责罚，致其死于杖下。其子沙哈则求诸土司头人，松坪土千户马林和族弟马龙同黎州副土百户罗木则等因与官府早有过节儿，密谋发难，歃血为盟。县衙虽早得到消息，因认定水桶沟人马龙"水桶中龙，成不了气候"，大意轻敌，未加防备。年末，彝民从皇木、马烈冲杀下来，一路纵火烧房，驱赶汉人。大渡河南岸彝人闻风响应，富林、万工、片马、桂贤、麻家山一带烟火冲天，昼夜不灭。大树堡汉民黄大五以雄健勇为著称，此时也以一身反骨，与两土司遥相呼应。清溪县署一筹莫展，频频以"番猓俱反"，向上请兵告急。

四川提督桂涵、布政使花杰昼夜兼程，弹压清溪。孰料先是守备杨彪殒命，后是桂涵战死鬼皮罗（今桂贤乡境内）。眼见情势危急，次年二月，清廷从甘肃调果勇侯杨芳紧急驰援，先是攻取沙坪彝堡（今万里乡境内），杀彝民三百余人，继而攻打水桶沟，击杀彝民二百余人。北岸略平，杨芳纵兵大渡河，分化附从马氏的曲曲乌诸部，促使反戈。内外夹击下，黄大五寡不敌众，落入敌手。马龙折兵损将，潜奔邛部，次月被岭土司擒获。

四月初，马林、马龙、黄木则、黄大五等人犯被押解成都，凌迟处死，黎州土司马奇英因在事件中明观望暗附和，被发配至新疆充军，三土司所辖彝民，俱令"改土归流"，"猓夷改装者，他徙者，县境内无复夷匪踪迹"。

…………

《宰骡河事件》结尾处，《汉源县志》字里行间，无不充斥着对战争机器的控诉和对"猡（彝族旧称）夷"的同情："是役官军征黎者，号称'万兵三帅'，如驱虎狼于羊群，凡彝寨堡子，经兵之道尸体横陈，狼烟遍野，各处犬食人肉，目不忍睹，后于汉源五谷寺挖万人坑，收埋尸骸。至夏，粮价陡涨，斗米千钱，穷人惟以糠菜度日。"

战火终归是点燃了，一次连着一次。前有古人"兴兵夺城"，后有来者如杨芳平"叛"，即使极力为之、力不从心的呷哈，最终没有守住安居乐业的夙心往志。史料记载，嘉庆十九年（1814年）和道光十三年（1833年），汉源县境内彝民在统治者残杀下人口大减，刀下留命者，多数改名换姓。岩窝沟以东（今永利乡境）的呷哈支彝民被官府改为象征太平盛世的十二个字的汉姓：边疆永靖、共乐升平、联茂安康。

呷哈是不是在某一次兵荒马乱之时，借着硝烟与夜幕的掩护，扶老携幼去了咕噜岩，留下一段不是传说的传奇？这样的揣度不能说一点都不靠谱。尽管历史从来不是靠推理和想象可以复位，结合《史记·西南夷列传》中关于"自嶲以东北，君长以什数，徙、筰都最大；自筰以东北，君长以什数，冉駹最大。其俗或土著，或移徙，在蜀之西。自冉駹以东北，君长以什数，白马最大，皆氐类也。此皆巴蜀西南外蛮夷也"的记载，从故纸堆中钻出来的我们，依然可以得出如下推论：

一、"山下很广大的地区以前居住着大量彝人"，骆国龙所言非虚；

二、来到咕噜岩以前，以及后来很长一段时间，古路人的生活并不太平；

三、如今的古路彝人姓氏为清廷所"赐"。进一步说，不管今天有多少枝叶开散，古路人的根，都是那个叫呷哈的人的血脉延伸。至于"疆"成了"姜"，"乐"写作"骆"，"靖"读成"庆"，我想这并非笔或耳朵的误会，而是皇家意志同百家姓的对话与和解。

说到这里不免要回到"咕噜岩事件"。正是那次事件让骆国龙成了骆国龙，而非沙马国龙、吉狄国龙或是其他国龙。

清军攻陷咕噜岩，别说呷哈没想到，就连今天的骆国龙也想不通。外人眼中，去往咕噜岩，只有独路可走。那条路一夫当关万夫莫开。那条路由野葡萄、八月瓜的茎蔓或是金刚藤连接而成。那条路从一线天垂直飞升翻天云，从翻天云到癞子坪，经过短暂停顿，再从万丈绝壁扶摇直上咕噜岩。其实，呷哈时代，老人们的皱纹间隐藏着一个巨大秘密：在咕噜岩的东北方向，沿着老昌沟绝壁边缘，有一条宽不盈尺的荒阡野径。经过两三公里历险，小道缓缓沉入谷底，再从一个叫"流星岩"的地方，凭借山藤与岩窝辅助，沿着与去路同样的野径荒阡迂回到咕噜岩对面的放马坪，进而过马坪、越莫朵、出皇木，最终接通富林、抵达清溪。这条路，老人们轻易不会去走——从咕噜岩到放马坪，直线距离只有七八百米，弯弯绕绕走过去，再快也要四五个小时，而且险象环生，未必人人都能吉星高照，全身而回。路途迢遥险峻却还不是这条路上少有人走的根由，刚才说过，这是一个秘密。如果一个秘密事关生死，如果把选择交给理智，对于它的看守，再高的成本也值得付出。

然而，从来没有一个秘密的瓶子能够拧得滴水不漏。如此看来，那件至今让骆国龙耿耿于怀的事情的发生，似乎也就不可避免。

"铜倒（方言，铸造之意）的咕噜岩，铁打的石圈子，打不进的曲曲鸟。"在汉源一带，从时间远处漂游而来的一句话常常为上了年纪的人们津津乐道。石圈子和曲曲鸟都是至今在史籍里闪着寒光的地名，和咕噜岩一样，它们都是彝人的窠巢，都是清廷不拔不快的眼中钉肉中刺，都和咕噜岩一样高悬九天、易守难攻。虽说是"三千越甲可吞吴"，清军不是越甲，斯地亦非吴国，中军帐里的这一声嗟叹，这才掷地有声，力透纸背，演化成了当地人至今时时挂在嘴角的得意。可是人们不要忘了，"三千越甲可吞吴"终归不是一个传说，更不是一句玩笑。当封建王朝的战车上足了发条，再坚固的城池也难免土崩瓦解。

决心已经下足，大军已经压境，目标已经锁牢，后路已经切断，摆在清军面前的唯一问题是：路线图如何确定？

史书里已经很难找到有关于此的精微记录，在曾任四川总督、后任清史馆总裁的赵尔巽主编的《清史稿》中，也只在诠叙四川邻水人、清将包相卿时留下一点蛛丝马迹："十三年，调征台湾。会峨边越嶲倮夷叛，命回川从提督杨芳赴剿，攻克唝嚕崖。夷踞曲曲鸟乌斯坡，相卿梯绝壁，牵挽负炮而上，破之。"

这段惜字如金的史料，第一句讲的是包相卿回川的时间与出发地，略过不表。第二句把"攻克唝嚕崖"的杨芳推到前台，算是帮今人搞清楚了，这笔账该记到谁的头上。第三句才是讲战略战术路线图的，可惜是蜻蜓点水，笼而统之。好在还有口口相传，还有钻进少年骆国龙耳朵里的零星碎片，可以勉强拼接起血色往事的漫漶画面。

咕噜岩一位老人去莫朵吃酒席，因为动身迟，图近便，取道流星岩。刚到莫朵，遇到官兵巡查，他本想躲一躲，却弄巧成拙，露了破绽。官兵给他敬酒吃，拿出一锭银子，这一刻，他的嘴城门把得很严。多余的过渡都没有，罚酒来了，明晃晃的大刀在他脖子上方做出了俯冲的架势。大刀一晃，人头落地，这是必然的结局。这一点，那个人是再清楚不过了，正因如此，他的舌头蓦地软了下来，也是没有一点过渡。得来全不费工夫，一条隐秘小路豁然暴露在官兵面前。那个人回来后的第四天，咕噜岩的天突然暗了，官兵冲进寨子，一口气砍下两三百个人头……

讲述这段历史时，骆国龙明显有些激动，他坐直了先前靠在椅背上的身子，两只手有力地比画着，像是想把时间远处的清兵拍到岩下，又像是恨铁不成钢想把那个人拉到眼前当面对质。而那个人毕竟是不在了，不仅人不在了，连名字也没有留下。

说到底，咕噜岩的后人还是放过了出卖咕噜岩秘密、出卖咕噜岩几百条人命的那个人。也许是他们在推人及己时触发了恻隐之心，也许那个人后来也成了刀下冤魂，让人们愤恨的刀枪失去了靶标，也许时间的洪水确实有着席卷一切的伟力，又也许人世间原本就应该原谅一切而不是没完没了地冤冤相报……总之，历史发生了，而构成历史的人，已经同历史一起灰飞烟灭。

不说"那个人"了，就连杨芳其人，也已经被古路人有意无意间遗忘。骆国龙口中，杨芳从来就没有现身过哪怕一次。他口口声声提起的血洗咕噜岩的清军将领，名字叫杨侯银。

杨侯银何许人也？我能找到的史籍里并没有留下他的蛛丝马迹，倒是在汉源县政协编印的《汉源县文史资料》第七辑里，邑人孙中大在《腥风血雨古路村》中提到，2006年8月，他在古路村走访，时年七十岁的当地村民申国能说起过"杨后裔造反"的事。

"杨侯银"和"杨后裔"在当地人发音里非常接近，"杨侯银"会不会是"杨后裔"之误？不能说这就一定是牵强附会。可"'杨后裔'造反"之说显然又经不起推敲——"'杨后裔'镇压造反"才是更为接近真相的可能。

在古路村，"杨侯银"这样扑朔迷离的公案并非孤例。譬如，杨芳和包相卿的面容有没有被流星岩的某一块岩石记住？譬如，面对突如其来的侵入者，起先还高枕无忧的人们是否经过了一番鱼死网破的抵抗？又譬如，与骆国龙从老人口中听来的完全一致，史料里清晰无误地记录着呷哈后人被改为"边疆永靖、共乐升平、联茂安康"十二个汉姓（据骆国龙所言，加上呷哈之妻蔡氏，古路村最早有十三汉姓），可现今古路村的户口簿上，能够与之完全对应的只有"边"这一姓，加上由疆、靖、乐、升演绎而来的姜、庆、骆、申，一共也只五姓，呷哈的其他后裔去了哪里？

厘清这一切，超出了我，也超出了骆国龙、超出了当地人的能力半径。但这又有什么关系呢？正因有谜团未见谜底、悬念悬而未结，时间才在每一个被擦拭的过程里发出光亮。

好在，古路人都是呷哈家的，我们已经知道，骆国龙没有忘记。

2. 这辈子已经死过四五回

记忆是有骨气的。

除了呼哈的传说,除了不堪回首的血色往事,从老人们手中接过来的时间碎片,骆国龙并不舍得洒落一星一点。他说:老人们讲,我们的祖先初来这里,住的是岩洞。后来的很多年,包括我爷爷那一辈,仍然住岩洞或者草棚。那时地里只产荞子,连刀耕火种都说不上——连锄头也是木制。肉食全靠打猎,全拜山神所赐。捉到野物不用刀杀也不拿开水烫毛,直接用石头棍棒伺候,打死后连皮带毛放火上烧烤。有时也把皮剥下来,在皮的边缘开几个孔,吊在火塘上方烧水煮肉,一口"锅"可以用七八天。不管"解决"野鸡还是家禽,刀也派不上用场,一手抓着鸡头一手抓着鸡身,往反方向一扭,搞定。到了天黑,晒干的脚基草往地上一铺,火塘边的空地就成了床。盖的也没有,后背烤热烤前胸,前胸烤热烤后背,像如今夜市上的烧烤……国民党统治时期同样昏天黑地,又派粮又派款的,连吃口饱饭都只有在睡梦里才能实现。后来就解放了,但当时国家穷,生活的方向一时没调过头来。接着是土地改革,贫苦人家有盼头了,后来办合作社、"大跃进",接着三年困难时期,然后是"文化大革命"……1978年改革开放,说起来是一场好雨,可古路山高地薄,地薄不藏水,日子也没见好过到哪里去……

说着说着,自己过过的日子就从古路村的薄土里被刨了出来。就像一个人从黑屋子里走到阳光下,脚步会因了光线变化带来的不适而变得迟疑,骆国龙突然收起话头,定定地望着我,好像他要说的话玩了挪移大法，藏到了我的身后。过了好一阵他才梦呓般缓缓说道：实际上，我这辈子，已经死过四五回了！

不知该用诧异、难过还是惊骇来形容这一句话撞击在耳膜时我的感受，但我知道，骆国龙活过来了，从往事中活过来了。我面前的这个老人，成了一个容器，一只酒缸。过去几十年的光阴像酒一样酿储其中，现在，是该一碗一碗舀出来了。

再高的浪头也要落下，再犟的马也要被缰绳套牢，再烈的酒也会在时间的劝解下变得柔软、温和。

骆国龙出生于1949年8月27日。很多人的生活都是从五六岁开始展开，在那之前，都是活在大人记忆里，自己的影子连一张都找不齐整。骆国龙人生的开场白因此很是有些与众不同——一个人的一生，竟然可以从一场死亡开始。

事情说起来也简单。山上野兽多，都是些好逸恶劳的主。苞谷刚刚灌浆，还是一泡水的时候，猴子就坐不住了，成群结队窜进地里，掰一个啃一口扔一个，再掰一个啃一口扔一个，一副暴发户做派。这是在碗里夺食呀，而且是暴殄天物，种地的当然大光其火。光生气不顶用，得派人到地里去撵。六岁出头的骆国龙就是这样被撵出家门的。一起被撵下地的还有姐姐和弟弟。别看人小，到底也是三人为众。更重要的是小人儿背后一般都有大人撑腰，猴子猴精着呢，再怎么也要给三分薄面。

那天把猴子赶跑后，浑身力气也跟着不见了踪影。姐姐灵机一动，在棚子里生起火堆。苞谷籽儿噼噼啪啪在火坑里炸裂开来，一股夹带着糊味的香气顺着烟雾钻进鼻孔。到底是孩子，那时也还没来得及背《三字经》，也没有听过"孔融让梨"的故事，三姐弟因为分"脏"（骆国龙强调，之所以说"脏"而非"赃"，是因为苞谷棒子有的地方烤得太黑，接近于焦了）不均，你争我抢起来。骆国龙眼尖手快，抢了个大点儿的，瞅准空子夺路就逃。姐姐伸手去抓，说时迟那时快，他的影子只是一晃，眨眼就没。姐姐气得大叫一声：饿死鬼呀！

"呀"字后的惊叹号是由一个声音打上去的。听到"咚"一声闷响，姐姐心下一紧，糟了！

棚子搭在一个石包上，为的是在同猴群的对峙中占据有利地形。石包差不多两米高，人立其上，阔大的苞谷地一览无遗。骆国龙慌不择路，从石包上栽了下去。

姐姐冲过去一连喊了几声，骆国龙都是一动不动。以为他在装怪，弟弟伸手挠他痒痒，他同样一动不动。姐姐和弟弟不由得抱头哭了一场——骆国龙死了，爹妈就算不把他们打死，多半也会把棍子打断几根！

人死了总是要埋的。他们想挖个坑把骆国龙埋掉。把人埋掉，回去扯个谎，就说不知他跑哪儿去了，或者被猴子抢走了，这样，大人就能省下几根棍子。只可惜，泥土不过半尺厚，土下面是石头——大到没边儿的石头。

还是让爹妈把自己生的娃亲手埋掉吧。回家报信的路上，八岁的姐姐一再告诫五岁的弟弟：无论如何，别说我们追过他！

只是摔晕过去的骆国龙在爹妈赶来之前醒了过来。由于他和姐姐弟弟口径不一致，回到家，"偷天换日头"的三姐弟无一例外挨了一顿好打。

骆国龙那次挨打，说到底是因为大人后怕，是出于对他的爱和心疼。那时父母的肩膀还宽，生活的诸多不易，都被他们遮挡在了娃娃们的视野之外。直到有一次，当父亲的指印清晰印在自己脸上，骆国龙才头一次看透了生活的残酷，看清了父母在贫穷包抄下手无寸铁的无可奈何。

实在是揭不开锅了，父亲决计向运气开口，讨要一家人第二天的口粮。他在乐山与雅安交界的被称作"怕欠"的一道崖下安了套子，第二天一早，让骆国龙去看看有没有搞头。怕欠这地方骆国龙是去过的，不过还是在一两年前，跟在父亲身后。那是石王山的深山老林，人一进了老林，阳光就找不到他了，一团团阴影从四面八方压下来，阴森森的，让人很容易想起小时听过的鬼故事。要是有一首《大王叫我来巡山》这样的歌吼一吼，倒也可以壮壮胆，可哪有啊。彝歌他倒是会几首，只是那时的彝歌跟日子一个调性，一唱起来，只怕更是日月无光。一慌神，骆国龙就迷了路；一迷路，整个人更加心慌意乱。

石王山一带，"熊出没"不是动画片，是那时经常上演的生活剧。骆国龙上五代的老祖爷骆定英就是被熊害了命的。当时，骆定英、骆定华兄弟与一头大黑熊狭路相逢。仗着二比一，兄弟俩想当打熊英雄，顺带改善伙食。熊被逼到岩边，见他们不想给自己活路，抱定了拉一个人垫背的决心，一个熊抱，将骆定英一起拖到了岩下。这里不光是熊的老窝，也是老虎的地盘。咕噜岩的人是吃过老虎肉的。1971年，村集体喂的羊子被老虎咬死十多只，吃一顿就走了，留下一地血渍、一堆死羊。村里人吓坏了也气坏了，非要把这口气出了不可。知道老虎饿了还会下山，便做了一些动作，将一只死羊扔到村口。老虎果然下山了，看到村口的死羊，不知是计，一口咬下去，羊皮包裹的炸药就爆了。老虎下巴没了，却还没死，夹着尾巴踉踉跄跄往回逃。那时村里有看护山下铁路的民兵，民兵有枪，老虎最终命丧枪口。熊和老虎从哪里来？就从这片老林里来。就算这阵子老林里没有熊和虎，碰上野猪也是容易的。别以为野猪就好对付，"头猪二熊三老虎"就是依攻击性排的序——大的野猪可有四五百斤。想到这些骆国龙就感到汗毛一根根在往上竖，眼前郁郁苍苍的树，被他当成了汗毛从皮肤上竖起来的样子。

骆国龙还是被扑倒在了地上——动作是他强大的恐惧在遍地密布、纠缠不清的树根配合下完成。仰面倒下的骆国龙一连打了几个滚，接着，停栖在密林深处的野兔、松鼠、刺猬、山鸡们听到了"咚"一声闷响。

骆国龙掉到了一个土坡下。和六岁那次不同，这一次，他听到了从身子下面发出的声音，并隐隐感到自己被这声音往上抬了一下才又掉到地上。好在坡下是一片平地，地上长满野草，骆国龙只是受了皮外伤。

似有神助，站起身来，他看见了下山的路。月光早于一瘸一拐的骆国龙一步来到路上。就快立冬了，海拔高的地方不怎么出粮食，寒凉却长得昌茂。月光像一场雨，助长了寒意的威风。让人透心凉的却是这无功而返的一天，套子没找着，自己却被不讲规则的树根成功下套。空跑一趟也就罢了，摔下土坡时，他的裤子不知被什么东西落井下石，撕出一个破洞，就在右腿前侧，明晃晃的，比天上的月亮还亮。那是他仅有的一条裤子，巴掌大的破洞大咧着口子，像一个人张开了嘴笑。当然是嘲笑。撕开的布片躲躲闪闪地挂在破洞下方，随着骆国龙的脚步，晃动成一条长舌，不知疲倦地数落着什么。实在是有些冷了，骆国龙抬起头来。寨子已经影影绰绰横在远处了，明明黑压压一片，骆国龙的目光却在当中扒出了一个火塘。没错，一家人都围坐火塘边等他吃饭呢。阿爹阿妈落在他身上的心疼，是另外一个火塘。

——骆国龙竟然忘记自己是干什么来了，以及事情干成什么样子！

家从来都是一个收藏伤口，同时放养温情的地方。他想得没错，家里的火塘烧得旺旺的，一家人都在静静坐着等他。当他推门进到屋里，全家人的眼睛都成了追光灯，齐刷刷照了过来，连屋外空地也跟着亮了一片。十个手指和长在腿上的"舌头"已经言说一切，他看见弟弟妹妹的"灯光"一盏盏暗淡下去，倒是父亲起身快速向他移了过来。父亲一个结实的拥抱，足以驱散他周身的疲惫和内心深处的挫败感，他想。

自己的意念毕竟不能代替父亲的行动。他是从幻想中醒过来了，当一声惊雷在脸上炸响之后。鼻腔因为脸部的瞬间变形生起一股气流，发出近似于"嗯"又有点像"哼"的一声低鸣。脑袋里装着的果冻状的东西在外力作用下一阵晃动，如果不是空间限制，只怕已是七零八落。又过了两秒钟，骆国龙感觉到下巴上热乎乎的，伸手去揩，却发现淌到那里的并不是血，而是泪。

一个人的经历有时候就是人的另一双眼睛，它可以在你双目紧闭的时候，帮你看清、看懂、看透一切。父亲印在脸上的掌印，骆国龙就是这样看见的。他同时还看见了生活的逼视、看清了父亲用掌印表达的心疼——他心疼的是一家老小八口人。

谁叫他是长子呢？第二天，父亲又让他上山挖野菜。可哪里还有野菜，连草根和树皮也早被快要饿疯的人们清剿得差不多了。天无绝人之路啊，骆国龙就是这么想的，当他在曝石音沟看到右前方田坎上斜歪着一棵"千年红"时。"千年红"又叫马桑，名字好听，却是个口蜜腹剑的主，可以吃，吃多了却要吃它的人的命。这一点骆国龙也是知道的，要不然那一树水灵灵的果子怎么可能招摇到现在。因此动手摘食前，骆国龙再三在心里给自己打招呼：十颗，记住了！对，最多不超过二十颗！

古人创造的每一个成语都是有来头的，要不是万千生活经验的提纯，就一定是经过了血与泪、生与死的验证。"利令智昏"自然也不例外，很多人看起来肥头大耳，一看见好处伸出的小指头，智商立即自动下线。骆国龙的定力也没好到哪里去。马桑不仅颜色好看，吃起来还又香又甜，骆国龙给自己的忠告，很快被舌尖传来的快感颠覆。

半坐半蹲在树上的骆国龙左右开弓，两只手不停地将红黑相间的果子往嘴里输送，恨不得身上立马再生出两只手来。说到底，马桑果不过是一泡水，个头又小，填满胃囊并不容易。囫囵吞果好一阵后，骆国龙心里生起抱怨：咋越吃越饿了呢？也是这时，他猛然间一个战栗：刚才只顾着馋了，不会真有问题吧？还没有来得及回答自己，他感到自己的思维被人当一件衣服似的攥了过去，他想从脑子里伸出手去抢过来，可连抓几把，到手的都是空气。

天突然黑了下来，骆国龙整个人从树上落到空中，从空中落到地上，又被地面顺水推舟，掀下一道长坡。坡下就是悬崖，一旦滚下去，命还在不在不是问题，能不能捡个全尸才是问题。知道这个人任务还没完成，关键时刻，老天伸手帮了一把。中毒昏死的骆国龙被一丛灌木挡住，才没有与一同出门的篮子同归于尽。

那么，他的没有完成的任务是什么呢？自然是继续找吃的，这是我的猜想。骆国龙摇摇头，含笑说出三个字：接着死！

马桑毒性不大，骆国龙是醒了过来。吸取头天的教训，回到家，他不敢说自己中毒昏死的事，更不敢暴露篮子的行踪，只说他已经和同伴踩好点，第二天一起去搞没娘藤。

没娘藤其实就是菟丝子，细长的藤子缠缠绕绕，兜兜转转，寄生在别的植物上，就像一套迷踪拳，让人摸不着来路找不到"娘"。没娘藤是一味中药，村里人或许并不知道，但他们知道，直径两三毫米的蒴果可以用来充饥。进锅里一煮，虽是涩口，总还可以吊命。

菟丝子没有毒性，但若寄生马桑，难免会被传染。骆国龙不懂这个，家里人也都不懂——何况骆国龙也没交代清楚战利品的来处。吃了菟丝子之后，头一歪，骆国龙又是人事不省。母亲吓得呼天抢地，骆国龙的大爷爷骆朝清应声赶来，也不知是从哪儿弄来一小撮米，三下五除二，在碓窝里舂成粉，就着一碗冷水灌下去，才又从鬼门关把他抢了回来。事后，一家人也认真捋过，为什么其他人都安然无恙，唯独骆国龙闹出那么大动静。分析的结果是那天收获不大，每个人所得不多，摄入的毒素也都不多，但骆国龙头天才中过毒，可谓雪上加霜。

三天里"死"了三次，你要以为骆国龙的噩运已经到头也在情理之中。但你错了，人生从来就不按规则发牌，何况那年月，哪里来什么规则？

因为还有别人的事要讲，或者因为这样的事情已经多得让人麻木，又或者因为在他眼中，再大的伤口最后都要结痂，不值得用一辈子去记恨，再说自己的经历时，骆国龙就有些漫不经心了。但这些事在我听来依然惊心动魄，以致坐下来整理这段采访笔记时，我似乎还能感受到两个多月前，由他的讲述引发的心跳加速。

十三岁的骆国龙去"牛脑壳"放羊。起先他还想吼一嗓子，山上太安静了，不弄出点动静，对这个世界是不是真实存在你都会产生怀疑。才清了两下嗓子，耳畔就"轰隆隆"响起来了。明明是个大晴天，咋就打起雷来了呢？——垮山了！他明白了也看见了：半山腰上，脸盆大的石头像脱缰野马迎面扑来，卷起的沙尘遮天蔽日。借着时间差，他拼了命地往下跑，边跑边想，前边有道断岩，岩体往前伸出一截，正可以把奔跑的石头引到深谷。多亏两只脚争气，骆国龙好歹是躲到了断岩下。人刚站定，乱石就追了上来，只听得头顶一阵山呼海啸，飞沙走石就从头顶冲了出去，那万马奔腾的架势，别说骆国龙，就连一米多厚的岩层也吓得浑身战栗。

大约1975年，在"高梯子"伐木。几根冷杉挡住去路，骆国龙抽出柴刀。手腕粗的小树不堪一击，但藤藤蔓蔓交织缠绕，树虽已被拦腰砍断，树身却还吊在空中。骆国龙来了气。进山伐木是为了建房。当时住在牛棚里，牛棚垮得光剩下一个木架，四下里靠苞谷秆围着，根本挡不住风。刚进山那天，发现有一只金画眉在筑巢，他还跟它开起玩笑：你要住新家，我也要住新家，我们来个劳动竞赛。人家只三天就把窝搭好了，第五天已经把两个蛋下在了窝里面。自己木料还没备齐，蛋壳里钻出的小鸟却已经能飞了。人比人气死人，人和鸟比，同样急得死人。心下一狠，他把刀放在一边，连藤带着树，铆足了劲往下拽。哪知缠在树身的一根扁担藤顶端嵌进了一道岩缝，藤子被拽下来，一块松动的石头也跟着落了下来，将他头顶划开一道两寸长的口子。万幸的是眼尖的他发现旁边有株当地人称"见血散"、学名"景天三七"的止血神草，这才没有让他魂断"高梯子"。

还有一次也是直接吓掉半条命。家里连盐巴钱都快没着落了，恰好此时，邻县李志忠约骆国龙到白熊沟打野羊。那时打猎不犯法，骆国龙就去了。运气不差，进沟不多久就发现一只岩羊。可惜搭档是个歪靶子，枪响之后，一根羊毛没打着。两个人当然不甘心让就要到手的猎物跑了，便商量好，骆国龙从上面跟踪追击，李志忠在下方设卡堵截。发现几个新鲜蹄印，骆国龙喜上眉梢，不管不顾往前追。追着追着，羊蹄印没了，落脚的地方也没了。知道峭壁危岩是岩羊的主场，骆国龙叹口气想往回走，可哪里还回得去——陡壁上连转个身都难。发现骆国龙受困遇险，搭档从远处赶了过来。虽只隔着三四米，但一个在岩上，一个在岩下，你上不来，我也下不去，两个人都只有干着急。天色和人的脸色一起慢慢暗下来，只

过去的几百年间，古路人的生活比岩壁还要陡峭坚硬·杨涛／摄

有赌一把了。李志忠说：你跳下来，我在下边接着！骆国龙问：要是没接住，或者两个人一起滚下去了呢？李志忠所在位置虽说是平地，却是弹丸之地，平地边缘又是断岩。看了看周遭环境，李志忠没有说话。不说话天光就更暗，安静就更加显得喧嚣。又过了一阵，不知是骆国龙下定了决心，还是体力已无法支撑起他的更多犹豫，李志忠看见一个黑影从头顶压了下来。李志忠不是一个好猎手，但绝对是一个好搭档，要不然就不会结结实实接住骆国龙，两个人一起滚倒在地上。滚下岩就没有命了，好在手抓脚蹬，在滚出三四圈后，终于是停了下来。

这样的事情讲多了累，真心累。说不定读者还会质疑，一个人遇到这么多糟心的事，太巧了吧？这是骆国龙的担心，其实也是我的担心。不过在骆国龙说出他的担心之后，我反倒不那么担心了——一个敢于揭露自己的人是值得信任的。但骆国龙还是觉得他的担心并非多余，他试图为自己的经历找到一些证据。一个人不能成为自己的证人，这一点骆国龙尤其清楚，因此他说，我再讲一些事吧，其他人的事。

骆国龙的话，我相信我听懂了。很多时候，自己和别人其实是同一个人——时间深处，万事万物粘连在一起，你中有我，我中有你，你就是我，我就是你。

3. 像棒头草那样活着

尽管已经说过，我还是要再次重复，我即将讲到的这几件事都是骆国龙告诉我的。如此强调，并不是因为我觉得这些事情可信度存疑，恰恰相反，每一件每一桩，我都从村里其他人口中得到了证实，他们补充的一些细节我也一并添加了进去。这些事互不相关却互相照应，这些人独立存在又相互指证。这些故事的主角，裴全安也好，刘世金也好，李志全也好，他们就像咕噜岩随处可见的棒头草，看起来平凡无奇，活得却隐忍、劲节……

裴全安家的猪被老鹰叼走了

1961年秋，发生在裴全安家的一件事让家住黄家沟的申绍全看傻了眼。

说裴全安家的事，免不了说到裴全安的家。古路村起初的十三姓里没有"裴"，裴家是外来户。村里外来户并非仅此一家，至于怎么来的，无非是逃难、入赘、进村做买卖然后留下来。作家红柯在散文《天才之境》里讲到李白的父亲离开中原沃野远走西域荒漠时说："总之，那些敢于寄身中亚腹地的汉人，不是背一身血债，就是具有哥伦布气质的商人。"这样的描述，同古路村的外来户的来路曲径通幽。裴家住岩腔，村里"土著"也住岩腔。差异肯定还是有的，拣紧要的说，外来户没地。没地怎么活？裴全安两口子给别人帮工——说"帮"是图个好听，实际就是"磨骨头养肠子"。不知从哪儿捡回扇磨来，一个巴掌拍不出响，一扇磨盘磨不了面，裴家把坑坑洼洼的石头地当了石磨的下扇。穿的也没有，别说娃娃们了，六七十岁的老娘都没件像样的衣裳。好在有人送了两张羊皮，前面披一张后面挂一张，算是给老娘置了件"皮衣"。

唯一不缺的是人。两口子一不留神生下五个娃，要不是岩腔塞满了，指不定还会有第六个第七个。裴家穷，穷到娃们连名字都没有。说有也有，老大、老二、老三、老四、老五，爹妈这样叫，奶奶这样叫，全村人也都跟着这样叫。爹妈帮工去了，知道奶奶驮着一身病，给不了他们饭吃，一个个守在岩腔边哭爹叫妈。有不懂事的娃娃从那里路过，各种取笑，各种调皮。更有不懂事的，拿着苞谷秆或者小木棍追在他们屁股后面打。说打也不是真打，图个好玩。一时兴起玩过了头，把人追急了撵倒了，头上吊个鸡蛋大的包，才吓得作鸟兽散。调皮捣蛋不是不可以原谅，只是长大后，回想起这一幕，当事人反倒是有点放不过自己。骆国龙就对我说，那时候光记着欺负人了，就没想过自己也是被欺负的对象。他没有说，但我知道，欺负他的不是人，是命。

裴家人见过猪跑，却没怎么吃过猪肉。娃娃馋得口水流了三尺长，大人也是，说到"肉"字，舌头都抡不圆活。裴家养猪有耐心，一养三年——养了三年的始终是那两头猪。猪也肯吃，就是不肯长，养着养着就养成了一个笑话。这是我的印象中，谈论一头猪时该有的画风：你家圈里的有三百斤了吧，想好哪天杀没？谈到裴家的却成了这样：这猪喂几年了？怕有三十斤了吧，计划好哪年杀没？被人这样嘲弄，连裴家的猪都气得想哭：他们就没给过一粒粮食吃，光啃草，又拉稀，身上咋长得起肉？！裴家人嘴上却硬不起来，就好像光吃不长的是自己一般，往往是找借口躲起来叹一口气：人还饿得黄皮寡瘦，那点粮食，咋可能轮到猪吃！

猪不肯长，裴家人对它反而有了感情。然而养了三年的猪却没有接着

2005年，咕噜岩上
罗光德 杨涛/摄

养下去,替裴全安做这个主的,是一只鹰。

那天早上十点过,申绍全才到地边,袖子还没卷好,就听见远远传来几声猪叫。猪叫谁没听过,但今天有点特别——特别之处在于,猪不在地上叫,而在空中。他以为自己幻听了,抬头朝天上看。抬头的瞬间又是一声猪叫,比刚才更响亮,响亮到能听见嚎叫中带了哭声。最让他吃惊的是天上真的有一只猪张着翅膀在飞!越来越近了,的确是猪,长了翅膀的猪!猪的翅膀看起来扇得很吃力,因此飞得不快也不高。等又近了些,才看清猪的确是猪,只是它的背上驮着一只老鹰。这时,又看到后面有人跌跌撞撞追了过来,边追边喊:"猪日的,要造反了,造反了!"喊叫的人是裴全安,他一边跑,一边拿石头向空中扔。眼前一幕实在太突然太离奇太过震撼,申绍全整个人看傻在了那里。等他能听到裴全安粗重的喘息时,猪和鹰已经成了一个黑点,飞在空中的猪也已停止了向鹰的求饶,或是向主人的申诉与控告……

后来,村里人知道了事情经过。在附近晃悠了几天的一只老鹰不知怎么就动起歪脑筋,想到去裴家打劫。裴家的猪一直散放,给了老鹰机会。在它俯冲下去之前,没人能想到一只鹰可以隐藏下比一头猪体量还大的野心。估计被掳掠的那头猪自己也是没想到的,要不然在被鹰爪抓住锁牢之后,它的叫声里,就不会有慌张、惊惧、不服气。听到动静的裴全安从岩腔里冲出来,局面已不可逆转。痛定思痛,他能做的,就是赶紧把另一头猪杀了,让一家老少尝尝肉滋味。而他家那头猪只熬出来一瓢油,时至今日,家住斑鸠嘴的刘昌友仍记得一清二楚。

再后来,裴全安饿死了,他的老婆饿死了,老娘饿死了。剩下老大、老二、老三、老四、老五,像弱不禁风的棒头草,在风中颤抖。

后来,政府把裴家五个娃拉扯大。再后来,他们都离开了古路。

火苗抬高了绝望

骆元香是第一个发现起火的人。

快十二点了吧,她看了看时间,嘟哝一句。"表"挂在天上,亮晃晃的,没有时针,也没有分针和秒针,但用来计时,大体上还是靠谱。她决定再挖半垄洋芋就回家。也记不得出门时是不是忘了关圈门,要是猪跑出来,门口那片菜可就遭大殃了。

太阳晃眼得很,她看"表"时并没有劳烦脖颈,只把上眼皮向上抬了一下。一缕烟雾就这样飘进她的眼中,不宽,不窄,不浓,不淡,有点像冬天里的一层雾。

她觉着有些不对劲。是哪一家在烧火做饭呢?古路人吃晌午可是在下午三四点钟,这个时候,家家都在地里挖洋芋哩。而且,那烟也不是炊烟的长相,炊烟像腰带,这烟却像一件长衫子衣服。哪个在烧火取暖?也不对,这还远不是烤火的季节。莫非,起火了?

听她这么问,李其周直起身子看了一眼。只看了一眼,他的心跳起来一丈高,老天爷,硬是起火了得嘛!

姐姐,你家房子起火了!骆元香颤抖着喊了一声。她喊的是杜绍英。烟是从杜绍英家屋顶上升起来的。骆元香知道她肯定在地里干活,但在哪块地里,她并不知道。

起火了!起火了!!老书记家房子起火了!!!李其周的声音紧随其后,像一串响雷在空中炸开。

杜绍英和老书记刘世金是两口子。老书记参加过抗美援朝,战场上被子弹打穿右肩,核桃大的伤疤跟了他大半辈子。刘世金也是来古路村落户的外地人,抗美援朝纪念章抬高了他的威望,形影不离的枪伤也随时替他说着好话,因此,他不仅当了村支书,威望还不是一般的高。听说老书记家房子起火了,弯腰劳作的人们像压紧的弹簧骤然弹起,打直身子就朝老书记家跑。人们的叫喊声在空气中串成一张网，以斑鸠嘴为中心，覆盖了方圆两三里地。声音是有颜色的，喜悦的声音明亮，烦恼的声音枯黄，恐慌的声音是半透明的黑色。那个无云的晴日上午，人们眼前蓦地黑了下来。路突然变长了，腿突然变短了，时间突然变得笨重了，不然怎么跑不到，老是跑不到。

杜绍英是被人推着跑回家的。骆元香的那一声喊她并没有听到，李其周的声音她也没听到。她听到的是后来在空中联了网的声音，只是"老书记"三个字也从网眼里漏掉了，她从一个矮坡下加入人流，同其他大多数人一样，只是出于一种本能。呷哈早立下规矩，一家人有事，家家都要站出来。你不站出来自然会有人在你面前站出来。

我曾亲眼看见大火吞掉一座房子。也是靠近正午，也是朗朗晴空下，也是无数人争先恐后往事发地赶。不像人吃掉一个饼子是从皮咬到馅，火是先吃掉房子的馅，才去剥它的皮。在远处你只看到浓烟滚滚，到了近前才看见火，翻滚着、推搡着、咆哮着，想要把墙推倒，把屋顶揭开，不顾一切的样子，不可一世的样子。房顶也有火，准确说是火光。火舌是躲躲闪闪的，羞羞答答的，像是红色，又像是黄色，更像是白色。这是火的阴谋，不动声色，就把事情干得轰轰烈烈。火唯一不掩饰的是它的声音。砖头掉落的声音，木杆炸裂的声音，掀翻一切的声音，制造安静的声音，都是它的声音。我还看见过一篇文章，介绍火的杀伤力，说火可以把十厘米厚的钢板烧得跟纸一样薄，把一米厚的水泥隔离墙烧成粉末，把钢管烧得叫出声来。所以我虽然没有亲眼看见老书记家那一场大火，但那一幕此刻仍逼真地发生在我的眼前。有人试图冲进屋去打火，被人抱住了。有人打来几盆水慌慌张张往火上泼，水却半路跌落下来。杜绍英绝望了，两只手软软地垂着，晃荡两下，整个身子就垮在了地上。火苗这时冲破屋顶封锁蹿到空中，杜绍英呆坐在地上，眼睁睁看着火越烧越旺，火苗越长越高。她感到自己的心被烧出了一个洞，疯长的火苗，抬高了她的绝望。

赶快把申绍强家的瓦揭了！也不知谁大吼了一声，被火光逼得往回退出一截的人们才反应过来——与熊熊燃烧的茅草房相隔不过两三米的申绍强家瓦房东头已冒起浓烟。一眨眼就有十多个小伙子顺梯子爬上申家屋顶，掀瓦的掀瓦，拆椽子的拆椽子；另有十多个人喊起号子，硬是用背撞、用肩膀扛，将申家用杉木和茅草搭建的龙门子推得四脚朝天。

申绍强家这边，火势终于在人们紧急划定的防线前低下头来，而此时的刘世金家已被烧得只剩一地废墟。刘家喂了四头猪，有三头不知什么时候撞倒圈门冲了出来，身上皮毛烧得有一块没一块。人们忙着救火时，也没见它们声张，这时候见人们有了空当，一头头叫得声泪俱下，像是喊疼，更像是在喊冤。自家土墙被大火烤得裂开一条口，李国恩也来不及心疼了，他对刘世金说：老书记，还有一头猪呢，你不去找找看？

这句话他不是对着老书记这个人说的，他是对着这个称呼说的。他以为老书记这会儿正躲在哪儿伤心难过，就想找个话茬，引老书记从废墟里抬起头来。他并没有真的看见刘世金。其他人也没看见。几个年轻人围着废墟里里外外找了一圈，依然没有看见。

这时，"哇"一声哭腔划破了斑鸠嘴的上空。杜绍英哭天喊地说，老刘他今天没下地，莫非在屋里没出得来？！

紧张的情绪重新将现场包围得密不透风。事情的严重性已经超出想象，村支书李国清和村主任骆国龙从人群中拨开道缝，小心翼翼进入废墟。前前后后找了一通，依然一无所获。人不在这里，就在别处，这么想着，两个人放宽了心，一前一后往外走。走到猪圈外，突然刮起一阵风，柴草燃成的碱灰被风吹开，骆国龙先看见半边烤焦的猪头，接着，又看见了人的一只手！

刘世金手上的煤油灯不小心把房子引燃，扑救一通，自感回天无力，他才想起逃命。这时浓烟已经熏得人不辨东西，误打误撞，他钻进了猪

一盏油灯，一段回忆·杨涛/摄

圈。恰巧这时候猪圈垮了……当然这只是一种想象，无法证实，也无法证伪。但在我后来的采访中，不管李国恩还是申绍强，都觉得骆国龙的分析不无道理。

古路村到2009年还没通电，煤油灯在村里欠下的血债不是第一笔了。

同在斑鸠嘴。方劲田下地劳动，把女儿一个人留在家中。也不知怎么就把床点燃了，姑娘被活活烧死在家中。四岁的孩子从灰里掏出来时，只有冬瓜大一团。这是1985年的事。

1986年，一个不小心，三组的甘秀华把自家房子烧得片瓦不存。一家老小被临时安置在村小，靠吃百家粮糊口度日。

之后又发生了几起火灾。再次闹出人命是1997年，"五保户"尹国庆的两间茅屋在一场大火中化为乌有。被烧得蜷成一团的尹国庆被人们就地掩埋。挖坑时，发现他家煤油灯的灯管被烧得曲里拐弯。

埋葬尹国庆时，人们一并埋掉了那根灯管。整个过程短暂而安静，无边的安静弥散在他们的怨恨里，似乎又拉长了那个过程。他们恨的不是那根灯管，他们就是那根灯管，只是暂时还没有被黑暗埋掉。那只是迟早的事，如果日子就这样沿着惯性过下去。无处不在的黑暗让他们窒息，在伸手不见五指的夜晚，也在日月同辉的青天白日下。世界上还有这样一个角落，大概是这个角落以外的世界并不知道的。这让他们的存在变得不真实起来，有一种类似棒头草的轻。

李志全还是死了

对于死这件事，人们是排斥也是接受的，排斥出于本能，接受出于常识。但李志全的死讯，就连参与了他的后事的人也觉得是个假消息。李志全怎么会死？怎么连李志全都会死？

他们这么说，并不是因为他的母亲活了一百零五岁。李志全自带主角光环。

在李志全成为一件丧事的叙事中心之前，人们说李志全不说李志全，说"搭不死（方言，摔不死之意）的李志全"。人固有一死，但似乎应该有个例外——搭不死的李志全就该是那个例外。

不过他们通常会从李志全的父亲刘绍武讲起。刘绍武本来姓童，因到刘家做了上门女婿，改姓为刘。1951年（也有记成1952年的），背脚子刘绍武从金口河背盐到汉源，一去无消息。家里组织人循路去找，人没找到，却在瓦山林荫路上找到一堆豹子啃剩的人骨。本该姓童的刘志全这才姓了李——母亲给他找了一个继父，继父姓李。

李志全是1940年生人。行走人间的七十八年里，他经历了无数坡坡坎坎。这里所说的"坡坡坎坎"是地无三尺平的古路村无处不在的高坡低坎，也是他的血肉之躯经历的一次次摔打摧折。

这一生里，李志全起码摔伤过一二十次——村里人特意强调是摔伤而不是摔倒，意在强调摔伤与摔倒的不同，古路与别的地方的不同。听得多了，我也不由得犯了疑问：李志全怎么会死？怎么连搭不死的李志全都会死？

是的，李志全还活着。活在村民记忆里，活在并不遥远的往事中。

1963年，李志全二十三岁。那时候，他同母亲刘万莲、继父刘万李住在马鞍山"下腰横"一个岩腔里。岩腔前是陡坡，陡坡往前俯冲一百多米后是道断岩，岩高七八十米。

刘万莲决定赶在过年前搬家。前些日子，山在梦中垮下来，把岩腔埋了，一家人也都被埋了。她看好了一个岩腔，虽说前面也是陡坡，但几棵粗壮的枫香树，还有一棵上了年岁的红豆树立在那里，看起来也就不那么心虚。

人搬家，依着岩腔搭建的棚子也得跟着走。母亲一句话把李志全送上棚顶：那些杆杆棒棒，拿过去用得着，丢了可惜。

棚架是八月瓜藤子绑定的，日晒雨淋，藤子早已糟朽。翻身上棚，并不强壮的李志全成了压垮骆驼的最后一捆稻草。

从两米高的棚顶掉到地上，李志全的噩运刚刚开始。眼见他冬瓜一样往前滚，刘万莲和刘万李吓懵了，过来帮忙的李志全的姐夫黄少安同样吓得三魂丢了两魂。

时间在那一刻启动加速装置，即将到来的时刻，提前抵达他们的脑海。哭声喊声刹那间填满山谷，一树惊飞的鸦鹊，啼叫也显得哀恸。

坡实在太陡，断然是追不上他。若是去追，追的人也会成了冬瓜。

刘万莲哭死过去三回，刘万李才梦游归来般冲黄少安喊：还愣着干啥，快去找人来救人！

八九个人花九牛二虎之力才把李志全从鹞子垭抬到岩上。儿是娘身上掉下的肉，是死是活总要看上一眼。披头散发的刘万莲颤巍巍向躺在地上的儿子靠了上去。

就只是看了一眼，刘万莲又一次昏死过去。

不多一阵前还生龙活虎的李志全奄奄一息，虚弱的气息从皮肤渗出，而非通过鼻腔——鼻子开裂了，像两瓣从上方掰开、底部还连在一起的蒜头。头皮不知被岩石、树枝还是什么尖利的东西从前额划开，就像水果刀刺进一个芒果，刀锋并未在开口处止步，而是贴着果核，纵深推进六七厘米后才停止前进。眼前的头骨就是那个果核，巴掌大一块揭开的头皮，像芒果被刀刃连皮带肉翻转过去的部分。煞白头骨上血迹斑斑，不均匀残留的软组织，像氧化变黑却又能隐约看出原色的石榴籽粒……

是不是送李志全到县医院，一大家人一开始分成两派。主张送的说人伤成这个样子，不送医就死定了；反对的说古路村一年到头都有人摔伤，就没有人敢去医院。主张送的说没去过不等于不能去，也没有人规定县医院的门不能为古路人开；反对的说山下没有公路，四天也把人背不到县城，必定是人没到医院气就落了，更何况扯着藤蔓荡秋千，送他下山，不是送人，是送命。

只有死马当成活马医了。识得草药、当过几天土医生的刘万莲强打起精神，一手一脚照料起六天六夜没说过话的儿子。奇迹在第七天早上出现，李志全睁开眼睛，叫了声妈。

人虽醒了过来，李志全的伤口却迟迟不能愈合。四个月后，虽然他被摔断的左腿已能行动，但鼻子裂缝间仍没长出新肉，像揉乱的菜叶覆在头骨的头皮下面，还常常有腥臭的脓水流出。比这更让人讶异、难过和惊心的是，李志全头皮和头骨的交接处，长出了白生生的蛆虫！

读到这里，我一点都不怀疑，作为读者的你会对这段叙述的真实性表示怀疑。然而，我何必要骗你呢，或者说，他们何必要骗我呢？

——我所说的他们，包括最早给我讲起这个故事的老支书骆国龙（他是刘万李亲儿子李树强的干爹），包括李志全的三儿子李树才（他虽不愿提起，但也默认了我所转述的往事），包括村民李国恩，也包括刘万莲的干儿子、现年六十六岁、家住马鞍山的马学华。

我是2019年5月11日上午10时许采访到正在家门口苞谷地里拔除杂草的马学华的。听说我要了解李志全的事，他停下手上的活说：找我是找对人了——人家都说他是搭不死的李志全，我是经得宰的马学华。

汉源话里，"经"是"耐"的意思，"宰"为砍、剁之意。四十年前，马学华在金口河大山里伐木，一斧头砍在右脚上，缝了二十七针。2012年，坐在枝杈上为核桃树修枝，马学华的手被一根树枝别了一下，砍刀落在左大腿，疤印至今都在。才过了不到三年，去山上采药，山上滚下的一块石头砸在他臀部左边，髋骨碎成了三块……

马学华扯起裤脚让我看他脚踝上的伤痕，从而为他刚刚说过的话作证。他同时也是想说在外人眼中再不可思议的事情发生在往日的古路都不奇怪。回到正题，马学华说，李志全受伤四个月后来串过一次门。下腰横没啥人住，除了家人，他要再见到个人影就难了。于是，这天，他实在闲得慌，吭哧吭哧爬上岩，看干兄弟马学华来了。

六月里，荞子熟了，忙着收割的马学华累出一身大汗。刚伸了个懒腰，他听见有人喊了一声：学华娃儿……循声望去，见是李志全，马学华吃了一惊。

咋是你？

咋不能是我？

你好了？

不好就不能来？何况说，要死也要板（方言，挣扎之意）两下嘛！

对话间李志全走到跟前。马学华鼻子翕动两下：啥子气气（方言，味道之意）？！

其实很多事情心里有数就可以了，没必要非弄个水落石出不可，因为如果你已经承受了伤害，劳神费力揭开的底牌，也许会带来更大的伤害。在李志全乱糟糟、脏兮兮的头皮下，在马学华战栗的目光中，五只——或者是六只——白生生、胖嘟嘟的蛆虫正前拱后翻地扭动腰身！

有人说过，村子里藏不住秘密。李志全的脑袋生了蛆，这消息早就钻进过马学华的耳朵，但传说毕竟不能代表事实，当这活灵活现的一幕出现在眼前，他的喉咙一阵发痒。

李志全的伤是一年后才好的，好得却并不彻底——以后五六十年间也没有好得彻底。那块巴掌大的头皮上再没长出毛发，他一年四季都在流鼻涕，鼻涕里还常常夹着血丝，都是一目了然的事。

如果活着就是给人心疼，这样的活着真就太让人心疼了。

1986年，李志全上山砍柴，又一次从岩上摔了下去。这一次是把左腿摔断了，同时断掉的还有两匹肋骨。刘万莲的草药让他的肋骨恢复如初，也让他的腿重新站了起来。站起来的左腿虽比右腿矮了两厘米，但李志全照样下地劳动，三十年后，拄着拐棍瘸着腿，他背篼里依然能背上一百多斤。

村里人看他时，就用目光帮他把这两厘米找了回来。

4. 背影，远去的背影

那个姓王的同志，来了又走了。

人是从地区药材公司派下来搞"中心工作"的。从地区派到县上，从县上派到区上，再从区上派到乡上，老王憋了一肚子气。屁股刚挨着板凳，他又被派到村上，偏偏到的还是咕噜岩。火药桶引爆了，老王住了一夜，第二天天刚亮就不见了人影。

1963年4月的一天，彭玉祥来到咕噜岩。有老乡问：王同志的铺盖卷在我家都放一年多了，他到底还要不要哟？

工作都舍得丢，咋可能舍不得一床铺盖？彭玉祥心里这么想，嘴上却说：你家先拿来盖吧，等他来了再弄一床。

当时皇木区建制还在，彭玉祥任区委书记。永利是全区条件最艰苦的一个乡，古路则是永利最艰苦的一个村——除了王同志丢盔弃甲，让彭玉祥得出这个结论的还有三件事：

其一，古路村没有"统购"任务，只有统销"福利"。"统购统销"是我国从1953年开始直到1992年年底才结束的一项粮食政策。农民留足口粮，余下部分由国家统一收购，是为"统购"；"统销"则指全社会所需粮食由国家统一经销。由于人均口粮远远达不到每年四百三十五斤的标准，古路村老百姓享受城市居民待遇，粮食由国家供应，成为绝无仅有的特例。

其二，也是这次彭玉祥非来不可的原因——古路村党支部书记，居然不是党员。问题是一次三级干部会上暴露出来的。吃饭时，他同古路村党支部书记刘世金闲聊，问他哪年入的党。刘挠挠头说不好意思，我还不是党员。你都刘书记了还不是党员，开啥国际玩笑？！接过彭玉祥的话，刘世金一本正经地说：我以党性担保，我真不是党员！村里本来也有三个党员，但两个在二大队（后来的古路村一组），一个身体不好，走路都成问题，他们说我当过兵打过仗，也算是党的人，这才叫我顶着。

其三，说起来就话长了……

一个月前，永利乡党委书记杨茂林到区上汇报工作，临走前神秘兮兮地说：彭书记，给你讲件怪事。

有话直说，不要弯弯拐拐的。彭玉祥最见不得人卖关子。

听说，癞子坪的"大锅饭"现在都还没有解散。

打胡乱说！"大锅饭"前年就解散了，莫非癞子坪的人真是癞子吃老母猪肉——不想好了？

我也只是听说。不过，这事就是癞子坪的人给我讲的，他们说的那可是有鼻子有眼，不像是在日白（方言，扯谎之意）。

彭玉祥先前眼睛一直是盯在文件上的，这时才抬起头来：虽说《农村人民公社工作条例（修正草案）》第三十六条明确指出"在生产队办不办食堂，完全由社员讨论决定"，就算几爷子真不想好了，只怕他们也没这个政策水平！

要不，我们一起去看看？

我还没去过古路村，早就想去一次了！

从一线天出发，扯山藤，攀木梯，爬过翻天云，人已累得半死。死去活来的感觉，是从一群猪身上找回来的。就要到达癞子坪时，一阵黑色"旋风"吭哧吭哧喘着粗气迎面刮了过来。一行人吓得连连退了几步——野猪不好对付，何况浩浩荡荡一群，起码十三四头。

眼看就要狭路相逢，猪群拐了个弯，钻进一丛灌木。高高提起的心落了地，彭玉祥和杨茂林开玩笑说：这群野猪有文化，晓得让人！

他们的出现吓了兰明福一跳。癞子坪三两天见不到一个其他寨子的人正常，三两年见不到一个村子以外的人也正常，区、乡"一把手"一起来到癞子坪，兰明福以为自己看花了眼。作为生产队长，说起来他也算见过世面——至少，他去过县城、见过电灯，寨子里绝大多数人没有这样的经历。他还有一块手表，也是癞子坪人见过的唯一不是活物但长了腿的东西。但这么大的干部来癞子坪的确出乎意料，他一时有些激动，有些紧张，也就有些语无伦次。

兰明福放松下来是听杨茂林说起"野猪"的事后。他略带腼腆地说，那是我们养的猪，只是没有圈，满山跑，看起来跟野的一样。

话音落处，一条牛"哞"地叫了一声。杨茂林哈哈笑道：露黄（方言，现形之意）了露黄了，连牛都在笑我们了。

那头牛的现身让彭玉祥生起疑窦。来的路上，一个乡干部告诉他，因为没有路，古路村没有马；因为地薄到没不过犁口，癞子坪种地用不到牛，因此这里是没有牛也没有马的"风马牛不相干"之地。眼前这头花牯牛长得膀阔腰圆、膘肥体壮，又该作何解释？

听了他的话，花牯牛又抬头叫了一声。兰明福这才告诉他，这头牛是五年前出生不久被买上山的，它的唯一用处，是供大家观看，解闷。

别说乡下，那时候城里只怕也还没有"宠物"一说，因此，用瞠目结舌来形容彭玉祥当时的感受就有些词穷了。而癞子坪的神秘和神奇，刚刚在兰明福口中揭起冰山一角。

猪崽背进古路村就不可能活着出去。县供销社曾派出两批工作人员来古路村收购毛猪，派来的人一拨到了癞子坪，一拨才到一线天就迈不开步。扯着藤子把猪背下山，知道自己没那能耐，他们同时相信，当地人也没这本事。回去总是要扯个回销的，他们报告领导，古路村就没有上了一百二十斤的毛猪（毛猪要上了一百二十斤才达得到收购标准）。明明是在撒谎，他们却一点不怕被戳穿，他们心里有数，管事的人下辈子也不会去那里。

养大的猪下不了山，嫁进山里的女子，好些也是直到终老也没回过娘家。村里能下山的，通常只是些精壮男子，但也不经常去，只在不得不去之时，带上些轻便如麝香、花椒之类的东西到金口河，换回些盐巴、土布、农具，其他大部分生活所需都靠自给自足。

不散伙的"大锅饭"一多半也是给这环境逼出来的。大概是从癞子坪升起第一缕炊烟开始吧，那条烟带就把大家扎成了一捆。抵御外敌不能分彼此，实际上，癞子坪的人也少得分不出彼此来，于是大家的团结用不着口号就到了口号不能抵达的程度。几百年前这样，几百年后还是这样。十多户人耕种着近百亩土地，活儿都是排着顺序一家家干的，这天干谁家的活儿，全生产队六十多个人这天都在谁家吃饭。谁家人多、谁家人少、谁家吃亏、谁家占了便宜，没人在意这个。无形之中，"公共食堂"就建起来了。"大锅饭"一直吃到20世纪80年代"划地到户"也就不足为奇——当然，当时的彭玉祥也不会想到这口"锅"会用到那个时候。

…………

一个岩腔或者一间茅草房，在癞子坪，这就是"家"了。兰明福家也是一个岩腔，只不过因为家中人多，紧挨着岩腔，又搭了间茅草房，成了"一室一厅"。兰明福把客人迎进屋，拨亮屋子中间的火塘——彝家火塘终年不灭。彝人有谚云："生在火塘边，死在火堆上。"唤醒休眠的火塘，他们叫"救火"。春天里，天气乍暖还寒，风一刮，连茅屋也打了个哆嗦。好在可以"救火"，救活的火塘，可以抵御寒意。坐在火塘边，龙门阵没摆上几句，煨在火塘边缘的砂罐"咕咕"叫开了。砂罐里熬着油茶，油茶是比"杆杆酒"还要日常的彝家饮品，是盐、腊油和茶叶在砂罐里做成的一道加法。双手将一杯头道茶递给彭玉祥，兰明福说，这可是好东西呢，多吃几遍会上瘾，我们这里的老年人离了油茶，比缺了粮食还容易犯头晕。

火塘边的日常·杨涛／摄

　　他不说到粮食，彭玉祥都快忘记自己是干啥来了。人啊，总是走着走着就忘了当初是为什么上的路。将一口又苦又咸的油茶吞进腹中，彭玉祥拿手揩了下嘴角说：你们的"大锅饭"，吃得是稀是干？

　　想稀就稀，想干就干。兰明福的话音，像是长了个头。

　　日子这么匀净？那——粮食呢？！不光彭玉祥，和他一起上山的四五个人的目光也都在屋子里睃寻。

　　火光不能掀开的阴影，目光也无可奈何。这时候，兰明福说：跟我来吧！说话间人已弯腰出门。

屋后就是一道断崖。兰明福拿手往崖壁上一指：我们的粮食都在这里。

彭玉祥抬眼一看，崖壁陡得草都站不稳一根。粮食，哪来的粮食？

兰明福一口咬定：粮食真在这里，每个人口粮大概有上千斤！

彭玉祥一听来了气：都啥年月了，你还在这儿放卫星！我说兰队长啊，好了伤疤忘了痛，这样的事情干不得。

仿佛已经知道他要说出来这样一句话，兰明福招呼两个小伙子抬过来一根碗口粗的木杆，算是作了回应。木杆上每隔二十来厘米砍了一个凹槽，兰明福招呼两个小伙子稳住木杆，扭头对彭玉祥说：眼见为实，你还是亲自上去看看吧！

莫非上面有什么机关？满腹狐疑的彭玉祥踩着凹槽爬了上去。爬了三米多高，快到木杆顶端时，眼前果然别有洞天：从地上顺崖壁延伸的线条到这里突然拐进山体内部，画出个"匚"形，才又继续往高处攀爬。那个匚形成了岩窝也就成了天然粮仓，堆放其中的苞谷棒子怕是有几千上万斤。但是，即使有一万斤，癞子坪六十多口人，说人均口粮上千斤那也是在吹牛！彭玉祥话没出口，就听兰明福在下面高声说：这样的岩窝，我们有七八个！

我可以想象彭玉祥在看到这一幕、听闻这一声后的难以置信，因为听他讲起这段往事时，尽管我一再做着说服自己的努力，说彭老革命是县里公认的靠谱的人，说你看他说话时没一点停顿而编织谎言需要借助时间的梭子，我仍没能忍住在喉口压了又压的一句话：全国粮食供应都在扯手指头，癞子坪薄薄一层土，咋可能出产那么多粮食！

今年八十六岁的彭玉祥耳聪目明，住在汉源县富林镇沁园小区。他说，同样的话，当初我也丢给了兰明福，不过，听了兰明福的回答，我的疑虑也就散开了——别光看癞子坪土薄，那里可有不少木叶土，肥得流油的土。那几年正好老天开眼，要风得风，要雨得雨，癞子坪年年都跳丰收舞。运气跟不了人一辈子，天气也是这样。兰明福明白这个理，所以才说，别看这几年走了狗屎运，但好一年坏三年，才是癞子坪的家常便饭。

带着无限感慨，彭玉祥离开了古路。三十年后，又一个身影走进古路，留下无限感慨。又二十年光阴过去了，这个人、这件事还在被古路人不知疲倦地提起。

为了让目光与现场最大面积地接触，为了更多地捕捉到那时古路的原始信息，我专门找到1994年10月7日的《雅安报》。作为随行记者，时任雅安报社社长、总编辑的王泽林在那篇《鱼水情——地委书记杨水源在汉源灾区调查侧记》的长篇通讯中，详细记录了至今仍被当地人津津乐道的那次古路之行。

现在，让我们借助泛了黄的新闻纸，把时间翻回到二十五年前的9月：

> 1—8月，汉源县降雨量仅三百七十毫米，仅为往年同期半数，导致中山地带遭受严重灾害。9月21日起，地委书记杨水源、行署专员屈坤宁、行署副专员李忠国带领十二个地级部门领导与汉源县各级干部组成八个调查小组，分赴八个重灾乡（镇）调查灾情，研究抗灾，慰问受灾群众。
>
> ……………
>
> 永利乡这地方，山高坡陡，路远道险，条件恶劣，经济落后，生活困难……22日，在去永利乡的路上，水源同志的介绍令人叹服，对于跑遍全区所有乡镇的他来说，再偏远的乡镇都了如指掌。
>
> 在海拔两千一百多米的乡政府，乡干部的汇报便是明证：乡上不通电话，全乡还有部分村组不通电，马坪、古路村地处高峡悬崖不通公路，村组干部到乡政府开会来回要走两天，今年全乡

受灾最严重、造成生活最困难的也是这两个村。

23日，经过半天徒步跋涉，水源同志来到马坪村七组，走进特困户郭宝清、郭生田家，详细查看衣、食、住情况。四十八岁的郭生田至今单身，单脚病残，水源同志十分关心他的生产生活："粮食能不能吃到过年？"

又走过一段险路，当日下午，水源同志直达高岩边上的马坪村五组，听组长向育龙介绍情况："今年受旱灾，苞谷、洋芋、水果、花椒都减产，但我们已经组织十一个人外出打工，每人每天能挣八块钱，最近还要去六个人，这样全组就有十一户人家有务工收入。""你这个办法好，粮食减产，打工挣钱，有钱买粮，还能度荒。""你们远道而来，送来了党和政府的温暖，使我们感到，虽然毛主席死了，但是共产党还活着。"

马坪村其实既无马又不平，万丈悬崖下是一个深邃的大峡谷，俗称"一线天"。对面悬崖上就是古路村，不通公路不通电，不通广播不通水。

…………

到永利当日，就准备去古路，县乡领导怕不安全，再三劝阻。水源同志执意不怕："如果不到最危险的地方，就体察不到真正的灾情民情。"县乡领导只好让步，但坚持从万家村高岩到谷底，再从谷底爬岩上古路村一组，然后原路返回谷底，沿谷底出去上公路。这样，就不到其他五个组，也不走太多太险的路，水源同志表示同意。

24日，按此方案，水源同志沿途考察了万家村和马坪村六组。途中，乡上汇报了一件事：古路村一组教学点被村民常朝亮借故占住，加之今年村民受灾，学生没交上半年的四百八十元书学费，在此代课的马坪村六组向成军老师上学期的二百六十元工资也未领到,学校至今没有开学。中午,一到古路村一组,水源同志立即查看了被占的学校,要求同行的县长李东和责令常朝亮立即搬出。水源同志并答应解决学生所欠书学费和教师工资,要求尽快组织恢复教学。(26日回县城后,又嘱咐县上领导派专人去督查落实)

接着,水源同志查看了两家特困户的情况。组长留他吃午饭,当看见有人捉起一只鸡准备宰杀时,水源同志十分生气:"你们要杀鸡,我就马上走,你们连吃饭都困难,我们怎么能吃鸡?"热情的彝族同胞,只好煮出一盆白水挂面,他才端起了碗。

调查完古路村一组,已是中午时分,按原计划本该下山出

杨水源一行慰问村民
黄洪安/摄

沟,但水源同志态度坚决,改变计划,翻过道道山脊到古路村二组去。县乡领导又劝道:"到了二组就不能返回了,而只能再到三组,从高岩下到癞子坪,再下悬崖到公路,太危险了。"水源同志说:"险就险,走!"

在古路村二组,水源同志听取了村干部的汇报:全村今年旱灾严重,粮食大幅度减产,数十户彝胞缺粮。然后,继续前进。在村干部用绳索帮助下,他从几百米高的岩壁上,连下了七八道钢架天梯。

到达癞子坪时,去年曾护送水源同志上下悬崖的年轻村民兰绍林闻讯来到路边,感动不已:"杨书记,你又来了?"水源同志答道:"听说今年受灾了,我又来看看。小兰,对不起啊,这

一条路走过的两段路·黄洪安／摄

次没带什么东西来。"兰绍林说:"你为我们老百姓,吃了这么多的苦,我们才对不起你呢。今年天旱得很,我家五口人只收了一百五十斤苞谷,但我们要多想办法,克服困难。"

心相印,情相依。眼看天快黑了,小兰小心翼翼地把水源同志护送下悬崖。刚到公路上,旁边的铁路隧洞口传来一阵火车的汽笛声,恰似依依不舍的道别……

报纸上的古路行已到终点,但是古路之路——真正可以叫路的路,这时还没有上路。

细心的读者看得出来,去古路,这不是杨水源的第一次。前文略过的部分里,王泽林曾提到,头一年的12月7日,杨水源从一线天爬天梯来到癞子坪,逐一走访了全组六户彝族同胞。之所以后来这一次更多地被人提起,是因为去一组流星岩、二组渊曲、三组咕噜岩,水源同志走的路更远,花的时间更长,冒的风险更大,和他有过交流的群众更多。对杨水源来说,两次古路行却是一样的刻骨铭心,初访归来,心绪难平的他连夜写下一则日记。

关心古路村的今天的人们,一定也关心古路村的过去。为此,我找到了杨水源亲笔记录的这一段属于他也属于古路村的,也许不能叫作历史的历史:

> 6日晚,在住地(汉源县招待所)商议明天到癞子坪的措施。不管县上领导怎么劝阻,明天上癞子坪的决心坚定不移、风雨不改。1986年我调来雅安,第一次到汉源,县上汇报情况时我问全县最困难、最贫穷、最难去的生产队在哪里时,县上讲到了癞子坪。当时我就提出要去看看,他们都说万万不行。此后每次到汉源县,我都提及要去那里看看,但都被县上同志以非常坚决的态

度、非常不可思议的理由阻拦了。

7日上午八点出发。和县上同志加我们地区来的向华全、毛瑞琪、屈坤强等，雄赳赳地去古路村癞子坪生产队下的"一线天"。名不虚传，这里确实是悬崖峭壁。经过几处险崖地段，攀过三处铁梯，到最险地段时，当向导的当地彝族同胞先爬上去把绳索套在树上放下来拴在我们的腰上以作保险。后又爬过一段高坡才到达癞子坪。我心想：久违了，说了七年才来到这里。

到后即开始在已收割的苞谷地里开座谈会。因为凳子太少，只好一部分坐石头，一部分人坐地里的苞谷秆，有的坐地下。从座谈中了解到，这个队共有六户人家十五口人（男七人，女八人），其中六十岁以上五人，最大年龄者七十五岁，最小年龄者四岁。六户人家全是彝族，全队人均收入一百六十七元，人均有粮三百八十三斤。队长兰明福，男，六十七岁，1965年入党，党龄二十七年。已十年未参加组织生活，十多年未交过党费，四年多未到乡上开过会。当队长十多年未领过一分钱报酬。他对毛主席、共产党、社会主义感情非常深厚，发言时讲得热泪盈眶。

座谈后到六户家庭逐户看望，六户人家的房屋都非常破烂，家中看不到报纸、书刊，更看不到电灯、电视。有一户只有一个人，即兰明友，男，五十七岁。家里没有床、被、衣服，晚上就蹲在火塘边过夜。他的所有衣服都穿在身上，经估算他的全部家产最多值五十四元。

快到中午时，遇到了难题：乡上、村上留我们一行在队里吃午饭，我当即表态，这怎么行？这么困难的队，我们不愿意在这里吃，不忍心在这里吃。县长李东和、县委副书记曹正甫也帮着乡、村的同志挽留我们，并一再说明，杀的羊子和鸡、吃的苞谷都是乡上从山下背上来的，不是队里请我们，而是我们和全队群众一起共进午餐,这也是全体村民的心愿。

饭前按照彝家风俗,由同去的彝家头人敬羊膀、鸡头,喝杆杆酒。队长致祝酒辞说:各位长官(对我们按解放前的称呼)剽这命(拼着命)来看望我们悬崖上的彝家,我们不忘共产党、毛主席。队长两句祝酒辞讲得我们一行人心里激动、难受。我们内疚,我们要扪心自问:有这么困难的生产队,我们的工作是怎么做的?今天不是我们去教育群众,而是群众在教育我们。

午饭后已是两点过,彝族青年兰绍林作为全生产队代表送我们下山,在悬崖最险的几处,他在我们身前身后不断地攀登跳跃,保护我们的安全。

…………

多年以后,兰绍林对我说,在一线天,他记不清送走了多少个背影。几乎每次,他的目光最初是和那些背影粘连在一起的,就像从中掰断的一节藕,中间有细密的丝线连着。可丝线牵得再长最终也要断掉,他的目光同样禁不起那些身影的渐行渐远。他也不清楚他情不自禁追出去又无一例外弹回来的目光到底是要追逐什么抓住什么,又也许他本来心里也是清楚的,自己只是不敢确认、不敢放纵自己的想法而已。贫穷未必限制得了想象,但是贫穷,的确是毫不费力地使兰绍林的内心陷入了更深的贫穷。所以,当杨水源乘坐的汽车在一个弯道上消失,他在心里刚刚说了句"杨书记,不要忘了我们的路",立刻就像生出了行窃的妄念般,羞耻地收了回来。

是啊,他想一条路,古路村的人,谁又不是做梦都在想着一条路。但那是随便可以想的吗?如果是,癞蛤蟆吃天鹅肉早就吃得打饱嗝了。

第二章

一条路走过的路

"条条道路通罗马。"但是古路,不但不通罗马,而且不通骡马。

而这正是我们踏上古路之路的必由之路——探究一条路从无到有、由窄而宽、自陡峻变得舒缓的演进历程。

离开咕噜岩时,彭玉祥没敢表一分钱的态。刘世金问他,可不可以拨点铁丝把木梯加固一下?木梯横档靠山藤捆扎,日晒雨淋,雪打风吹,遇上山藤枯断,人也跟着送命。彭玉祥没有点头,也没有摇头。没点头的意思很清楚,没摇头的意思也很明白。但大家自动略过了没点头,却从没摇头里读出了肯定的意思——都知道这是自欺欺人,可怀抱希望总比眼含绝望要好,被自己欺骗总比被生活欺压要好。

1973年,县委书记吴志成去过一次咕噜岩。上山不容易,下山就更难了,他是蒙了双眼,由当地人捆在背架子上背下山的。正因为蒙了眼才敢下山,吴志成说,"购留各半"的政策,古路村就免了吧。从1962年起,为了保证城市猪肉供应,国家实行"购留各半"的生猪政策,乡下养猪的农民只有让国家收购一头毛猪,自己才能留下一头;如果家里只养了一头,那也要交售半边猪肉。这个政策直到1985年才由中央一号文件终结,这句话的含金量可想而知。

吴志成的古路之行不仅让古路村得了实惠,还让骆国龙生起野心——既然吴书记说我们是社会主义国家,城里有的往后农村都会有,那么,北京有公路,成都有公路,县里有公路,我们是不是也会有公路呢?怕别人笑他"东想西想,光吃不长",骆国龙没有对任何人袒露心声,而是像当

曾经与世隔绝的古路村，就隐藏在重山深峡的云海之中·谢应辉／摄

年先人们对流星的小路守口如瓶那样,把它当作秘密。

似乎是在眨眼之间,吴志成去古路时才一个多月大的兰绍安已经做了新郎。就是这个兰绍安,连人带背篼从钢梯上掉下悬崖,十八岁的小伙说没就没。骆国龙坐不住了:都说共产主义迟早要实现,等了这么久,政府的人是来过不少,但共产主义一直都是只闻楼梯响,不见人下来。我们等不来共产主义,难道就不能主动去找一找吗?他对自己说,你是村长,如果村干部只晓得每天到老百姓家里吃茶喝酒,这是混阳寿!

1987年的正月十三,骆国龙下山来了,找共产主义来了。

这是古路人第一次向大山以外的世界坦露内心的秘密,暴露他们的"野心"。

1. "油茶没吃成，喝口水也不错"

骆国龙是单枪匹马下的山。

临行前，他约过村支书李国清。李国清问他，你有几成把握？骆国龙说一成也没有。李国清说，那还是别去了吧，相信组织，有条件时组织上不会不管我们的。骆国龙说，我们也是一级组织。李国清说，所以才要顾全大局，不能给组织上出难题嘛。

骆国龙没有坚持说服李国清。他知道，除了不为难组织上，书记不愿出山还有一个重要原因：数百年与世隔绝的生活，已经让古路人养成了故步自封的习惯，与外界沟通交流，对村里多数人来讲，是一件难为情的事，是生活中的多余和浪费。何况那时候，多数的古路人，汉语都说不利索——包括支书李国清。

知道县民委的嘴巴专门为少数民族说话，骆国龙一路打听找上门去。

接待他的是县民委主任丁甫全、副主任代盛杰、办公室主任辛顺才。

丁甫全与骆国龙已不是头一次见面。丁甫全1980年年底从片马彝族乡调任县民委主任，当时的副手万英福是永利乡万家村人。万英福不止一次对他说，整个汉源县，日子过得最造孽的就数古路村了，吃个水还要拿命来换。丁甫全撇撇嘴说，你把牛再吹大点呢！万英福说，不用吹都大得牵不动了，不信你去实地看看。这样的话说过几次，1982年4月里的一天，丁甫全果真一个人去了古路村。先坐班车到乌斯河，再从乌斯河赶慢车到长河坝。出了长河坝火车站，他想找个人问路，可眼前只有乱石嶙峋、野草萋萋。好在出发前他打电话问过乡上，顺着大渡河下行七八百米到一线天峡谷，从峡谷入口攀援而上就是癞子坪。一线天的险峻他早有心理准备，只是身临其境，才嫌想象的奔马只长了四只蹄子而不是八只。半路回去太丢人了，仗着那年不到四十岁，假装是个年轻人，他一连翻过三道天梯，越过翻天云，到了癞子坪。眼前，张牙舞爪的贫穷触目惊心；耳边，队长兰明福的介绍在他心里响起一个个炸雷。那天晚上，他住兰明友家。躺在床上，想起兰明福说到本队兰友顺背水时被石头打到岩下，一个大男人竟然热泪长淌，他的睡意被兰明福的泪水冲溃了大堤。天亮时终于是睡着了，然而刚刚把自己交给周公，一只从头顶路过的公鸡在他脸上留下一摊热乎乎臭烘烘的东西。距离山下最近的寨子尚且如此，咕噜岩上又会是啥样子？他想去看看。想过又想，还是别去为好，要是从岩上滚下来，尸骨都捡不齐全。然而最后他还是上去了，在咕噜岩教书的民办教师姜彭亮上山路过癞子坪，他一狠心跟在了姜彭亮的身后。

两个人就是那时候认识的。那天，丁甫全被突如其来的一场大雨浇成落汤鸡，连人带衣服烘烤在姜彭亮生起的火堆旁。闻讯而来的骆国龙问他：是不是你这次来了，古路就有水吃了？丁甫全说，不瞒你说，县民委账上一年只有万把元的不发达地区发展资金，全部砸到古路，这个事也摆不平。他进一步解释了"摆不平"的双重含义：古路全村的水不是万把块钱能引来的，更何况，全县有四个民族乡，这点钱全放到一个村，其他人不把皮给我剥掉三层才怪。骆国龙难掩脸上的失落：这么说，你不来可能还好点——闻到肉香没肉吃，倒不如香气都闻不到的好。丁甫全说，肉要一口口吃，水也要一口口喝，我想办法先解决癞子坪吃水问题，山上几个组，以后慢慢想办法。回去以后，丁甫全果然挤出来差不多两千块钱接通了癞子坪的水管。

后来我采访丁甫全时，七十多岁的老人家虽然精神矍铄，但因为时间太过久远，当时很多细节都已在他脑子里模糊掉了。只是说到水管，丁甫全讲了一个插曲：整个汉源县都买不到合适的钢管，不得已，他跑到金口河物资局找熟人开了"后门"。然后,又给钢管买了火车票,这批"贵客"才从金口河到了长河坝。他说:我说这个的意思是,那个时候不光古路穷、县里穷,国家也穷。

闲篇翻过,继续来看只身出山的骆国龙可有斩获。

辛顺才把一杯热茶端到眼前,骆国龙才想起,刚才买的一包"大红梅"还没派上用场。给屋里人一一敬了烟,骆国龙直奔主题:丁长官嘞,一晃几年了,大家都盼着你再到古路看一看。

辛顺才瞪他一眼:你这同志,在说啥子!共产党里没有长官,只有同志。

是,是,丁长官……同志,你们好久再上去调查调查,研究研究?

丁甫全摇摇头:你们那地方,现在想起来,脚杆还在打闪闪!

辛顺才目光顺着丁甫全的脸往下滑,一直滑到脚背上,又沿着反方向爬上来:主任,你腿没闪啊!

丁甫全半咧着嘴"呵呵呵呵"地笑,骆国龙也是看糊涂了。虽则糊涂却也不忘替他辩白:你们不晓得,我们古路村,真的是远得猫不吃狗不闻……

辛顺才这才正经起来:晓得晓得,古路这地名,丁主任说得我们耳朵都起茧了。

丁甫全盯他一眼:左耳进右耳出,起不了茧。

说话间,烟也抽得差不多了,丁甫全将烟头撅灭在一个茶色玻璃烟缸里,看着骆国龙,正色道:正月十五前都是过年,年要过,龙门阵要摆,正事也要办。老骆,有啥想法,开门见山吧。

骆国龙脸色变得肃穆起来:这次来,我想说说路的事。

说到路免不了提到丢在路上的一条条人命,提到兰绍安,自然就讲起他的岳母兰明秀的经历。兰明秀出生在癞子坪,十一岁那年,咕噜岩申绍云背她上山，做了童养媳。兰明秀上山不久，父母就举家迁到了凉山州甘洛县苏雄区。两地直线距离只有几十公里，因为没有路，仿佛隔着万水千山——要不然，父母也不会走，不会把她一个人扔在这里。她再次见到母亲和哥哥、妹妹是在二十多年后，那时父亲已不在人世。兰明秀好歹下过悬崖下过山，可村里被路困住双脚、一辈子在村里坐井观天的人，一口气能说出一长串：五组李可民恐高，这一点正好和妻子柴永淑"门当户对"，从小到大，他们从没出过村，也没看见过山外的样子；二组李忠会不懂汉话，不敢下山，他的目光到过的地方，就是他到过的最远的地方；骆国龙的姑父李福贵长得一表人才，可惜年纪轻轻落下腿疾，人生后几十年的生活空间再也没有变化。1970年，听说从山底经过的成昆铁路通车了，他让几个弟兄把他背到岩边看稀奇。可哪里看得到呢，火车从山洞里钻过，只在经过一线天峡谷时露出二十来米，隔得天远地远，根本看不清楚……

讲着讲着，骆国龙的声音就小了下来。每个名字都是一块冰凉的石头，那些石头堆在一起，堵在胸口，压疼了他，压低了他的声音。几乎与他的声音灰暗下去同步，"沙沙沙沙"的声音在耳边响亮起来。下雨了，他以为。却不是，是一支支笔在纸上奔走，大路朝天的样子。

笔都有路，又宽又平的路，而人没有。讲到这里，骆国龙对我说，这句话他也给屋里三个人说过。他们怎么说？我问。他说，停下笔，丁甫全的话走了岔路：路就不说了，说点其他的吧。

丁甫全是对路的事情不感兴趣，还是除了对路，对别的都感兴趣？骆国龙吃不准丁甫全的意思。但他知道，并不是所有声音都有机会被人听到，古路需要的，不就是机会么？所以，顾不了那么多了，既然让说，我就说，接着说。

这就说到了电。如果有电，老书记刘世金、方劲田四岁的闺女、五保户尹国庆不会说没就没，不会死得惨不忍睹——他们的死，都是因为没有电。活下来的人就不惨吗？竹篙、火把、煤油灯，解放这么多年了，这些东西还没有解放。党中央的声音我们都想听，但没有电，我们只有听风吼，听雷鸣，听鸟叫，听猴子肝经火旺从早闹到晚……

骆国龙又说不下去了。丁甫全和代盛杰不约而同地从笔记本上抬起目光，对视一下。代盛杰说，还有啥子问题，接着说。

见骆国龙有些迟疑，辛顺才往他的杯子里掺了水，递到跟前：就当摆龙门阵嘛，来都来了，多摆一会儿也没关系。

一口茶下去，心里的话又浮了上来。骆国龙说：你们不嫌弃，我就再倒倒苦水。古路吃水也成问题，丁主任也是晓得的。村里人基本上靠"沁水"吊命，"沁水"，就是从山底下沁出来一股水，拿石头围成一口"井"，一滴也舍不得放走。从地底沁出的水，有的拇指粗，有的小指粗，有的夏天还拇指粗，到了冬天却没有筷子粗。水是靠桶背回家的，半夜就要起来排队，要是起得迟了点，吃水就得靠借。能不能借到水喝，要看你的人情……

骆国龙本不想细说，毕竟他不想跑题太远。见他们听得认真，代盛杰和辛顺才还一脸狐疑的样子，他才没忍住下面的话——古路一共六个队，一队又叫流星，三十户人分住两个寨子。一个寨子背一次水要走不下十拐路——路远，走一程，累了，拿拐子撑着水桶休息，叫一拐路；另一个寨子，老水井出水量比奶水还少，头天夜里鸡叫三遍出发，排在前三的可以打上一桶，接下来五个可以得半桶，后面的就是空桶。二队斑鸠嘴，吃的水从深山老林里引出，引水的木头中间开槽，将槽连成一条线，看起来也像是条水沟了。水量不用担心，但山上一掉石头，打得落花流水。重新找木头开槽容易，再把"水沟"接起来就难了，有人为这个摔断了腰。三队咕噜岩是唯一不愁没水吃的。占着地利，1958年从黑马溪引水开田，山上人也想吃大米饭呀。堰是开出来了，但古路的地土层薄，水一来，泥巴顺着石头往下梭，像坐土飞机。好在是有长流水了，但堰是泥巴糊出来的，流进缸里的可能是水，也可能是泥浆。四队和一队差不多，两口井，一口出水量小，另一口半天出不了一桶水，还隔着一个小时的路。五队马鞍山水倒丰盛，但是路远，差不多到了金口河。丁主任出马以前，六队癞子坪也是背水喝，要翻四五个埂，背水路上，石头掉下来砸死过人。如今倒是好得多了，也难怪，山上几个队的人说丁主任办事不公平……

说丁主任办事不公平，骆国龙用的是激将法。为了将自己的小心思隐藏起来，他随即又说：现在山上几个队吃水各有各的难处，但用水差不多都是一个样，洗完菜的水洗脸，洗完脸的水洗衣，洗完衣的水喂猪喂牛……

那洗脚呢？代盛杰忍不住问。

还有洗澡？问话的是辛顺才。

骆国龙的回答是他们怎么也想不到的——衣裳还几年没洗一回，洗啥脚和澡！

他们没有接话，骆国龙也没有往下说或者转换话题。什么也不说其实也是一种诉说。有时候，一刻沉默等于千言万语，胜过千言万语。就像现在，很多语意顺着骆国龙的话头奔涌着翻滚着轰鸣着，它们在巨大的静默里咆哮，掩盖了一切声响。

再深的井也有个底，再宽的河也有个岸。缓缓将笔记本合起来，丁甫全说：你说的我们都记下了。诓诓哄哄的话我就不说了——这些问题，一时半会儿，我们也无能为力……

那你们还让我说？！骆国龙急得站了起来，这不是脱了裤儿打屁——多余的事吗？

代盛杰哈哈笑了：你先听丁主任把话说完嘛。

丁甫全也乐了：都说我性子急，看来还有比我更火爆的。我说这些问题一时不能解决，但没说过一件不能解决呀。

骆国龙松了一口气：这弯绕得，比金刚藤还长！——那，我们就细细说说修路的事？

丁甫全摇摇头：片马、永利、宜东、料林……通乡公路还成问题。全县不通公路的村至少还有一半，你们那里修路难度太大，花钱太多，干不成，干不成。

一点可能都没有？

不是——是半点可能都没有！

那就拉电线，让大家也看看电灯。

钱都不说了，山高路远，电线杆子咋爬得上去？丁甫全接着摇头。

只剩下一个选项了。骆国龙说，水，如果能把剩下五个队的水管拉进一家一户，你们也是功德无量了。

没想到的是，丁甫全还是摇头。骆国龙急得头顶冒汗，丁甫全却在这时候开了口：共产党不讲功德，只讲工作。不过做工作要先搞调查，不能狗熊按键盘——乱弹琴。

工作无量，工作无量！骆国龙忙不迭地说。

笑声重新灌满屋子。

今天不逼着他们咬出个牙齿印，只怕是夜长梦多。这样一想，骆国龙也不怕人笑他性急了：三个月之内，你们能不能到现场来看看？

三个月肯定不行！丁甫全接着说：这不是春节后刚上班吗，等我们把手头工作安排一下，尽快过来！

骆国龙乐得手和脚都不知该往哪里放：定了时间带个信，我到山下接你们！

这次去民委，骆国龙是冲着路去的，但这条路眼下走得通的可能性不大，他自己心里有数，因此他下山时除了李国清谁也没说。碰钉子他不怕，事情办不成他也不怕，他怕把大家的心提到半空落不了地。就连给内当家兰绍香他也只说是下山卖点山货打盐巴。装了两斤花椒、十斤白豆、两百个核桃的背篼，他起先放在丁甫全办公室门口，出门看见，才在心里笑话自己,先前只顾着说话,把东西忘到了一边。见骆国龙背着个背篼折了回来,丁甫全说你这不是来办事情是来乱弹琴,代盛杰也说你这一整味道就变了。骆国龙假装糊涂:干东西变不了味,放心放心。丁甫全脸色就不好看了:共产党的干部,不拿群众一针一线!骆国龙一脸无辜:我这不是针也不是线,就是一点土特产!说话间狡黠一笑,风一样刮下楼梯刮出院子。

在县城双通巷住了一宿,第二天回到村上,骆国龙马上召集村组干部开会。听说县民委领导要来现场研究解决吃水的事,大家兴奋得直吞口水。兴头上李国清问了一句,先不是说争取修路吗,咋十八扯扯到水上去了?听说骆国龙原来是去争取修路的,组长们的兴奋劲就往下滑了一截,到手的鸭子飞了似的。骆国龙理解大家的心情,也就顾不上委屈,他开导大家说:油茶没吃成,喝口水也不错,只要把命吊着,就不怕往后没有好日子过。

正月十六,丁甫全、代盛杰、辛顺才,加上单位负责财务的蒲德林一起上了山。没想到他们会来得这么齐整这么快,也没想到他们来之前半点不打招呼。几个人一屁股坐在地上,也不管地上凉不凉脏不脏,那个狼狈样儿,看着就让人心疼,让人觉着亲近。更让人想不到的是,吃了几片荞饼,剥了几个火烧洋芋,客套话没说上几句,丁甫全就站起身来:走了走了!

骆国龙急了,我们再怠慢,再照顾不周,你们也喝口水再走啊!

丁甫全说,我们现在,就是要去看水!

骆国龙说,你又不是没看过,几个水凼凼,以前啥样,现在还啥样。

将手中皮尺在骆国龙面前晃了晃,丁甫全说,上次是走马观花,何况我虽看过,它没看过。

几个队长带民委干部踏勘水源去了,找借口留在家中的骆国龙不知不觉间出了一身汗。这身汗是被烤出来的,烤出汗来的火却不在火塘,而在心里:中午是几个洋芋就把人家打整了,晚上拿啥待客?人家冒着那么大危险,天高地远爬上来,不可能上顿洋芋,下顿还是洋芋吧?但不吃洋芋又能吃啥呢,找遍全生产队,估计也找不出两块肉来!

骆国龙正抠头皮,屋外传来"咩咩"的叫声。骆国龙眼前豁然开朗:没有猪肉,不是还有羊肉吗?

骆国龙打起羊子的主意,内当家兰绍香很受伤:四只羊子都还没长大,我就不信你狠得下这个心!

骆国龙说:我没打四只羊子的主意,我只要大的那只。

兰绍香一听更着急了:那是羊公!羊公你也舍得杀?

骆国龙说:人家舍得丢工丢夫给我们办事,我咋就舍不得一只羊呢?

兰绍香叹口气说:他们也就是来看一看,干不干得成还不一定。如果看了又说搞不成,这羊子遭得就太冤枉了。

骆国龙哈哈笑了:那么大的官都来了,肯定干得成!就是干不成也不要紧,人家这份心,难道还值不起一只羊?!

兰绍香话里就有了哭腔:一斤羊子八角钱,一百多斤,就是百十来块——这是在败家呢!

骆国龙知道老婆心疼,他自己何尝又不心疼!可是,他说,吃得亏打得堆,当干部舍不得吃亏,没人愿意跟你干。

那……那就杀只小的,反正他们也没几个人。老婆往后退了一步。

骆国龙却得寸进尺:总要有几个人陪客吧?带他们看水的那几个,不可能酒都不喝一口。

酒?哪来的酒!

家里不是还有一坛甜酒吗?

那坛甜酒是我爹寄在这里的,不能动!兰绍香心里骂开了:这个家迟早被你败光。

喝了再说，就算借的，以后还他一坛就是！骆国龙想在话尾巴上打个问号，话一出口，却成了叹号。

头天拿下三四五队，第二天进军一队二队。骆国龙提前给一队队长常有才打招呼：贵客来了，你可不许怠慢。

常有才说：这个不是问题，前提是要有东西拿得出来。

骆国龙启发他：昨天我把家里羊公都杀了。

常有才装糊涂：我家也没羊公啊。

骆国龙说：想想还有啥？

想了一想，常有才说：又不是土匪进村，干吗非要杀鸡宰羊？共产党不是有"三大纪律""八项注意"吗？

骆国龙赶紧拿手捂他的嘴：平时说你脑筋转得快，看来把你夸翻山了！还土匪呢，你个土包子！要不是为了办正事，八抬大轿还把人家请不来！羊子我是背地里杀的，他们收工回来看到我要杀鸡，丁主任拼命拦着，说你真敢杀我转身就走。就凭这个作风，把自己身上的肉割给他们吃了我也愿意。

常有才还真是想了一想才说的话：毛主席都说要和贫下中农同吃同住同劳动……

骆国龙狠狠瞪他一眼：毛主席他老人家都不在了，你还搬他出来唬人？

常有才挺直腰杆：毛主席虽然不在了，他打下的江山还在，共产党还在！共产党教我们不能忘本，总不能自己先忘了吧？

骆国龙不耐烦了：待客之道总还要讲。杀两只鸡，这钱我出！说完下意识去摸口袋，摸了半天，却摸出来一个烟袋。常有才"扑哧"笑出了声：逗你玩儿呢！我们早商量好了，全队人合伙杀个羊子慰劳他们。

骆国龙脸上晴开了：我就说嘛，你啥时候成了榆木脑壳。不过丑话说前面，事情办成要记情，事情办不成，也要记住人家设身处地这份心……

我讲得不光婆婆妈妈，而且看起来似乎是有些跑题不着调了。本来是写"问路记"的，却写成了"寻水记"；本该是写丁甫全他们如何解民倒悬，却着墨在了骆国龙和身边人唇枪舌剑……但是，这有什么关系呢？意想不到的风景也是风景，往往还是更好的风景；故事牵出的故事也是故事，往往还是更好的故事。骆国龙一时没找到路，但因为找路，他遇见了一口井，井也是他和村民们望眼欲穿的，这同样值得高兴，同样值得记录和回味。骆国龙虽然没有和他要找的"共产主义"打上照面，但他找到了"社会主义"——尽管是"初级阶段"，同样值得高兴。至于他同内当家、常有才"斗智斗勇"，我只能说，事物都有其生发成长的土壤，讲规矩是因为有人不讲规矩，讲纪律是因为有人破坏纪律，当人与人之间的关系足以超越一定之规而且朝向和谐美好，这样的"违规逾矩"不仅并不可怕，而且求之不得。就像当年老百姓给八路军纳鞋垫，子弟兵收下的岂止"一针一线"，那是一颗心一片情，而且心比金纯，情比海深！

第三天，在古路村不挂牌办公的县民委撤回县城去了。一个月后，代盛杰又一次带人来到古路。这一次，他们和村社干部一起，一条线一条线、一家人一家人地确定了水管走向，测量了水管长度。那次测量的数据，骆国龙至今还隐约记得：一队三千二百米，二队三千五百米，三队一千三百米，四队两千七百米，五队两千米。

古路村不再喊渴。但古路村人的渴望，生长得更加旺盛。

——路，用于行走的路，不同以往的路，连通世界的路。

他们的梦想，一直在路上。

2. "买路钱"只有十万元

栋梁成于纤微，江河发自细流。同样，再是大路朝天，再是千里之途，莫不有一个起始之处。

多年前，骆国龙生成并埋藏心中的秘密，也许算得古路通村公路的时间起点。但是，一只鸟撼不动一棵大树，一滴雨流不成一条江河，仅凭心中一线微光，照不亮远方的重峦叠嶂。漫漫长夜里，冷依偎着冷，黑叠压着黑，守夜人的眼睛却没有因此陷入混沌。

绝壁上的天梯，用钢材替代木头，最先也被当成是"异想天开"。彭玉祥说，这件事告诉我们，一个人也好，一个地方也好，只有不敢想，没有不可能。干成一件事，你要先把胆子放野，再把两手放开。

头上顶着皇木区委书记帽子那些年，皇木区下辖的五个公社在彭玉祥眼中，无一不是"一身癞子没擦处"。经过三年困难时期的皇木区劳动力锐减，大片耕地荒芜，群众生活缺口粮，农业生产缺种子，人畜饮水严重不足，基本口粮靠国家返销，苞谷、荞麦，甚至洋芋种子都要到外地调运。数不胜数的大麻烦小麻烦中，最让人头疼的，除了古路村出行难饮水难，要数区机关所在地皇木场，上千人守着一口老井日夜排队，"水桶长龙"龙头在井口晃动，尾巴却一直拖到街心。

彭玉祥正闹头疼呢，有区上干部向他反映，古路村有人和铁路局谈条件，说我们支持你们修铁路，你们还是帮我们一把噻。

——把木梯换成铁梯，他们也太敢想了。反映情况的人说。

这些家伙！彭玉祥一听马上从办公桌前站了起来，吃了熊心豹了胆，居然敢打铁道兵部队的主意,他们脑壳也太——够用了嘛!

时值国际形势动荡不安,蒋介石叫嚣反攻大陆,毛主席提出"备战、备荒、为人民"战略应对之策,继而展开"三线"建设。作为"三线"建设重点项目的成昆铁路有十七公里在皇木区境内,东起永利乡马坪村白熊沟,西至乌斯河镇苏古村大渡河铁路大桥。仅就长度而言,这是一千一百零八公里成昆线上不起眼的一段,从施工的角度来说,却是成昆线上最艰险的一段,被苏联专家切力申科称为不可施工的"死亡禁区"。箭在弦上,不得不发。1958年7月,国家义无反顾地组织十余万铁道兵展开全线会战。工程施工由铁道兵部队担当,后勤供应、材料运输由地方负责。既然军民一家人,家里有难处,怎么就不能拿到桌面上说呢?

不知来处的"金点子"让彭玉祥禁不住热血沸腾。皇木境内铁路工程由铁二局七处、十一处负责施工,七处安营乌斯河,十一处扎寨长河坝。又一次组织群众上门慰问、送米送菜时,彭玉祥向铁道兵部队负责人倒起苦水:古路那条路上,出过的人命数不清;街上那口井呢,干得烟都冒起

残存的古路钢梯通向云端,也通向古路人的记忆深处·李伊凡/摄

来几丈高了。负责人一开始也动员当地干部群众自力更生,毕竟他们也是军令如山,但当彭玉祥用手在一线天崖壁上指出一条若有若无的路,接着

又讲起那些发生在路上的故事，对方也就没有把话接着再往下说。彭玉祥的话匣子却关不住了：按照方案，皇木堰要从与洪雅县接壤的"七百步"引水，全长二十公里，沿途多是悬崖绝壁，打炮眼得从山顶用长绳将人拦腰捆住，悬在空中作业。1958年，大家也曾"自力更生"过，只是伤亡惨重，开工不到两个月就停下来了。要不是山穷水尽，你们建设任务这么紧，我们也不好意思来打麻烦！

只隔了一天，铁路局党委研究后作出答复，铁七处派四十名精锐开拔岩窝沟，啃下皇木堰全线最硬一块骨头；十一处负责用铁道施工材料更换绝壁木梯。

任务重，时间抓得也紧，仅仅一个月，十三道钢梯深扎在绝壁之上。

世上还真有"高射炮打苍蝇"这档子事！惊讶之余，任成立从中看到了给古路村修一条路的可能性。

我是经过好一番辗转才联系上任成立的。任成立1983年到县交通局任副局长，直到退休一直分管工程技术，1988年就去过古路。他是被丁甫全生拉硬扯去的，过翻天云时他就想打退堂鼓了，到癞子坪，目光在绝壁上爬两步滑一步，脚下也不由得发软发颤，任丁甫全怎么说，他都不再往上爬。天梯太陡太险，他被吓着了。让他望而却步的还有钱。修路要钱，哪里有钱！当时县交通局账上每年都有一笔资金，专项用于民桥民路维护。那怎么说是没钱呢？钱太少，每年万把块，有和没有差不多，只能撒撒"胡椒面"。再说那点毛毛雨全县六个区四十个乡镇都指望着雨露均沾，你敢全部下到古路去吗？就是全部下到古路，一阵跑山雨，也把硬岩浇不透。

后来丁甫全又找过任成立几次，任成立都是躲得过就躲，躲不过就拖。遇到垮山、塌方断了乡道，也只是补助千把块意思意思。县上领导打招呼，出手大方些，也不过是把国省干道上的炸药雷管匀些过去。再高一点的要求就无能为力了，任成立曾跟一位嫌他"小家子气"的县领导顶过嘴：就是把我卖了，也凑不出你要的那个数！乡道尚且如此，村道可想而知——何况上不沾天下不挨地的古路。

家底都在手上，手上却空空如也，难怪地委书记杨水源连续两次到古路村都没敢跟村民提起半个"路"字。背地里，杨水源却着实是为古路村动过一番脑筋的。从古路回来，同县上干部座谈时，修路的思路他也小心翼翼提过，县上一叫苦，他也就没有把话接着往下说——再说说不定他们就会向他伸手，可自己手还打不伸展呢！于是想到了搬迁。古路村没有路，可古路人有脚啊，一走了之，走之而后快，多好。可搬迁是更大的问题：民以食为天，土地哪里来？河谷地带交通便利、粮食产量高，可山下人口早已饱和，那点地只够他们勉强果腹。又有人提出往皇木乡一带搬，皇木乡地广人稀，调地问题不大，可那儿海拔比古路还高几百米。"人往高处走"，山区没这一说。

还是考虑以后给古路修一条路吧，杨水源说。以后是多久，他没有说。只是，自此，为了古路有条路，丁甫全跑得更勤了。不光自己跑，还拉上任成立、代盛杰和县领导一起跑。不光往村上跑，还往地区和省上跑。也不光送请示、递报告，还削尖了脑袋把厚厚的信封没完没了地往上送。

信封里装的什么？信封里的东西怎么来的？给出答案之前，先讲一段插曲。

其实，自骆国龙第一次下山找路，他如饥似渴的眼神就一直在丁甫全脑子里挥之不去。巧妇难为无米之炊，丁甫全知道。当个"甩锅匠"省心又省力，可他怕挨骂。古路人背后骂他吃粮不管事，这个可能是有的，但他不怕这个。被人骂的当官的又不缺他一个，骂过风吹过。他怕的是自己骂自己：古路人被路逼得都快没活路了，拿着政府俸禄，如果坐视不管，那是良心被狗吃了——何况你还是彝人，洋芋屎还没屙干净！

丁甫全召集民委的人群策群力写了一个报告，说古路的贫穷与落后，说古路出行的种种不易，说那条路上丢了多少人命。报告写好后往地区民委和交通局送了两次，换来的却是白眼。人家说，写下"蜀道之难，难于上青天"的是李白，你们把这古路吹得天都盖不住，你们不是李白，是日白！

也不怪人家不信。最开始，自己不也不相信有古路这样的人间绝境，不相信古路之路难比登天吗？

那就请你们去现场看一看吧！丁甫全不甘心就这样被打发走。

眼见为实，理是这么个理。更大的理是：地区民委一共也没几个人，事情太多，安排不出人手。

放弃一件事比坚持一件事容易不止百倍，丁甫全对自己说，也对同事们说，咬定青山不放松，就是硌掉几颗牙，这条路我们也要坚持走到底。

于是，代盛杰又一次去了古路。代盛杰不是一个人去的，跟在他身后的也不仅仅是单位同事，还有来自县广播局的"名记"——摄像记者程庆松、文字记者马军。

代盛杰当然没有带记者的权力。十个代盛杰加在一起也没有。那时候县广播局只有三台摄像机，一台主要跟书记，一台重点跟县长，另一台在一大群副书记、副县长中间打转转。县领导还常常为摄像机对准谁争风吃醋呢。代盛杰，一个副科级，风水轮几转也与你不相干。可人家真的就跟在他身后了，只是程庆松的镜头，几乎就没有正眼看过他。

在多年以后担任过市民族宗教事务局局长的马军记得清楚，他们是1991年5月1日上的山。事情自然是有来头的。在地区碰了钉子，丁甫全找县委领导诉苦。诉苦不是丁甫全的强项，不过，要说争取领导，丁甫全也有一套。原原本本汇报了地区民委的答复，不待领导发话，丁甫全提出应对之策：他们来不了古路，我们就把古路搬到雅安！

就是愚公还在，就是有一百个愚公，那么大座山也不可能移到一百五十公里开外,丁甫全这是疯了吗?当然不是。他是从一个成语里受到了启发。四两拨千斤——摄像机不止四两,古路在他心上,确是重比千斤。

程庆松的任务不言自明,又不需要出新闻稿,马军又是来干什么的呢?当然不是看安全了,他的安全还要人看呢!出发前,领导做了交代,

一道深峡,把古路隔绝在世界的尽头・杨涛/摄

要他写一个调查报告，越详细越好，越生动越好，越有鼓动性越好。领导甚至不仅把"铁肩担道义、妙笔著文章"的字面意思和深刻内涵以及两者之间的逻辑关系做了深入浅出的阐释，还着重就"道"和"妙"的特殊意味做了意味深长的点拨。马军的思想压力随之而来，正合了领导本意：有压力才有动力嘛！

  这次古路行，程庆松的摄像机镜头一路上替他大睁着眼睛：车过乌斯河，就算是进入了大渡河峡谷。地处横断山东缘的大渡河峡谷是我国一、二级地形阶梯阶坎上高差极大的部位，两岸崖坡几乎都是直上直下、如劈如削。峡谷底部，大渡河河面宽度约略等同于两岸间的距离，而河宽不过三四十米，最窄处只有不到二十米。谷底几乎全部为河槽占据，汽车贴着左岸前行，越是往前，河面越窄，眼前越暗。太阳起了个早，这会儿也在满负荷工作，可挤进这窄而幽深的峡谷的只有一线天光。真正的"一线天"到了，这是大峡谷左岸的一道峡谷，一道更窄、更陡的峡谷。一线天是成昆铁路"一线天桥"得名的来由，还是古路村的入口、一部古老史书的封面。往山上走的小路宽不盈尺，而且大约只有百步。百步之后就是九十度——连八十九度都不是——的绝壁。说刀削斧砍的绝壁直耸云霄，那是夸张了，山往天上爬，也要喘气也要休整——爬出一截，会往后仰出一段斜坡，待攒足了力气，再垂直向上。往上多高喘一口气却没有定准，有几米十几米的，也有几十上百米的。眼下这道断岩就只有三五米，一道铁梯就上去了，顶多算是个下马威。过不多远，又是一道天梯，连着一道天梯。程庆松只好把摄像机交到别人手上，待气喘吁吁爬上去，再要回来，小心翼翼端着，胆战心惊地从镜头里往外看。最考验人的还是咕噜岩。那是一道三百多米高的绝壁，从癞子坪看过去，崖壁像是刀切过的豆腐，刀口落下去时，不偏不倚，不多不少，刚好与地平线成直角。这地方是不可能有人爬得上去的，这是程庆松的第一印象。但代盛杰说了，辛顺才也说了，岩上有路、真的有路，他才在半信半疑间被他们夹在中间往前走。走到近前,果然看见了他们所说的"路"。崖壁的确是直起直落的,只不过,就像上了岁数的人脸上会有皱纹、会凹凸不平,山岩上也有坑洼起伏,岩层间也有参差错落。那些起起伏伏的坑坑洼洼便是天然的路基了,时隐时现的小路,看得见人工开拓过的痕迹。岩层交错之处,正好可供铁梯落脚,一二三四五六……程庆松数了数,绝壁上趴着十道天梯。程庆松不相信世上竟然有这样的路,更令他难以置信的是,接下来,他要把自己的脚印留在上面,印在空中。信与不信这个时候已经不重要了,程庆松是带着使命来的。他承认自己这一路走得吃力走得惊心走得穷形尽相,重要的是他上去了,这已足够安慰自己。

军人出身的马军虽说不上淡定,身体紧贴在岩壁时,至少没有像程庆松那样两腿哆嗦到差不多让一座山都跟着他的节奏颤抖。他所承受的压力却并不比程庆松要小——"拿出一份有分量的调查报告",他掂量得出"分量"二字的分量。除了搁置在天梯上的时间,他的嘴、耳和手一刻也不敢闲着。古路这个地方,他的耳朵早就不陌生了,但当身临其境,那些丢失在路上的魂灵,以及他们的故事,仍然让有备而来的他,对生活之重与生命之轻无言以对。

这些都是村人交付给记忆、记忆交付给马军、马军交付给我、我又从村民那里得到印证的古路往事:

…………

那些年,占着地利,咕噜岩上有一项营生叫烧碱灰。碱灰轻,可以拿下山,换油换盐换布。庆少云砍了一背柴回家,走了一段横岩,就要上天梯了,他侧过身子,准备攀援。这条路已经和他很熟了,但背上的柴是新柴,其中有一根,也不知本来就长,还是从柴捆中滑出一截,杵在了硬岩上,硬岩被戳疼了,反手一推,庆少云滚下岩去。

十八岁的兰绍安是庆少云的妻弟,陪新婚妻子回咕噜岩的娘家,算得夫妻双双把家还。去时捉了一只鸡,回癞子坪,老丈人让小两口背点洋芋回去。兰绍安体能好，走得快，下天梯时走在前面，妻子申其凤想追追不上。快到岩边，还是没追到人影。鬼在攆你唆？申其凤在心头嗔了一句。到了岩边仍没见着人影，她把脖子往前伸了伸，伸得超出了悬崖边缘，还是没看见。申其凤心里紧张起来，莫非……当然不可能出现这样的事，她在心里安慰自己，侧身踏上天梯。人是一格一格沉下去的，顺着脚尖往下沉的目光，因而很是颠簸。落在柴棍上的目光突然有一格落了空——手腕粗的横档一端和龙骨连在一起，另一端却有气无力地搭在下一根横档上。申其凤心里一下空了，比横档原来的位置还空，比峡谷两岸围起的寂静还空。把天梯龙骨与横档捆绑在一起的山藤年老体衰，兰绍安踩上横档时，人的重量加上背上洋芋的重量，老迈的山藤无力挽留，山藤撒手，横档脱逃，失去支撑的兰绍安坠下天梯……这是申其凤所分析的，也是后来被验证了的。申其凤卸掉背篼，原路返回，连哭带喊叫人到天梯下寻人。被找到时，只做了一个月新郎的小伙早没了气息，可他还在说话——他的身体在说话，骨头在说话。那些将他的手脚和身体归拢到一起的人们听到，他的不知碎裂成了什么样子的骨头，用凌厉而尖锐的声音，声声喊疼。

…………

山上两天，如果接着听下去，这样的故事难免会让人陷进更深的悲伤。马军知道他要带下山去的是他们的希望而不是绝望，尽管有时候希望的芽孢正是脱胎于绝望的母体。古路归来，马军把一个村庄的疼痛，转换成一个个有形的文字，转换为一份既见厚度更见深度的调研报告。在一气呵成的题为《古路忧思录》的调查报告中，马军从一条路的艰险曲折写起，然后一笔宕开，将因为行路难导致的求医难、上学难、生活难一一收入笔底，将当地人的心声和一个外来者的感受，淋漓尽致地倾诉给一页页稿纸。古路的苦难，他没有刻意去渲染，更没有夸张变形。撰写这份调查报告时，他发现自己并不具备也不需要渲染和夸张的能力。他觉得能写出古路的十之七八就不错了，而不像有时候写一些新闻稿，需要把五六写成七八，七八写成九十。人在现实面前常常会生起能力恐慌，眼下，自己的笔力就是这样。古路有太多超出常人想象的东西了，回来后衣服在开水里一烫，盆子里漂了一层虱子是这样，古路无所不在的苦难也是这样。它们远不止是一条路，但如果这些苦难是一个穷凶极恶的作案团伙，路就是罪魁祸首，就是那个教唆一群恶棍把石块和啤酒瓶砸向人们头顶的那个恶魔。

现在你知道了，信封里装着什么。一盒录像带，一份把《古路忧思录》作为附件的《关于请求解决古路村通村公路资金的报告》。我用不小的篇幅来打开这个信封，是因为它实在太过沉重。可它还是没有敲开地区民委和交通局的大门。事实上门是敲开了的，可门里边儿的人说，锅里有碗里才有，只可惜锅里也没有干货。

转机出现在2000年。这一年党中央提出西部大开发战略，这年10月，中共十五届五中全会通过《中共中央关于制定国民经济和社会发展第十个五年计划的建议》，发行长期国债十四亿元，把实施西部大开发、促进地区协调发展作为一项战略任务，强调"实施西部大开发战略、加快中西部地区发展，关系经济发展、民族团结、社会稳定，关系地区协调发展和最终实现共同富裕，是实现第三步战略目标的重大举措"。

春风不度玉门关，北京的风吹到西部的西部是哪年哪月是个问题，能不能吹到大峡谷的褶皱间也是一个问题。那时节，汉源县民委已经更名为汉源县民族宗教事务局，丁甫全升任县政协副主席，单位"一把手"由邱建雄接任。也许邱建雄一开始真是这么想的，不过他的看法很快就来了一个急转弯。2001年3月15日，全国人大九届四次会议将瀑布沟水电站工程列为国家"十五"计划开工项目。这个位于汉源境内、距离古路不远、投资高达数百亿元的水电开发项目早在1958年就启动了勘察设计，有一个阶段还动用了苏联专家，却因为种种原因而中途停摆。这么大一个项目都被西部大开发的东风刮过来了，古路的路，当然也就有盼头了。

邱建雄和任成立又一次来到古路。市交通局和市民宗局分别给他们打了招呼，省上要筛选一批以工代赈项目，市县合力、部门联动，再把基础工作做扎实些，看能不能为古路村"抢"一碗"稀饭"。所谓"抢"，是因为僧多粥少，要拼"运气"也要拼"体力"；之所以不敢打"干饭"的主意，是怕胃口太大，鸡飞蛋打。作为"把工作做扎实"的重要一环，任成立手绘了一张骡马道平面图。要说绘图，任成立是"老司机"了，他也知道，这张图纸象征意义大于实际意义——他不可能按照标准流程搞勘探，这张图纸也就缺乏工程意义上的科学依据。项目能不能上他心里没数，但他清楚，想上项目预算就得压缩，就不能有勘探费用。如此情形下，工程预算怎么做成了一个技术活。减了加加了减，研究来琢磨去，他们报了十万元的工程预算。任成立说，放在今天，十万元用于项目前期费用都差得远，可他们只敢报这么多。冤枉路跑得太多了，他希望这一次不再做无用功。至于钱够与不够先不管它，有总比没有强，先赌一把，赌了再说！

就是赌，要想赢，也是需要一手好牌的。厚厚的信封、薄薄的图纸、长长的报告，又一次郑重其事摆到了四川省民宗委和四川省交通厅领导案头——说"又一次"，是因为之前，他们已经往省上跑了不止一次；当然，之后，又跑了不止一次。

资金计划下来是2001年冬天。钱是从省交通厅"戴帽"下来的，到了县交通局，又划到永利乡财政所账上，不多不少，十万元。

在过去，冬天就是冬天。可是这个冬天，古路人说，它是为春天报信来了。

3. 卤水点豆腐

头疼。

邱建雄头疼。

任成立头疼。

骆国龙头疼。

这头疼却不是十万块钱治得了的。相反，头疼是十万元引发的头疼。

四公里路，两公里悬在空中，还是硬岩，拿十万元修这样一条路，和拿苍蝇拍打老虎没多大区别。找了好几批施工队，人家差不多都这样说，说完拍拍屁股走了。

任成立脸上有点挂不住。再怎么说，在汉源，在路上，自己也算有头有脸，这几爷子脚底下的油抹得也太多了些！回头想想，也怪不得别人。做生意首要图个吉利，赚钱多少人家也许不十分计较，要是亏了本，那是沾了晦气。这工程容易亏是明摆着的，他看得出来，那些老江湖当然也看得出来。更多的钱要不来了，把这十万块再拱手还回去也不可能——古路村老百姓这一关就过不去，他们可是眼珠子望得都要挣出来了。任成立突然后悔起来，不该顾头不顾尾的，不该只要十万元的。凭良心说，当时造预算，写个二十万，下手也不算狠。

骆国龙心里同样着急。为这事前前后后跑了十多年，眼看要上马了，"马"却高傲得很，让人心存戒惧，不敢高攀。你还不敢逞一时之快，说不上就不上，说大不了放"马"归山，从头再来。要是伤了那些为古路人操心的人的心，他的良心没地方搁。村里人的心更是伤不起——他们等这一天,已经太久太久。

邱建雄呢,到民宗局当局长也有几年了,在通往古路的路上也没少奔波。"米"的确是少了些,少到熬不出一锅稀饭,好些天里他端着碗总吃不出米香。

约个时间,骆国龙家火塘边,三个人的脑袋凑在了一起。

邱建雄说:车到山前必有路,事到如今,也只有硬着头皮朝前走。任成立说:路要走,方向也得有,烫手山芋没人接呀。邱建雄抠抠头皮,欲言又止。过了好一阵,骆国龙从膝盖上抬起头来:办法总比困难多,实在不行,我们自己动手。见两个人眼里都是云雾缭绕的样子,骆国龙把话挑明了说:这本来就是以工代赈项目,发动村民投工投劳,可以省下一笔工钱。邱建雄眼里晴开了:一把钥匙开一把锁,这句话真还只有你出面来说。任成立脸上却和邱建雄不是同一个天气:土坡路可以麻子打哈欠全体总动员,但两公里硬岩,必须用专业机具,必须靠专业人员。他这一说,邱建雄倒有了主意:话分两头说,路按两段修——两处断岩包给村里懂行的修,其余部分由村上组织投工投劳。任成立问骆国龙有没有问题,骆国龙说没问题,这些年村里不少人外出打工,会用凿岩机的不止一个两个。任成立却担心,别个老板都不干的事,只怕他们也不干。骆国龙说这倒不一定,外地来的老板修路只图挣钱,他们不一样,把路修好,自己也要受益。

以这次碰头会定下的思路为基础,县交通局、民宗局和乡政府共同商定:土坡路由村上组织村民投工投劳,有限的资金全部砸到硬岩上去。根据地理条件,硬岩施工分为一线天、咕噜岩两个标段,各分配两万五千元、六万七千五百元工程资金。剩余七千五百元作为"公款",购置的凿岩机两个标段共同使用。

接下来就是思想动员。投工投劳没人反对,承包工程同样没人反对,只是同时也没人应声。会也开过,理也讲过,可真正的问题一般都不是开会能够解决的。看起来越大的理,往往越缺乏说服力,要不然也不会有村民张口问:你们说管理好了有钱可赚,那些包工头就懂管理,为啥钱摆在面前也不捡?你们说自己吃点亏不要紧,做了好事,子孙后代都记得,我们也不怕吃亏也想做好事,但吃亏做好事也得有资本,打肿脸到底充不了胖子。

寻思一夜,骆国龙有了新的主意。

那时候骆国龙是村支书,申绍华是村主任,申其军是村会计,三个人好得一个鼻孔出气。因此,连虚晃一枪也没有,骆国龙对他们说:这条路,也只有你两个修得下来了。

两个人听得云里雾里。闷了一会儿,申绍华说:开啥玩笑,凿岩机长啥样我还不晓得。申其军说:眼看脑壳都不够用了,你还来锉脑筋。

骆国龙给他们一人发上一支烟:你们不会,家里有人会。申绍平和申其安,我可听说,他们在外面吃得开。

申绍华是申绍平的哥哥,申其军是申其安的哥哥。他这一说,两个搭档抱怨起了书记,两个哥哥心疼起了弟弟。就听申绍华说:我兄弟是个老实人,就算我可以欺负亲兄弟,也不能欺负老实人吧。话音未落,又听申其军说:亲兄弟明算账,我当个村会计,算计来算计去,算计的却是家里人,不行不行。

骆国龙闷了半晌,竟也理直气壮:这不没办法了吗?

申其军一听来了气:你是书记,要当垫背的也该你打头阵!

申绍华的话说得还要难听些:你这个样子,跟电影里的国民党军官好有一比——尽喊弟兄们往前冲,自己却当缩头乌龟。

骆国龙终于还是说服了他们。骆国龙说他之所以躲在后面是因为家里没人会使凿岩机,让他们上是因为知道他们的弟弟有这个本事,而他们又有说服弟弟的本事。骆国龙说如果这个方案再行不通,这条路也就成了死路一条,古路往后再修路的可能就比胡豆雀儿还小了,因为上边会说你几爷子拿到钱都花不出去，给了机会都不晓得珍惜。这一来以前的努力就都打了水漂，后人都会骂我们几个窝囊废。骆国龙还说，没做过的事谁也说不清楚，假如又赚了呢，麻雀腿上还有二两肉嘛！如果赚了，那是好人有好报，要是真的亏了本，我保证当成自己的事，帮着他们往上边反映。

两个在外打工的年轻人，被当哥的打电话叫了回来。骆国龙说过的话，申绍华和申其军差不多原封不动地搬给了他们。

是合同就得签字画押。到底才二十八岁，人年轻，也没当过老板，提起笔，申绍平心也跟着提到了嗓子眼。他对申绍华说：咋感觉在签卖身契？

申绍华瞪他一眼：签就签，不签算逑，反正我也没拿刀逼你。不过丑话说前面，你要临阵脱逃，以后再有啥事找我，我眼皮都不得抬一下。

其实，把亲兄弟逼上阵前，申绍华也是打过一通算盘的。申绍平承包的"一线天"虽说只有两万五千块，毕竟断岩远不如咕噜岩长，而且申绍平本来就对操作凿岩机得心应手，就算真的吃了亏，大不了亏掉自己的工钱。算过小账算大账。说起来，申绍平在外打工也有七八年了，收入虽说不上高，细水长流加起来，一两万总是有的。可这小子有个烂毛病，今朝有酒今朝醉，吃了上顿不管下顿，所以钱没攒下来，媳妇儿也没娶着。往后日子长着呢，要是借这机会，学会当家理财，也算立地成佛。学啥技术还不都要交学费，何况这个活儿，说不定能挣上几个。

申绍平平时没少赖当哥的罩着，就连后来，他的婚礼还是申绍华出面为他操办的。当哥的交代的事，平时稀里糊涂也就罢了，关键问题上却不得不唯大哥马首是瞻。因此，见申绍华没留退路，他也就只有硬着头皮把自己的大名黑字落在了白纸上。

如果说申绍平多少有点屈打成招，对于在工地上"赚两个"，申其安心里的确是抱着一丝侥幸的。这十几年，他参与修过的路多了去了，就连跟别人吹牛扯闲篇也时不时来一句，老子修的路比你走过的还多。咕噜岩这一段虽说岩子是硬，岩层是高，但"卤水点豆腐，一物降一物"的民谚他是熟的，开山打洞填炮眼他是熟的，咕噜岩的地形他也是熟的。千仞绝壁长得像豆腐，我恰巧就是那道卤水——在合同上签字时，他心里曾掠过一丝得意。

两个标段错时施工是为了节约——共用一台凿岩机，避免资金浪费。也有摸着石头过河的意思——小心驶得万年船。

一线天首当其冲。就像当哥的说的，申绍平是个老实人。开工的日子，对自己来说，对古路村来说，都算得上是一个新纪元的开始，可他愣没记住那个日子。我反复让他仔细回忆，他冲我憨笑着，举重若轻地说：你就写，那天就开工了，说开工就开工了。

那天就开工了，说开工就开工了。自然，申绍平不是一个人在战斗。合伙人骆云海矮他一辈，却是一起长大的毛根儿朋友，外出打工，一个往东，一个绝不往西。就连领工资也要约到一起，打麻将炸金花下馆子也要约在一起。连裆裤穿上就脱不下来，申绍平邀他"打个平伙"，骆云海想都没想就答应了。除了操作凿岩机，打炮眼、放炮、出渣、砌堡坎都需要人手，两双手根本就拿不下来。关键时刻，俩搭档一边站出来一个当哥的，做了他们的帮手；乡政府也派武装部长罗开茂现场蹲点，协调炸材、维护秩序、解决疑难杂症。

柴油机"突突突突"响起来的时候，几个人心里莫名激动，尤其是申绍平，他觉着自己的心都在跟着飞轮以肉眼难以追踪的速度旋转。转速最快的却是楔状的钎头，如果凿岩机是一支所向披靡的王师劲旅，钎头就是直捣黄龙的先头部队。作为精锐或是刀锋，有一点骄矜疏狂，即使不被公开接受，也是可以得到私下谅解的，钎头高调地誓师，正好也就助长了几个人的斗志。像端举一支冲锋枪那样，申绍平抓握起凿岩机手柄。

第一枪却"走火"了——钎头没有吃进岩层，却在同岩壁短暂交锋后,被"当"地弹了回来。

按说这一声"当"他是听不见的,柴油机在咆哮,空压机在助威,钎头也在发出类似自己形状的尖叫,从岩壁上升起的虽然坚硬但是细小的声音他还是听到了。几个人都听到了。

有压迫就有反抗,明白这个理,申绍平也就理解了钎头遭遇抵挡的必然性和合理性。也可以倒着说,在过去的打工经历中,钎头以独有的语言,教会并帮助他理解了有压迫就有反抗的道理。没想到遭遇的反抗如此激烈,是因为对这座看着他们长大的高山,他们的了解还是太肤浅了,肤浅到连岩壁上星罗棋布的古生物化石和化石发散的气息,他们都未曾在意,未曾读懂。如果懂一点地质学,他们就会知道,他们此刻面对的和所要征服的,是前震旦系(五亿四千万年以前)峨边群至二叠系(距今约三亿年)峨眉山玄武岩厚达数千米的地质剖面。也就是说,在他们之前,这部数亿年前的"地质天书",从来就没有人像模像样地打开——甚至触碰过。大山有灵,大山如人。我们轻易不能唤醒一个沉睡的人,何况他入定了亿年之久。延续亿年的清梦被搅扰,沉淀亿年的静默被掀翻,保养了亿年的肌肤被划破,大山不可能不作出反应,反应不可能温温吞吞。

岩壁在反抗,我们何尝不是在反抗呢?也许那时候申绍平他们真是这么想过:我们被险峻的崖壁困在大山,被孤绝的大山拖进贫穷,被剧烈的贫穷锁住喉咙,我们也是被生活压迫,我们也是在反抗生活。

对于一个秉持信念的人,信念的召唤比任何肉眼可得之物更能激发斗志、更能激活能量。认定了这是一个必须拿下的山头,申绍平眼睛里射出的光突然就变得灼热起来。一个二十八岁男人眼里喷射的烈焰是难以想象的高温,眼前的石炭岩也不由得变了颜色。申绍平又一次端举起空压机。这一次,机器手柄被他抓得更紧也更稳了。

钻头又一次发出了冲锋的呐喊。岩石依然保持着防守的姿态。

钻头跳了一下,旋即又猛扑上去。

危岩高百尺・黄启康/摄

也许是攻势着实猛烈，也许是顽固不化后的自我觉醒，又也许是被古路人窄逼的生存状态触动了恻隐之心，坚如磐石的岩壁，这个数亿年光阴都没能打倒的老人，眼睛一闭，任一根钢针刺进体内。

是得寸进尺吧，也是得理不饶人吧，钻头在占着一点便宜后乘势而上，向着光阴的内部一寸寸掘进。

尽管出师不利，第一个炮眼还是很快就打好了。

炸药填满。引信点燃。雷管引爆。

一声巨响填满山谷。整座大山，还有大山对面的大山都在跟着震颤。

不知道发生了什么，远处山梁上的猴子目瞪口呆，稍近一些，栖落枝头或是草窝的斑鸠、麻雀惊诧莫名，一边振翅高飞，一边惊魂未定地议论着身后的突发性事件。太阳从云层里探出头来，看见了眼前的一幕，听见了一个村庄慌乱又兴奋的心跳。

路是从上往下修的。为什么从上往下而不是由下而上，我当初也很好奇。申绍平说，因为石头是往下滚的，从下往上的话，不光会埋了刚修的路，一不小心还会埋了修路的人。

被炸药从山体上掰下的石头咕噜咕噜滚下山去。没有被炸药掰下，但已被撕出裂口的岩石，在钢钎和锄头的追赶下咕噜咕噜滚下山去。好在那时候一线天下没有人户，从山下行经的汽车不多且在安全员骆国龙的管控之下，大石头伙同小石头往下跑时，才显得肆无忌惮，无法无天。

疯狂的石头还是惹祸了。跨度六十四米、高二十六米的一线天桥是国内跨度最大的铁路石拱桥，那时候整座桥还在峡谷间"裸奔"，不像后来，为了防止落石冲击桥体，影响铁道和火车安全，桥体两侧加穿了一层钢筋混凝土"大衣"，并戴了厚厚一顶"帽子"。石头从岩壁滚落，有的掉进了大渡河中，有的掉在了金乌路上，有的没头没脑地撞向了斜横在右下方的一线天桥。

要是砸到火车或者电气线路那还了得！即使是后来掉在"帽子"上，

成昆铁路一线天桥。图片右下角为骡马道·陈颖／摄

那也是重大安全隐患。铁路方面心急火燎找上来,要求他们必须停工,马上停工。

操家伙干工程申绍平游刃有余,摆事实讲道理却显得捉襟见肘。骆云海的舌头却要灵活得多:对你们来说,铁路是天大的事,对我们来说,村道是地大的事。你倒说说,天和地,哪个大些?

对方的话和语气一样硬:铁路是国家的,便道是村里的。国大还是村大,你们掂量掂量。

骆云海嘴皮子挺利索的:铁路是国家的,古路也是国家的。手掌手背都是肉,如何分出肥和瘦?

对方口气软了些,话的重量却一点没有减轻:不知者不为过。不过我要告诉你，1971年，联合国大会通过决议，中国重返联合国，中央政府送给联合国的纪念品，就是一线天桥模型……

骆云海差点没把大牙笑掉：啥子叫国际玩笑？你这就叫国际玩笑！

看看桥又看看那人，申绍平也在旁边帮腔：睁着眼睛说瞎话，原来就是这个样！

对方下一句话，却让他们再笑不出来了：好好去称点棉花纺（访）一纺（访），一线天桥的象牙微雕，至今还存在联合国总部！

扯到联合国骆云海就接不上话了，省城他都没去过，联合国的事他哪说得清楚。节骨眼上，从乡政府领完炸材赶回来的罗开茂和申绍华打起圆场：修铁路那阵我们也参与了嘛，路地是一家，啥事不好商量？

商量的结果是，工程可以继续，但要减少炸药填充量，降低飞石方量，确保铁路安全。

这样一来，炮眼就打得少打得小了，耗费的人力相应也就更多。好在路线很快拐弯了，拐过弯，炮声的嗓门又变得高亢起来。

这弯却拐得让人大跌眼镜。而且这个人不是别人，而是以修路架桥名噪一方的任成立。

任成立时不时要到一线天工地上看一看，用意里包含了关心，也包含了担心。几个小伙子当初给他的印象不是一般的好，过了十多年后，这份好感仍像老酒在持续发酵。他说：即使开工了，我还是觉得这条路是修不下来的——凭当时的设备和技术，凭少得可怜的工程款。包括我当时画的图纸最多也只能作为参考，参考价值还相当有限。修这样的路超出了我的经验范围，那个弯该怎么绕，我也给不出建议。他们说这堵岩是脸上长出的一个瘤子，整体切除手术大风险高，不如打洞钻山，节约又安全。当时只觉得他们太敢想了，没想到他们不仅敢想还敢干，而且干成了，干得还干净利落、漂漂亮亮。

为节省工期，从开工到竣工，申家两兄弟和骆家两兄弟都住工地。先是挤在一个岩腔,钻山洞打通后,便又穴居洞中。每天晚上,他们就着一盏煤油灯摆龙门阵,灯芯明明灭灭,亮起来时照见他们对道路贯通的憧憬,暗下去时,那些消失在一线天的面孔就浮显在了昏黄的石壁上。

历时一个多月,悬崖路通到了一线天峡谷入口处。如果把崖壁向后折转九十度,临空俯视,你会看见坦荡如砥的石床上,有庞伟的力量,开掘出一条宽约两米、深约一米五的沟渠。再把折转九十度的崖壁还原竖立,从谷底仰望,"沟渠"还在,立体感却消失了,并因立体感的消失变成了一条不断回头的灰白色线条。这根线条就是古路人以前盼着、现在念着的骡马道。

骡马能走的道,人当然也能走,而且以前必得由人来走的路,以后也可以交由骡马代劳。以前,人是人也是骡马,以后人是人,骡马是骡马。古路人的喜悦比高铁开通或又一条高速公路建成时城里人的喜悦还要来得

2005年秋的一天,古路村骡马道一线天隧道,几个赶骡马的孩子在此歇脚·杨涛/摄

汹涌，毕竟城里人只不过是多一条路多一个选择，他们不是。

一线天传来的捷报，给了负责咕噜岩的申其安莫大鼓舞。

他曾经是有过一番观望的。协议本来就签得踌躇，回去再一思量，心情愈加沉重。反悔吧，人大面大，他做不出来。劝自己硬着头皮上，又感觉找来的理由并不充分。好在申绍平他们是第一梯队，他想，他们要是半路上开了小差，我借机撤退也就天经地义。没想到他们却攻下来了。攻下来了也好，说明这仗还是有得一打。万一打赢了呢？

工欲善其事，必先利其器。没有凿岩机，没有炸药雷管，拿下咕噜岩，门儿都没有。好在凿岩机是现成的，炸药雷管，乡政府也可以保证供应——虽则购买炸药的钱款要从工程款里列支。怎么把这些东西送到工地，这是申其安面对的第一道难题。

飞轮和储气筒拆卸下来，凿岩机还是下不了两百斤。从天梯上把这两百多斤的东西背上三百多米高的绝壁，看到这里，读者朋友一定沉不住气了，怎么可能？！我要告诉你的是，作为凿岩机动力来源的柴油机重达三百八十斤。

——没错，我要说的是，可以用作拖拉机头的柴油机也要靠人背上去！

路后来的确是打通了，说明空压机和柴油机的确是上山去了。也没人看见过直升机——更没看见过外星人帮忙，说明空压机和柴油机的确是靠人力背运上山的。更重要的是人们确乎看见这些并没长脚的庞然大物是从天梯上一步一步爬上来的，而且亲眼看见了从庞然大物下方吭哧吭哧喘出的粗气。

三组苟树强和四组骆云周都是当地赫赫有名的大力士。申其安排出六张百元大钞，请他们把庞然大物背上山去。

两个大力士是借助一副背架子，采取"盘丁丁猫儿"的方式挑战不可能的。"盘丁丁猫儿",就是你背一段,我换下来再背一段,你又来替,就是轮番接力。一路上,申其安组织了四个人给他们当"保安"。从一线天上到咕噜岩下,每隔百十来米,两个人轮换一次。每每此时,主力额头冒出的汗珠子已长到豆大,准备接替的一个,却还汗水涔涔。这一段还只是累,拿下咕噜岩,就是累与险的叠加、生与死的对决了。绝壁行走已是步步惊心,在转个身都困难的岩窝上交换场地,简直就是玩命。最扣人心弦的是平行于绝壁、垂直于大地的登攀,不管手上一滑、脚下一软还是心里一慌,人和机器都会粉身碎骨,万劫不复。

不可能完成的事情终归是完成了。从大家伙身上卸下的零碎,以及工程所需的四吨柴油、三吨炸材也都通过村民双肩陆续爬上咕噜岩。

接下来就看申其安的了。

咕噜岩下,与癞子坪挨边的桐子林彼时还是荒山野岭。没有伤着人、砸着地的后顾之忧,工程一上马就开足了马力。

开工第七天惹了麻烦。炮声一响,碎石乱飞,其中几块,不偏不倚砸着了兰明福的山。

当地把人去世后的居所称作"山"。兰明福2001年作古,他的"山"修在桐子林。

兰明福的"山"是石头垒成的,没用石灰,也没用水泥——那时候,古路村没有一座"山"玩过这些阔。高处落下的石头不仅将"山"上的石头打得七零八落,而且将"山顶"掀开,将棺椁顶盖从中间砸成两截。

人死后闭了嘴,活人还张着嘴巴。兰家人不干了,死者为大,入土为安,欺负人呀这是!罗开茂做工作一时也没做通,申其安慌了神,要申其军给个主意。兰明福是申其军岳丈,见女婿来说情,骆朝珍哭哭啼啼,说兰明福一辈子不讨人嫌偏偏死了还不得清净,又说都说老天有眼老天爷咋老是欺负老实人。申其军使个眼色,兰绍芝给当妈的打来一盆洗脸水:你老人家洗把脸,消消气。事情已经出了,石头不长眼睛,跟它讨啥怄气。何况说不定这是老天给爹捎信，让他晓得我们古路马上就要有一条路了……

她这一说当妈的心里果真宽敞了一些，又听说乡政府要拿出一笔钱，重新为兰明福修"山"，老人家终是止住了哭声。她对兰绍芝说，你爹到底是当过生产队长，我们干部家属，也要讲点觉悟。

很快，乡上出钱，村上组织，申其安张罗，兰明福的"山"重新在原地耸立起来。骡马不光从山下驮来沙子水泥，还驮来了方方正正的火砖和闪闪发亮的瓷砖。见这情形，骆朝珍心里的气差不多也都散开了。在坟前，她对兰明福说：兰老者，以前你经常说不晓得古路修了路会是啥样子，现在，路的光，你也算是沾上了哈……

没过两天，石头又惹下祸事。路刚修到癞子坪正上方崖壁上，一场雨落在了庆少田、应树良、庆少章等几户村民的苞谷地里。这雨要是从天上落下来的就阿弥陀佛了，却偏偏是工地上滚落的石头下成的"瓢泼大雨"，将正在灌浆的苞谷棵子砸得倒的倒歪的歪。损失明摆着的，总得拿话来说。申其安人年轻，言语到底不够周严：这是给村里修路，修路款里也没这预算。人家一听来了气：路是全村人的路，损失是几家人的损失，有道是桥归桥路归路，我们只找你，至于你找哪个，跟我们不相干！

双方的话越说越对不上口型，庆少田他们到工地一拦，申其安顺势给工人放了假。说是放假，其实就是停工。一停三天，申其安一点不见着急。自打工程开工就没像样休息过，大事小情就没一样省心的。随着工程进展，施工难度和危险系数不断增加，每一天都过得提心吊胆。光提心吊胆倒也罢了，工程进度远远跟不上资金消耗的进度条，必须得精打细算。可算得越细，他就感到手心里冒出来的汗越多，每干一天，他就感到赚钱的可能性往反方向又跑出一截。申其安心里想，要是他们这一闹正好把工程闹黄，我也就解套了，那才真是谢天谢地。那几个人并不知道申其安葫芦里卖的什么药，看他给工人放了假，还一脸无所谓的样子，心里的气更是不打一处来，扬言申其安必须赔偿损失，一个苞谷籽儿都不能少，否则他的炸药雷管就要变成一堆泥沙，除非他敢先给他们点上一炮。

几个吵架的急坏了看架的。眼见着双方都铁了心不给对方好看，骆国龙出面打起圆场。申其安肚子里的算盘珠子在嘀咕个啥，他听得一清二楚。揣着明白装糊涂，他找到申其安说：俗话说得好，牛打死牛填命。打了人家庄稼，给人造成损失，不赔钱也得赔个礼。你也先别给我钱长钱短，我看你娃，首先是道理没讲伸展。

那几户人其实并不是存心要敲竹杠，只不过是心疼庄稼，想给申其安一点颜色，骆国龙也是心知肚明。他一家一户做工作：要为别的事，不要说照价赔偿，就凭态度不端正，要他娃加倍赔偿也说得过去。但路是给全村人修的，要赔也要全村赔。他要把这话抬出来，你们箭头指向他一个，瞄准的却是几百号人。

分头沟通过，他又把双方找到一起。彝人之间，就没有酒说不好的事，一坛杆杆酒喝下去，双方的话就到了一个调子上：多大个事儿嘛！

如果说之前的插曲只是打了个顿号，工地又一次停工，打下的却是一串省略号。

这一次连申其安也卷铺盖回了家，理由是空压机坏了。上次停工，申其安只是做做样子，工人走了，他还守在工地。这一次看样子不是闹着玩的，骆国龙怕单靠自己收拾不住他，把申其军和申绍华叫到一起，找上门去。

前脚刚进屋，申其安先给了一副坏脸色看。也不敬烟也不上茶，申其安沉着脸说：晓得你们来干啥，不过我劝你们，不要枉费精神。

申其军瞪他一眼：说话都不会！

申其安还他一个白眼：我没你能干，你当干部，你会挖坑，你连亲兄弟都往坑里面推。

申其军一听要发作，申绍华伸手拽住了他，转而对申其安说：还有两百米路就通了，一条牛都剐到了牛尾巴上，你又何必嘛，背名背声的……

不是空压机坏了吗？申其安的语气，让人感觉他掌握着一个至高无上的真理。

申绍华一句话戳穿了他：空压机也不是海里的潜艇、天上的飞机，不是啥子高科技。

申其安鼻孔里哼了一声：站起说话不腰疼。

骆国龙沉不住气了：有话摊到桌面说，你是咋想的？

申其安嘴唇动一下，欲言又止。

申其军脚一跺：聋了还是哑了？叫你说你又不说！

申其安气又上来了：都说好多回了，钱不够钱不够。事到如今，别说两百米，连打二十米的钱都没有了。就是抢，去哪儿抢，你们也要给我指条路啊！

乱弹琴！这三个字还没来得及从骆国龙嘴里跑出来，申其安接着又说：当初县交通局画的图纸，咕噜岩这一段一千二百米。幸亏我们重新设计线路，压缩到八百米。就是按八百米，六万七千五百元工程款摊上去，每米只八十四块。这八十四块包含了炸药和柴油，包含了炸药和柴油的运费，包含了工资，包含了工人一日三餐、烟酒茶钱。别说一米，每往前一步都难上难。累都不说，炮一放，石头沙子往下梭，人紧张得脚趾头都把鞋底抠穿了，就怕垮方把人一起带下去。炮还不敢放大了，砸到高压电杆，一根就是十万块，把我卖上三回也赔不起！炮紧着放，工就用得多，发工资要钱，柴油要钱，炸药要钱，打酒买烟要钱，张嘴吃饭要钱，没有钱，路一尺一寸都不会自己往前走。到现在，我手上除了账本啥也不剩，你们想咋样咋样吧，反正我不仅没赚一分一厘，还白流了几桶臭汗……

这么说，你是死猪不怕开水烫了？申其军忍不住打断了他。

申其安横眉竖眼盯着他说：换了你，也不会火烧眉毛还不晓得跑。

申其军斜睨他一眼：狗嘴里吐不出象牙。

申其安不服：你吐一个出来我看看！

申其安心里的苦，骆国龙并不是体会不到，因此申其安说话时，他的耳朵跟着他的节奏在走，心情也沉浸在他的心情之中。申其安刚刚这一句话却把他给逗乐了，照着他的话风，骆国龙说：别说象牙，狗牙他也吐不出来。

这一说，屋里几个人都笑了，申家两兄弟自然也是，只是由阴到晴的模式切换太快，表情跟不上，有点不自然。

笑过又是一阵哑默。打破沉默的是骆国龙：话丑理端，其安能坚持到今天的确也不容易。我们也不是不讲道理，非要搞行政命令，只不过，俗话说得好嘛，只要思想不滑坡，办法总比困难多……

申其安截住他的话：除了追加资金，能有啥子办法？说完起身进里屋拿出一个皱巴巴的小本子，递到骆国龙手上。

不用说，这是账本。骆国龙一页页翻开，一行行看过，递到申其军手上。搓搓手，他对申其安说：晓得你有难处。只是，眼下，不是没有钱吗？

骆国龙拿不出钱，申其安也就拿不出好话来：又要马儿跑，又要马儿不吃草。哪里有这匹马，你们哪里找去！

申其军火又上来了：咋说话的，我看你这张嘴就是茅房里的石头——又臭又硬！

申其安顶他一句：哪个叫你们逼着牯牛要下儿！

申其军拿手一拍桌子要发作，申绍华赶紧按住他的肩膀：将心比心，其安也实在是有他的难处。

见两兄弟都不说话了，骆国龙重又开了腔：其安不干了，情理上也不是说不过去。看着火坑往下跳，换成我我也不得干。问题在于，合同已经签了，即使村上同意你半途而废，乡政府也不会答应。

他这么一说，申其军心里就有些过意不去。再对申其安说话时，他的语气就软了下来：早晓得，当初也不该把你逼上梁山。

早晓得？晓得滥尿不喝汤。申其安的头埋得比话音还低。

申其军的声音却突然变得和身材一样挺拔：当初你不也以为搞得好可以赚两个吗？男子汉大丈夫，就是一泡屎，也要把它吃了！

优秀的厨子一定也善于把握火候。骆国龙知道是时候拿出解决方案了：一、乡政府代为采购的炸材足够接下来的工程所需，至于空压机，我托人请二大队唐其亮帮忙修复；二、申其安三天之内把工人重新找回来，争取再用一个月把路打通；三、由我出面向上反映，争取追加两到三万元工程款，如果乡上和县上解决不了，我亲自去找一趟水源书记。

骆国龙的意见，申其安没有反对。没反对就是同意了，但有人不同意——原来跟着申其安干的几个人听说工钱要先记在账上，都推说抽不开身。申其安没有勉强他们。他想，我已经跳进火坑了，怎么能勉强人家也跟着我跳——钱能不能要下来还是未知数，要不来钱这就是个坑。但是，就像申其安仍然对骆国龙持有信任那样，对申其安抱有信心的人还是有的，可能也带有赌一把和帮一把的侥幸与同情，李国银、申其林、申其亮答应跟着他干。申其安又从甘洛县找来以前一起打过工的阿木不且、泽正能等人，重新把队伍拉了起来。

几乎与工地复工同步，骆国龙一连去乡上、县上跑了几趟，但车费花了不少，钱没要到一分。他说过实在不行就去雅安找水源书记，去了才知道，这时的雅安从地区变成了市，水源同志也从地委书记变成了市人大常委会主任。骆国龙马不停蹄找到市人大，工作人员告诉他，水源主任出差去了，什么时候回来也没交代。这一趟，骆国龙是把申其安一起约了去的，有给自己壮胆的意思，有人多力量大的意思，也有让申其安看到他没有空口说白话的意思。希望落了空，回汉源的大巴车上，骆国龙都不敢轻易和申其安搭话。接下来，工地又要停工，这已经没有什么悬念，仅有的悬念是，工程一停，以后还能不能复工，如果能又是什么时候。可申其安

从癞子坪到咕噜岩,这条骡马道修着修着就成了一个故事·胡德勤/摄

还是说话了。他对骆国龙说:这样的结果,我也不是没有想到。骆国龙本想安慰他几句,可在脑子里搜了半天,也找不到一句管用的话。这时又听申其安说:不过我是想好了,事到如今,就像我哥说的,就是一泡屎我也把它吃了。骆国龙以为自己听错了,盯着申其安,半天回不过神来。申其

安脸上却是从未有过的认真：先干，干完再说。我总不能年纪轻轻，就背着个只会摆烂摊子的名声！

2003年3月15日，地老天荒的咕噜岩上，长八百米、包含了三个隧洞（最长一个为二十米）的骡马道，随着最后一声炮响正式贯通。自此天险变通途，自此天梯成往事，自此小道响起驼铃声，自此村里村外不再谈路色变、望路生畏、为路所困、被路夺命。响彻山谷的那一声"轰隆"不是十月革命的炮响，但它同样宣告了一个旧时代的结束和一个新时代的开始，同样振奋人心，同样值得古路人铭记与回望。

咕噜岩这一段路的修建过程，我大多是从申其军那里听来的。当往事涌上心头，他心里的兴奋和愧怍就在我眼前展露无遗。兴奋是情理之中的，这件古人没有干成、后人不会忘记的事，是他们申家干成的，是他的亲兄弟干成的。愧怍也在情理之中——亲弟弟上了他的套，而且，至今没有解套！

申其安后来到甘洛县阿兹觉乡吉乃彝各村当了上门女婿，申其军给我这个信息的同时，告诉了我申其安的手机号码。我开车来到甘洛，来到苏雄区片区学校大门口拨通了申其安的电话，问他我该怎样走才能去到他的吉乃彝各村木什足组的家。他说：地址是我哥给你的吧？不过你到了我家也见不到我，我这会儿在湖北呢！工地上吵得很，晚上你再给我打电话吧。紧接着，一片嘈嘈切切的砖刀落在砖头上的声音就从手机里传了过来。晚上，再次拨通申其安的电话，我和他聊了足足一个小时。他说那段路修下来，除了自己垫支一万多元，他还欠着工人三万多元工资。他说他到外面打工也是想挣到钱就把欠着人家的都尽快还上，但上有老下有小，往往是挣的钱还没到手就先花出去了，工友的工钱也就只有慢慢慢慢还。有时一年能还几千，有时能还几百，好在现在只剩万把块没结清了。说到这里，申其安的语气终于明亮了一些：我这个人欠账不赖账，虽然有时候也同情自己是吃了守信用的亏，但一个人活着，你就不能不守信用。他寄望于明年工作稳定，工资增加，早点把欠别人的还清，也就不至于电话响起时一惊一乍。

最后，申其安问了我一个问题。这个问题还真是把我问住了。

——这条路修得太难太苦太艰辛，有没有可能立一座碑？

我不知道该怎样回答他。

我不知道谁可以回答他。

4. 路从天上飘过

一刀切的断崖，曾经让他们绝望。崖壁有多高，绝望就有多高。崖壁有多陡峭，绝望就有多陡峭。

但是如今，一刀切的崖壁上，两条腿可以直立行走。四条腿也可以。

等待到绝望的最后一刻，奇迹就会发生。要是会写诗，说不定彼时他们就已在崖壁上写下这个句子，而不会留给其时还在中学念书，后来成了诗人的彝人鲁娟。

村人的激动是我的笔墨所不能足额兑换得了的，虽说这只是一条并不宽敞的山路。人同此心，情同此理——嫦娥四号探测器通过"鹊桥"中继星传回了世界第一张近距离拍摄的月背影像图，你不能说，那只是一张照片。

引发情绪崩滑的是一匹马。

马是黄安洪刚刚从山外面买回来的。黄安洪是古路村五组人。三组在咕噜岩上，五组马鞍山在比三组更高更远处。

才到咕噜岩下马就赖着不走了，一副心事重重、苦大仇深的样子。黄安洪提着缰绳往前拉，却像拉动了马桶开关，"哗哗哗"，马肚子下突然有了动静，一股浓烈的臊味冲到地上，又从地上弹起，四下扩散。

吓尿了？！黄安洪想和马开个玩笑。这是他和这匹马相处的最开始，他想给对方留个好印象。也不知是不解风情，还是好情绪在一线天那里就搞丢了，马把脖子向上一昂，反倒把黄安洪往前拖了两步。

黄安洪急了：哥们儿花几大千块买的是力气，不是你的坏脾气。

马起先还竖着耳朵,听他这一说,反倒把耳朵软软垂下来盖住耳洞,鼻翼里还呼呼有声,仿若在说:钱又没给我,说这些。

黄安洪就有些生气,拿手在马屁股上拍了一下:面子给多了是不?

这马屁没有白拍。马忽然有些感动,就凭黄安洪刚刚这一个动作。黄安洪的手高高举起轻轻落下,它从力道上感觉得到,他并没有真的拿它当畜牲。它是从来没有想过辜负人的,不知人们怎么就能心安理得地辜负他们的合作伙伴。就说先前的主人吧,它也没少为他出力流汗,他却看在钱的分上,一脚就把它蹬出几十里地。人这个物种,咋这么势利呢。不过,

刚刚修通的骡马道,近乎是在"裸奔"·杨涛/摄

黄安洪改变了它的看法。这个人不欺负马，它愿意跟着他走。跟谁合作不重要，重要的是，他要懂得尊重你。一个不懂得尊重马的人是不值得马尊重的。

可没走出两步它又反悔了。

先是马反抗人，现在，马也遭到了反抗。脚下的路，每一步都在和它过不去。

要说山路，这匹马也走过不少。路陡，但比这还陡的路它不是没见过。像这么滑的却真没见过。整座山就是一块石头，从山上开出的路，自然也是石头。石头不仅硬，而且滑。马蹄也硬，也滑，踩在石头上，又是斜坡，滑上加滑。碎石和泥沙还来搅和，像是撒了一地豆子，要多滑有多滑。

马走得艰难，人也一样。路又没有护栏，要是滑到路边，没能悬崖勒马，骡马道就成了黄泉路。黄安洪想：今天人和马轻装上阵，走起来还是退二进三，以后还指望着靠它解放自己的肩和背呢，我是想多了吗？

人和马还是上去了，抵抗归抵抗，抵达归抵达。虽说路上也曾身心疲惫，拴好马，收了汗，黄安洪忍不住喝了一小杯——古路村有路了，马鞍山有马了，如今日子，跟几百年前、几年前甚至一天前，都不同了，值得庆祝一下，应该庆祝一下。那条路，路上的马，马鼻上的缰绳，成了界碑，或是界线，将过往撇到了一边。因此，一个人喝下这杯酒，他还是喝出了两段旋律的味道——"耳畔响起驼铃声"的味道，"跟往事干杯"的味道。

一匹马和一个人的初体验，也是若干匹骡马、若干户人家新生活的开始。慢慢地，古路人走惯了这条路，接纳了这条路。坎坎坷坷也是路，跌跌撞撞也是路，有路比没路好，踏实比空虚好，得到比失落好，活着比死去好——他们是这样看待脚下这一条路的，虽然心有块垒，眼里仍是晴空。

自从骡马道开通，路面硬化就在期待之中。知道这一天迟早会来，但迟是多迟，早有多早，没人知道。给出答案距离骡马道开通大约九年，黄安洪说，这比他的预期来得还是稍晚了一些，像2002年的第一场雪。

在汉源采访，不少人对"三大会战"津津乐道。尤其是作为古路村现任支书的骆云莲，直截了当说：离开"三大会战"，古路村不可能有今天。

我自小文科不好，理科比文科还不好，向来是见了数字要绕着走的，这一回，看来是非得把"三大会战"搞个清楚明白不可了。这才从县文联主席李锡荣提供的资料上看到，作为传统农业大县，着眼于改善农村生产生活条件，2012年，汉源县启动了交通、水利、产业"三大会战"，在当年和随后几年间，累计投入资金三十多亿元，新修、改造农村公路九百多公里，解决十七万人生产生活用水，发展特色产业六十万亩……看着手上的材料，我忽然意识到，成见真是个可怕的东西。拿我刚刚讲到的这些数字来说，它们也有生命也有温度，它们也是一场春雨、一场花事，它们原来也都是我愿意亲近的美好存在。我不该对数字持有偏见，至于反感，就更不该了。

现在，请让我翻开"三大会战"中的"交通篇"，定格属于古路的这一个章节。

路面从一线天下硬化到咕噜岩上，分了三段，用了三年。第一段从一线天到桐子林，耗资二十万元。第二段从桐子林到癞子坪，争取到资金二十五万元。第三段从癞子坪到斑鸠嘴，也就是咕噜岩上这一段，"撒"下三十万元。

钱是有些少。少到没法走招投标程序——不是技术上做不到，而是买了沙石水泥，再雇骡马把材料运上山，钱就花光了，鬼都招不来，还招啥标。只有"一事一议"，号召村民投工投劳了。村上开会统一思想：路是大家走,力要大家出。

立马就有村民将了骆云莲一军:都搞"大会战"了,还下"毛毛雨","上面"也太抠了!听那语气,不能光给口锅,灶啊柴的最好都别落下!

骆云莲一听气就不打一处来:天上下雨地下滑,自己跌倒自己爬。只要组织的照顾,不顾组织的难处,这是啥子道理?

找条理由还不简单:下种收割人人都会,要说打路(方言,硬化道路之意),盘古开天地,我们就没干过!

骆云莲说:和尚也是人学的,何况这不是发射火箭,也不是制造飞机。

绝壁以外的路基趁硬化一并加宽。加宽路面要占地,占地后如何补偿?有人追着她问。骆云莲的回答是,凡事有得有失,你们为大家吃了亏,大家会记着这份情。

这句话一说,有地被占的人家多数不吭声了,却还是有思想上转不过弯的,非要她说个子丑寅卯。骆云莲先还耐着性子好言好语,说着说着火气就冒了上来:骡马道是谁出资给我们修的?政府。这条路谁花钱给我们硬化?还是政府。越往后,政府腰杆越打得直,我们得到的好处也会越多——前提是要政府觉得我们有干劲,觉得钱花在古路值得放心。要得公道,打个颠倒——换作你帮别人,别人还挑肥拣瘦、得寸进尺,你又作何感想?最后,骆云莲一锤定音:确实有困难的提出来,合情合理的问题合情合理解决,要是胡搅蛮缠,许进不许出,村上就把他拉入"黑名单",以后再有好事来,一律和他不相干!

说骆云莲泼辣,那是你没见过她柔弱的样子。

当这村支书,骆云莲眼睛哭肿过几回。而她的眼泪,最初是当爹的给逼出来的。

2010年年底，村"两委"行将换届。骆国龙没法再干下去了，一来年岁不饶人，六十二岁的他已经干了十二年村主任、十五年村支书。二来他风湿重，一到冬天，脚疼起来，自己根本就招呼不住。接班人却让他犯了愁。村委会里边，年富力强的几个和他一样，"文化水不平"，现今工作不比当年，有文化如虎添翼，没文化寸步难行。就拿"5·12"地震来说吧，救灾物资多，要填的表册也多，村上老会计从早忙到晚，还是出了差错。又如2009年，第二轮林权改革，每家每户三张表，每张表都像一张网，不仅内容复杂，而且工程浩大，村组干部无不谈表色变。最后多亏骆云莲让上高中的女儿邀约一帮同学，利用暑假时间突击几天才勉强按时交差。也正因如此，骆国龙想动员担任村妇女主任，同时兼着四、五两个组组长的骆云莲报名参选。可话才出口，就被骆云莲顶回来了：屋头两个女娃娃，我顾了村上哪个管她们？骆国龙说他可以帮着管，骆云莲说：现在管娃娃，你以为还比得当年！你管不管得下来都不说了，当个村支书，每个月只有两百多块，随便在哪里打个小工挣的都不止这么多。骆国龙叹口气：年纪轻轻就往钱眼里钻。骆云莲反问一句：钱不是万能，没有钱万万不能。娃娃报名读书要钱吧，穿衣吃饭要钱吧，身上有个疼痛要钱吧？骆国龙耐着性子说：要是古路变了样，吃点小亏也划得来。骆云莲针尖对麦芒：冰冻三尺非一日之寒，你干了几十年村干部，古路不还是这个样？骆国龙不高兴了：哪里还是这个样了？骡马道不是通了吗？好日子不是有盼头了吗？骆云莲说：路是通了，只是走一步要滑两步；盼头是有，盼归盼，只怕没尾只有头！骆国龙从来没见女儿这么和他顶嘴，知道强扭的瓜不甜，他赌气说道：没人干我就接着干，就看这把骨头熬干了对你有啥好处！

　　父亲一句硬话让骆云莲心下一软。后来当妈的和姐姐又轮番攻心，说老爹的不易，说老爹的信任贵比千金，问她是不是存心要把老爹逼出个三长两短。骆云莲忍不住流了泪——明明是你们合伙逼我，反倒说是我逼着老爹,你们的"弯弯理",弯得也太没有道理……

骆云莲还是报了名——当妈的说了,你爹走路都一瘸一拐的了,你咋那么心狠?不就报个名吗,了他一个心愿!

是啊,不就报个名吗?报完名她心里又"咚咚"乱跳——你骆云莲几斤几两,何德何能?一根嫩头葱,除了你爹,鬼都不得选你!选举那天,骆云莲给自己投了一票,不为当选,她只希望自己不要被选票太过伤了颜面。

选举结果出人意料。参选党员二十五人,骆云莲得了二十五票。晚上躺在床上,骆云莲又一次流了泪。每一张选票都是一份信任,每一张选票都重若千钧。要是不能给古路带来一些变化,要是辜负了大家,自己下不来台不说,老书记脸也没地方放——他可是把面子看得比脸盆都大的人。可村支书又的确不是那么好当的,上面千条线,下面一根针,老爹如坐针毡的样子,她又不是没有见过。光是出力流汗倒无所谓,力气用不完,汗是不冻泉。可一个地方的变化不是靠喊口号或者使蛮力就能实现的,尤其是古路村,要资源没资源,要外援没外援。就连一条像样的路都没有——骡马道修通七年,跟以前比是方便了不少,但跟外面一比,人家是高速,我们是龟速。都说人比人气死人,可不和人比,穿件外衣叫不思进取,外衣一脱,那叫自欺欺人。老话都说了,这山望着那山高。望不见,除非瞎了眼。可自己明明是视力一点二的眼睛,有一只还是一点五。大家想走好路,大家想脱贫致富,大家想把城里人的日子搬到山上来过,你能说他们错了吗?他们没错,想过像样一点的日子有什么错!那他们想得不那么过分的你就得给他们,你得想法子帮他们实现心愿。不然他们选你干啥?他们才不想选一个活菩萨在那儿供着!可担这副担子、背这口黑锅的为啥是我,非得是我?想着想着,骆云莲的委屈又变得和眼泪一样泛滥起来……

不管怎么说,骆云莲已经是朝天椒、已经是辣妹子了。面对村里大事小情，她的目光不再躲闪，脚下不再犹疑。她还没有找到一条能够让村里人走向富裕的道路，但她已经出发，已经走在了寻路的路上。她知道自己未必就能找到那个路口，她同样知道，路一直在那里，只是你还没有找到它。而找到它，你首先得去找，你得像一个赶路的人。

你得像一个赶路的人。骆云莲也把这句话说给村里人听。只是换了一个说法：就是前面有一碗肉，想吃肉，总还得自己动动筷子。

她说这句话是有现实根由的。村里有那么几号人，老指望天上能够下馅饼。下的馅饼还不小，还有人帮着送到面前来。这种人说多不多，说少不少——就是一个也不少，因为"等靠要"有传染性，染了这病，骨头要软，腰背会弓，人会四肢无力。人真要这样就扶不起来，也不值得去扶了。什么种子开什么花，什么藤上结什么瓜。所以她想，不好的种子必须铲除，长歪的苗子必须扶正，这是治病救人，这是要切断传染源，强身健体、抖擞精神。

一个只会说好话的人不值得信任。他是好好先生。他那里没有原则，没有底线。他不真诚，更说不上真诚地帮助别人。就没一个像样的家是家庭成员把相互恭维抬举戴高帽进行到底的，只有希望这个家好、家里人好，有毛病才给你指出来，高不高兴都指出来，越不高兴越要指出来。对不相干、不关心、不负责的人才会一味口吐莲花、虚与委蛇。你不在意他的成长，也就不会对他交付真心。他的堕落与颓废，你可以视而不见，还可以口是心非地送上一堆漂亮话。这样的人，看起来宽厚、友善、有涵养，本质上却是自私、冷漠、缺乏爱。

——我一贯这样认为，一贯认为持抱同样观点的人很难遇到。但在采访中我发现，在投工投劳硬化村道这件事上，骆云莲下定了决心当"坏人"。她说村子也是一个家，一个合格的家长必须带头讲真话。

看骆云莲带人拉着皮尺将路一段段量出来，摊派到每一个户头，村里人——当然也包括嫌"上面"下的"雨"不够大的那些人——无不读出了

俯仰惊人·廖佳林/摄

隐含在她眉宇间的深意。可这时候了，还有人等着看她的热闹——要是那几户老弱病残都能把路硬化出来，那可真是活见鬼了；还有几户在外面打工的，一年到头都是铁将军把门，要人丢下手上活路天远地远赶回来，门儿都没有！这些人能够想到的，村"两委"也都想到了，而且早有预案——亲帮亲，邻帮邻，村里人差不多都沾亲带故，真正没劳力的，村上吼一声，没人会袖手旁观；至于在外打工的，电话上讲清楚，你也别冤枉跑一趟，又买车票又误工，村上找人先把任务帮你完成，过年回来，怎么回谢别人是你的事。

各人的娃娃各人抱，路上很快热闹起来。硬化水泥路的确不是高科技，一眼看不会，多看两眼也就会了。硬化好的路面很快从不同位置开出了一朵朵花，延展成一条花带，一条条花带。

当三条花带串联在一起，从山上拖到山下，从云端垂到谷底，黄安洪和他的马再上山时，彼此之间就变换了位置——以前黄安洪走在前面，用缰绳把马往前拽，如今，水泥地盖住了滑溜溜的石头，陡一点的地方硬化时抠出了防滑坑，更陡的地方还做了梯步。脚下踩得稳了，马的思想不再滑坡了，身上的劲儿也不打折扣了，黄安洪抓着它的尾巴，马身上的一部分力气也就传导到了他的腿上。马蹄落在地上的声音不再是冷冰冰的"咔咔"而是暖烘烘的"嗒嗒"，人的喘息也明显加快了节奏，兴奋的情绪掺杂其中。兴奋里面又有一点紧张——速度一快，人的心跳得就厉害。尤其是下山，坡陡弯急，马常常控制不住速度。黄安洪坐车走过高速公路，硬化后的骡马道相对以前也算是"高速路"了，既然是高速路就该有个护栏，还有安全网——山下的高速公路有安全网，山上的"高速"也该有。

黄安洪把他的想法讲给骆云莲听。骆云莲抿嘴一笑：你这是要我们搞面子工程？

骆云莲比黄安洪大一岁多，但论辈分，却要喊他表叔。要不是这样，对于村上的事，黄安洪就不会有啥想法都对骆云莲说，别人不愿说的他也说。就像骡马道刚刚硬化到咕噜岩那阵，大家对骆云莲说：是不是趁热打铁，一口气把路硬化到马鞍山去？骆云莲先是支支吾吾，见大家非要她一清二楚表个态，她才道出了按兵不动的理由。出口的话却是一鸣惊人：古路还是该修一条路——四个轮子敞开跑的正儿八经的路。既然想修公路，还是先别硬化的好，浪费。话一出口大家心里也就有数了——这不是一句推口话吗？她这是要躺在成绩簿上睡大觉呢！难道不是？古路村的骡马道硬化了，上边知道这个就可以了，一级一级往上报就可以了，上完报纸电视就可以了，至于留没留一截尾巴，这截尾巴又有多长，尾巴又没长在领导身上，领导才懒得关心。上边不过问，谁还操这闲心？想明白了这个理儿，大家也就懒得枉费口舌了，得罪人又没好处的事，谁干谁傻。黄安洪却不怕得罪骆云莲，想说的话一句没省下，话还说得有棱

路在"深山"里·汪其云/摄

骡马道上，变与不变·袁明/摄

有角:你们当干部的,也不能净做面子工程吧?背后都有人说了,你们家搬下山了,山上就不管了。要是你们家还住山上,说不定最先整的就是这一段!骆云莲知道大家对她的处理有意见,但黄安洪把话说到这个份上,她却始料未及。她问黄安洪:表叔也这样看?黄安洪反问道:你说呢?放在以前当然不会,不过现在,今非昔比……骆云莲问他:今非昔比怎么讲?黄安洪说:去年你当选了全国人大代表,难怪有人要说,你身份一变,想法也跟着变了。他这一说,骆云莲脸上反而笑开了:就是当了全国人大代表,我才决定这段路先不硬化。黄安洪不明白她的意思,直到她拔下葫芦塞儿,倒出心中的话:给古路修条公路,这个梦大家做了不知多少年。以前想,也就是想想而已,都知道我们县是个穷财政,市上省上又鞭长莫及。以前,我们的声音难得走出这匹大山,如今当了代表,有了"扩音器",听得到的人就多了,实现梦想的机会也就更大!既然有可能,可能性还大,为啥不试一试呢?她把曾经给自己说过的话对着黄安洪又说了一遍:路一直在那里,只是你还没有找到它。而找到它,你首先得去找,你得像一个赶路的人。黄安洪只念过四年小学,"扩音器"指代什么,一个"赶路的人"应该是什么样的状态,他不能用语言清晰表达,心里却是再清楚、具体、形象不过的,因此听骆云莲这么一说,他脸上就有些发烫——他误会她了——她不是一个做面子工程的人,而是相反。

还没等黄安洪想好怎么给自己打圆场,骆云莲哈哈笑了:开个玩笑,你别当真。实话实说,给骡马道安护栏、装安全网,你这建议,跟我不谋而合。

时隔不久,财政部有领导来川开展调研活动,骆云莲受邀参加。年初的全国"两会"上,第一次进京履职的骆云莲提交了《关于粮食直补的兑付建议》,财政部经济建设司因此组织人员来成都与部分全国人大代表就改善粮食直补方式等问题开展座谈。骆云莲建议增加粮食直补补贴，并且直接补给种粮农民。她说：农民也在积极创新，比如发展污染小、无公害的绿色食品。绿色食品产量低，市场价格却和那些用化肥"催"出来的价格差不多，建议有关部门科学合理增加补贴，提升农民种植绿色有机食品积极性。发言至此，骆云莲话锋一转：希望国家加大对边远山区交通基础设施投入，为山区群众脱贫致富打牢"路基"。骆云莲讲起古路村开通骡马道前后的变化，接着又说，只有彻底解决出行难问题，像古路村这样的偏远贫困山区，才不至于拖了全国人民奔小康的后腿。

骆云莲从成都回家的第二天，县财政局局长张群英来到古路村。两人并肩走在骡马道上，张群英问骆云莲对打破古路交通瓶颈有何设想，骆云莲脱口而出：修公路！张群英摇摇头：修公路少不了几千万，只怕有个过程。照我看，消除路上的安全隐患是当务之急，我们可以在这上边先想想办法。虽然修公路的事跑偏了，但一块心病有望摘除，骆云莲心里还是乐滋滋的。她对张群英说：我还有个得寸进尺的想法，不知道能不能说。张群英呵呵笑了：话都到嘴边了，我要拦只怕也拦不住。骆云莲脸上就有两朵红云飞过：如今来古路的游客越来越多，爬上山要两三个小时，如果能捎带着修几个亭子，让大家路上有地方休息，那就真是俏媳妇戴凤冠——好上加好了！

两百万元项目资金很快到位。骆云莲干劲更大信心更足了，她相信古路村人苦苦期待的那条路正在慢慢靠近，她也相信，只要机会从眼前经过，哪怕碰得头破血流，她也会放手一搏。

这是2015年的春天，骡马道安防工程竣工三个多月后。还有一个星期就要进京开会，骆云莲还是一天神出鬼没，难得见着个人影。好不容易打了照面，骆国龙劈头就问：你一天没头苍蝇般乱窜个啥？骆云莲说：你以前不是教导我，"人大代表"是一张牌吗，好牌不能光揣在兜里，我正忙着砌牌，准备和个大的。骆国龙盯她一眼：老大不小的人了，说话还是天上一句地上一句。骆云莲头一抬眉一扬：我正在把你老人家未竟的事业推向前进呢——古路也该有通村公路，这次去北京，我要拿着高音喇叭大喊一气。骆国龙嘟哝一句：这不还没进京吗？骆云莲就笑了：功课不做足，空口说白话，说了也是白说。

前段时间，骆云莲游说县交通局领导，又通过县交通局搬来成都勘测设计研究院，对古路通村公路进行了现场踏勘。经过半个多月紧锣密鼓的工作，设计人员拿出了一个从马坪村下到一线天峡谷深处马夹弯，再从马夹弯盘旋至咕噜岩的公路设计方案。马坪村通往县城的路是现成的，马坪村到咕噜岩的路一通，相当于古路村也就和县城、和县城连接的世界连在了一起。听她眉飞色舞这么一说，骆国龙眼前先是现出了一条"U"形公路的轮廓，接着就有一个高倍放大镜，在峡谷两岸的崖壁上刻出了一个又一个首尾相接的"Z"。这是和骡马道相同又不相同的线条，相同之处是简单、硬朗又不失温润，不同之处是公路是大梦想大温暖的叠加，骡马道是小幸福小喜悦的组合。如果说当年开通骡马道实现了古路人连通世界的梦想，倒不如说，那是一个驿站，他们的心愿只是在那里歇了歇脚。梦想再启程，希望再出发，骆国龙不可能不激动，不可能不兴奋——更何况这个梦是他一直做着的梦，这个携梦上路的人是他的女儿，也是他的接班人。他的话听起来有点"抖音"也就不难理解，他问骆云莲：算过没，要、要花多少、少钱？

四千八百万。许是数字太沉的缘故，骆云莲的声音弯折着腰身。

尽管耳朵不怎么好，四千八百万，骆国龙还是听清楚了。他不免为女儿担心：上面领导会不会说你狮子大开口？

这是专家测算的，我又不是专家。话虽这么说，骆云莲心里还是有个疙瘩。她知道这样的解释并不能解除父亲的担心，而父亲的担心其实也是自己的担心。倒也不是国家能不能拿出这笔钱来的问题，政府工作报告她都亲耳听总理做过几回了,多拿几个、许多个"这么多"来,对今天的中国都是九牛一毛。问题是人少投资大,会不会有人说这样花钱不划算?

说到底,中国还是发展中国家,中国还处在社会主义初级阶段,从新中国成立初期到改革开放,中国一直强调"公平优先,兼顾效率",在少数人身上大把花钱,性价比太低——台词她都替别人准备好了。可公平与效率正好也是她计划中说服别人的切入口:经济发达地区都海陆空并进了,古路人还车轱辘都没见过一个,这不公平。

意思是这意思,但得换个说法。四川代表团驻地,当年和省委书记的一番对话,骆云莲记忆犹新。

那天会后,省委书记和省长坐在一起吃自助餐。隔着几张桌子的骆云莲觉得这是个不容错过的"上访"机会,同伴友情提醒,没准儿领导在说大事,你现在过去只怕容易碰壁。骆云莲本来心里也有一面鼓在"咚咚"敲着,"大事"二字反倒给她做了思想动员:对于古路村来说,再没有一件事能大过一条路,错过这村,只怕就没有这个店了!

对于骆云莲,书记和省长并不陌生,作为四川代表团代表,骆云莲的质朴率真给他们留下了深刻印象。2013年全国"两会"上,骆云莲用半生不熟的"椒盐味"普通话向参加四川代表团审议的时任总理温家宝分享建成骡马道的喜悦,还通过一个非虚构"段子",让总理领略了四川人的幽默:我们村与乐山市、凉山州交界,村民轻易不敢接听电话,因为一接就是长途加漫游,电话费遭不住(方言,难以承受之意)。而这次,就在头天,李克强总理来四川代表团,骆云莲又有不俗的表现。作为来自"4·20"芦山地震灾区的代表,骆云莲拿出一叠照片,向总理展示了灾区重建成果,并代表灾区人民向总理发出了"再到灾区看一看"的邀请。骆云莲的落落大方给在场的人留下了深刻印象,因此,见骆云莲走了过来,省委书记王东明笑着让她在身边坐下。

没有过多客套，骆云莲说：我是越级"上访"，领导莫要怪罪哈。王东明乐了：知道你无事不登三宝殿。骆云莲就说起了想给古路修条路的事，古路之路以前是什么状况，现在是什么样子，往后又如何打算，连同专家踏勘、工程概算，她提纲挈领地作了汇报。见书记、省长听得认真，骆云莲心里反倒有些忐忑：等我说完，他们会不会一个太极把我打到一边？没承想，骆云莲话音刚落，王东明就问她手上有没有现成的材料。骆云莲说有，都在我脑子里装着呢！王东明又笑了：你脑子里的东西别人也看不见，回头你写个东西，我帮你反映情况也可以说得清楚点。说完，又交代秘书和骆云莲互相留了电话。

材料是连夜写出来的，手捧打印稿，骆云莲抬起头来，一束阳光从玻璃窗开着的一道缝里挤进屋中，新鲜、明亮、暖意沛然。

接下来就是等了，骆云莲准备了足够的耐心。没有包含失望的耐心都不能叫作足够，因为人间的事情，没有到最后一刻，都可能只是开始，也可能已经提前结束。何况王东明也没有明白无误地说这条路非修不可；何况你面对的是一个村，人家面对的是一个省；何况这件事情这么大又那么小；何况修路的理由尽管充足，不修的理由却更加充足。

直到北京的会议结束，骆云莲伸向希望的钓竿，鱼漂一动也没动。回到家，又眼巴巴等了一个星期，那个已经在心里背熟的电话号码还是没有出现在自己的手机屏幕上。骆云莲去河边散步，看见有人钓鱼，她问收获如何，人家说：刷白钩了。

这句话让骆云莲心里疼得不行。她感到一只鱼钩挂在了自己心上，冷不丁又往上提了一下。

第八天，电话响了。市交通局打来电话说，省交通厅领导要到古路村调研，已经上了高速。骆云莲高兴得心都要飞出来了，哪知电话又一次响起，说厅长临时有紧急事务，人到半路又反身回成都去了。以后他会再来的，电话里说。骆云莲问人家有没有说什么时候再来，电话里说没有说。

这一等就是一个月，两个月，三个月。再等下去就有些索然无味了。然而，对于等待，骆云莲并不愿轻易放弃——虽然等来的可能是失望，而且随着时间推移，失望的可能会越来越大。但她等待的也是希望，她相信希望的重量永远大于失望——当一个人彻底失去了希望，那样地活着，将会比等待本身还要苍白无味。

2015年8月21日，副省长、市委书记叶壮来到古路村。那天的太阳从升起到落下就没偷过半分钟的懒，从一线天到村活动室，四个小时里，日头让赶路的人出了好几身汗。叶壮是一边爬山一边聊着天进的村，跟县里来的干部聊，跟乡、村干部聊，跟村民聊，也跟路上邂逅的游客聊。聊天中骆云莲知道，叶壮头天到省上参加脱贫攻坚工作会，会后省长专门找到他，说四川与全国同步全面建成小康社会，重点在农村，难点在贫困地区，像古路村这样至今不通公路的村子，必须拿出实实在在的办法，防止他们在小康路上掉队。

有省长这一番话，这番话还是副省长亲自带到村里来的，而且一同来的还有省市县一众领导、专家，骆云莲相信这是古路村人离祖祖辈辈的梦想最近的时刻，她甚至觉得，她已经看到或者说是站在了那个苦苦找寻的路口。

叶壮在坝场召开的市、县、乡、村、组五级干部会上开宗明义：中央对脱贫攻坚作出了重要部署，省委、省政府对古路村摆脱困境十分关心，指示从根本上解决大家的出行难问题。路是给村里修的，怎么个修法，欢迎大家多提意见。

必要的客套总是要的。有关领导发言后，骆云莲先是表达了谢意，然后简要汇报了前期成都勘测设计研究院和县交通局所做的工作，接着便迫不及待地说：修公路的方案是现成的，只要资金到位，马上可以开工。

接过话来，叶壮说骆代表这是一个思路。上山路上我也问过游客，他们冲着什么来古路，他们说大峡谷有意思，原生态的古路村有意思，不通公路的古路村有意思。古路未来发展，旅游产业是一大支柱，游客的所思所想，我们不能置若罔闻，我们要立足当前，更要着眼长远……

一边听，村组干部一边犯起嘀咕。这路是不修了吗？一个组长忍不住挑明了问。

当然不是，叶壮说，我在想，我们修路，不能为修路而修路，要让通村路成为致富路。

通村路谁不想，致富路谁又不想。听他这么一说，骆云莲悬起的心放了下来。方才小声议论的组长们也安静下来，用耳朵打量起有史以来到过古路的最高级别领导为古路规划的路——是路，又不光是路的路。

叶壮描绘的专属古路的通村道路大概是这样的：它因地制宜，它另辟蹊径，它避免对山体大开大挖，并以此留住乡愁，保全村庄的神秘与安宁，它既与外界便捷沟通，又让自己遗世独立……

同时满足以上条件的，也只有索道了。可是，索道算路吗？能替代路吗？有路方便实用吗？骆云莲脑子里被一连串问题塞得满满当当，其他村组干部也是面面相觑。

叶壮从一张张脸上看见了他们的内心。知道此事非同小可——至少对古路人来说，他没有替他们作出抉择，而是用目光在一张张脸上徐徐扫过：行，还是不行，大家的意见也很重要。

会场突然就陷入了沉默。世上的一切，仿佛在顷刻间失去了声音。

兴奋。忐忑。兴奋中有忐忑。

激动。紧张。既激动又紧张。

迟疑。凝重。因迟疑而凝重。

这大约是所有读书人都曾有过的经历：这张考卷事关前程，这道考题分值重大，这个答案模棱两可，这个时刻心跳如鼓……

与心中的起伏不同，与脸上的动荡相反，他们中的大多数人选择了沉默。

沉默也是一种回答。弃权也是一种选择。

事情大约就这样定下来了：修建高空索道，连接马坪村二道坪和古路村斑鸠嘴，再从斑鸠嘴修建入组道路。

对于这样的选择，古路村人——包括村组干部，也包括老百姓——的后悔和担心还是没有缺席：

还是应该一步到位，修成公路；

索道悬在空中，心也悬在空中；

人和货物过索道，也不知收不收费；

……

这样的话他们说了，而且说了很多。只是这都是后来——方案定下很久之后——的事了。临到天黑再把苞谷摊在晒场还有什么意义呢，明晃晃的日头已经错过。他们终究还是张嘴说出来了，而不是把这些话憋死的同时憋死自己。这个时候能听见他们的话的大约也就只有骆云莲了，他们让她把话带到"上边"。"上边"说：如此这般也有如此这般的道理，而且之前也征求过他们的意见，索道前期工作已经启动，你好好做做他们的工作。

村支书的工作，首当其冲的，不就是"做工作"吗？

骆云莲答应，好好做他们的工作——"他们"里其实也包括了自己。修路还是架索道，哪一个更符合村情、更有利于古路，骆云莲当初心里也摇摆不定。一个人在进退维谷之间是容易肯定自己更容易否定自己的，这个时候，也是别人的意见最容易成为自己的意见的时候。

骆云莲努力做自己的工作。上级领导的出发点无疑是好的，因地制宜、绿色发展、立足当前、着眼长远，说得多好。上级领导的眼光也是不该怀疑的，人家走过的桥，比自己走过的路多。

做了自己工作的骆云莲再做村民工作时底气也就足了起来。有人说桥归桥路归路,索道和公路不是一回事。她说路是路桥也是路,苞谷是粮食,洋芋也是粮食。有人说你口口声声说古路要搞旅游,要让城里的人把钱送到家门口,现在时兴自驾游,游客来不了,他们的钱总不会自己长脚跑上来。她说谁说修索道不能吸引游客来?恰恰相反,好多人是因为古路不通公路,有一种其他地方没有的神秘感才来古路,公路一修,神秘感没了,只怕游客也要跟着消失。更何况懒人最好学,通了汽车,人家一脚油门上来拍个照,一溜烟儿下山,自家的床自家睡,自己的饭自己吃,我们哪来机会挣人家的钱?又有人说喇叭一响黄金万两,汽车开进村,山货也就跟着下山了。不通车,东西拉不出去,还是要肩挑背扛,还是要把豆腐盘成肉价钱。她说汽车能运的索道也能运,有多少羊子吆不下山?村里那点山货,一辆载重二十吨的汽车跑两趟差不多也就拉完了,劳神费力修条路上来,资源也破坏了,资金也浪费了,还可能人财两空、得不偿失。

知道她说的"人"是什么,"财"又是什么,眼见她说得头头是道,遥想着天空铺上轨道,古路的新生活也就上了轨道,反对的声音慢慢就少了下来、小了下来。骆云莲总算是说服了大家,也是这时候,她才真正说服了自己——之前她是在"做工作","做工作"免不了用肩膀代替大脑,而这个时候,她觉得自己说给大家的话,其实也不完全是肩膀在发声。

怀抱期待的人,总是愿意相信明天的长相和蔼可亲。明天又并非一成不变,而是不可避免地不断被刷新、被覆盖、被重塑,成为排成长龙的变脸大师,一抬手成了今天,再一抬手成了昨天、成了过去。日复一日,接踵而至,渐次更迭,首尾不相接。

那些曾经的昨天与今天,后来都成了昨天,成了永远的过去。而过去中的一部分,因为刻骨铭心,因为常常被惦念、被唤醒,被视作事物成

长、演进的标识,因为影响着当下与未来,成为记忆,其中更为珍贵的,还将参与历史的书写——就像下面这些日子:

2015年8月21日,以索道代公路的建造思路初次提出、初步确定;

2015年10月19日,古路村索道工程采购公开招标;

2016年4月22日,总投资二千四百三十万元的索道正式启动施工;

2016年8月1日,索道承重绳、牵引绳、载人机箱及牵引设备、站房建设基本完成;

2016年10月21日,省市媒体发布图文报道,古路村索道调试进入尾声;

2017年3月8日——这一天的很多细节,骆云莲至今历历在目。

那天她起得比前些天要早,穿上赴京前精心准备的民族服装,对着镜子,她抬起双手,把头上的"哦尔"(彝族妇女的一种头帕)扶正。这天是"三八"国际妇女节,但这还不是她精心装扮的主要原因。头一天,骆云莲得到消息,有中央领导要来参加四川代表团审议。体现四川形象,展示彝乡变化,表达感恩心声,骆云莲的激动成因复杂。

万万没料到,这位中央领导,竟是习近平总书记!

骆云莲激动得心都要跳出来了。

更令人激动的是她争取到一个发言机会。

她有太多太多的话想对总书记说:得益于国家关心扶持,古路村2010年通了电,不再两眼一抹黑;"三大会战"中,原来的钢管被PE管取而代之,天再冷水管也不会受冻开裂;结合脱贫攻坚,村里产业结构转型升级,花椒、核桃都已投产……

这些话题随便哪一个展开,都可以说上三天三夜。然而,她知道,从人民大会堂经过的时间,每一分每一秒都无比珍贵,她只能挑最重要的说,用最精练的语言说。

索道飞架南北，是跨越，也是起飞。 李伊凡／摄

当然是说说路了，从自古无路到古路新路。言新必及旧，一个曾经寂寞的村庄，一个村庄曾经的寂寞，仅仅寥寥数语，已是语惊四座。

总书记听得认真，也因此面色凝重："悬崖村，我从电视上看到过。原来不通路。"

"这里是在大渡河峡谷的上方，四面都是悬崖。"

"原来是走溜索的？"

"以前是天梯，后来是骡马道。再往后就走索道了，索道拉近了村民与外面的距离。"

"是政府拨款建的吗？"

"是的，是的。花了两千多万。"

"两千多万？"

"两千多万。"

"投入使用了吗？"

"建设已经完成，很快就会正式运行。"

总书记面色舒展开来："这我就放心了。"

…………

一个是总书记，一个是村支书，话题聚焦一个村，目光盯住一条路。同总书记的合影大面积占据媒体头条，使骆云莲不可阻挡地成为"网红"。比骆云莲更"网红"的是古路村——越来越多的人试图找到答案：一道旷世深峡，隐藏着怎样的秘密？悬挂绝壁的村庄，经历过怎样的传奇？云端之上的彝寨，飘荡着怎样的美景？

索道开通，于是不再只是一个村庄的内部事务。2018年10月1日上午9点，横亘在马坪村二道坪与古路村斑鸠嘴间的高空索道迎来了第一批乘客。尽管只是试运行，尽管站房内部还未装修，周边环境也有待提升，古路人的激动，还是感染了凌空飞渡的游客。

我比绝大多数经由八百米高空登陆古路的外来客提前二十年进入古

路。1999年秋，参加工作不久的我随县委调研组从一线天爬钢梯来到癞子坪。当时的六组组长兰明福告诉了我们村庄得名的来历——石头，或者人滚下山谷，"咕噜，咕噜"。

2009年初夏，硬化前的骡马道上，又一次留下了我的脚印。那时古路小学还在，学校围墙上，"琅琅书声云中荡，彝苗成才固根基"的大红标语还在。此后又去过古路两次，两次都是从骡马道盘旋而上，之后又原路返回。

2018年这个国庆，我没有向古路"走"去，我双脚并拢，像生了根。但我同古路的距离在一点点缩短，从七百五十米变成七百米，变成六百米、五百米、四百米、三百米……

我听到了古路的脚步声：咕噜，咕噜。

那是滑轮与绳索在亲密接触，那是今天与昨天在窃窃私语。

咕噜，咕噜。一个声音，两个声源。

咕噜，古路。一个村庄，两段历史。

老昌沟两侧的危崖从眼前经过。时间深处的咕噜岩从眼前经过。背着洋芋的十八岁的兰绍安在眼前奔跑，下沉，消失。三百八十斤重的柴油机在一副肩膀上垂直上升。在大坟林看火车的李福贵并没有看清火车的样子。县委书记吴志成被人蒙了双眼捆在背架子上……短短三分钟里，索道向古路驶去、古路向我靠近的三分钟里，那么多面孔带着他们的往事来到我的眼前，他们汗透衣衫，他们青筋鼓胀，他们眼含悲苦，他们面色凝重……

看到黑就理解了白，触碰到冷就怀想起热。

看见过去，也就理解了现在。

轿厢慢了，更慢了。咕噜岩到了。当轿厢在站房停稳，刚才浮现在眼前的面孔，刹那间隐匿不见。

更多面孔挤走了他们。这些面孔中，有我认识的和不认识的。有老者,有孩童;有村民,有游客。

他们向我报以微笑。

他们从远方来,或者准备去往远方。

第三章

生长与消失

从无到有为生。由弱到强是长。

古路在生长。就像古路之路——从披挂的藤蔓到坚实的钢梯，从曲折回环的骡马道到飞架南北的高空索道。

最像古路的却是一棵树，一棵叫檀香的树。这种古老而神秘的树种人们并不陌生——安神开窍的灵药是它，扇骨、箱匣中的翘楚是它，高僧手中把玩的念珠，也是它。人们未必知道的是，这种被称作"绿黄金"的植物生长十分缓慢，数十年才能成材。檀香树的生命力又极其旺盛，生存的考验愈是严苛，它愈是顽强、乐观、昂扬地活着。把原本缓慢的成长放得更加缓慢的同时，它的心材也变得更为紧致、精密。

古路村人不时会看到一棵树在光溜溜的岩壁上迎风而立。那棵树可能是核桃，可能是漆树，也可能是一棵檀香。核桃和漆树司空见惯，偏是檀香，似乎只陡壁上才有，似乎执拗到非要把自己逼上绝路，然后绝地逢生、逆势而为，活得仙风道骨、超凡脱俗，让你心悦诚服地说，那才是生命最好的样子。

深灰色岩层上长出一抹绿色，这本身是不可思议的。更不可思议的是，亚热带季风性气候使然，秋冬季节，峡谷里可能几个月不见一滴雨，可檀香树还是活着。它们实在太顽强了，又或者，对于雨水，它们本来所需不多。也许这就是古路人喜欢檀香树的原因了，这是一棵长得像他们的树——生存环境像，脾气和性情也像。

可是现在，檀香树从他们眼前消失了。消失并不代表死亡，只是"藤路"不在了,"天梯"不在了,人们有了出行上的新选择,而每一次选择都意味着进取与退让,意味着亲近,也意味着疏离。

绕道而行后,他们离檀香树是越来越近了,近到在外人眼里,古路就是一棵檀香。檀香稀少,檀香离群索居,檀香散发的气息令人无法抗拒。古路村也是这样,她曾经被主流边缘化,又因为非主流的基因活出了不一样的自我,让人刮目相看,甚至纷至沓来。

而檀香的气味又的确是日甚一日地离他们远了,因为出行方式的变化,他们的鼻孔捕获到那种神秘气味的概率越来越低。古路村的年轻人感受不到这种变化,上了年纪的则要敏锐得多。不仅嗅觉,他们的感觉里,有更多属于古路的过往变得式微、黯淡,直至虚无。

一边在生长,一边在消失。

这就是今天的古路——浑然一体又巍然对峙的另一道峡谷。

1. 山不转水转

自打骡马道建成，来古路的游客明显多了起来，遇上大假，用于接待的几张床根本就不够住。每当这时，申绍华会把家里安排不下的游客引流别处，心里想着，肉烂烂在锅里头，我有你有大家有。个别游客却不愿意去别的人家，说一起来的就要住在一起，又说他们家的服务比别家周到热情。说这些的游客里又有说他应该胆子大点步子大点把档次搞得再高点的，加上乡信用社不止一次找上门来，说要是扩建客栈，先贷十万给你，不够另说。一来二去申绍华就动了心，不光造了计划，还把建房所需的砖也买了回来。买回来他又有些犹豫了。对于古路，游客是不是只有三分钟热情要打问号——到处都是花花世界，古路穷乡僻壤，到底有多少人会生起到此一游的冲动，继而把冲动变成行动，他并不那么自信。更让他信心不足的是在外打工的两个儿子，几次让他们回来，两个狗东西答应得快，忘得也快。要是客栈扩大接待量增加，还是老两口一唱一和，那就是搬起石头砸自己的脚了……

索道开通，来村里的游客比去年略有增加。中绍华心里动了一下：天公不作美的情形下，游客数量不降反增，说明游客对古路的兴趣不仅没有"退烧"，而且还在升温。

世界是我们的，也是你们的，但是归根结底是你们的。不止一次，申绍华把毛主席语录背给两个儿子听。两个小子说：这话听着顺耳，但并不意味着我们就要按你的意思做，用你的思路设计我们的人生。毛主席没有要求八九点钟的太阳必须跟在妈老汉儿屁股后边转，老汉儿啊，你不要当我们是三岁娃儿。

话说多了就没意思了，没意思的话何必多说。申绍华想通了，儿孙自有儿孙福，他不用你管一辈子，你也管不了谁一辈子。他想朝东你叫他朝西，就算他人在屋檐下勉强低了头，等哪天屋垮檐塌，他想怎样，还得怎样。

他走他的阳关道，我过我的独木桥。申绍华这么想时，儿子的态度却变了，比川剧变脸还快。

索道开通前从斑鸠嘴到咕噜岩的路面施工就已展开，现在，四个轮子是风风火火转起来了。路在骡马道基础上依着两辆三轮能错车的宽度扩建，幅面四米。修路用的挖掘机是袖珍版，三轮车恰恰相反，轮径和马力都比山下的要大。

修路那阵，穿梭在工地上的四辆大力摩托，有一辆是申绍华的小儿子申伟在开。申伟是1994年生人，读完初中就闯世界去了，山西内蒙古都去过，主要搞建筑。儿行千里母担忧，2017年11月，村道开建，母亲甘绍芝好容易有了借口，打电话让他回来，说离工地最近的就是我们家，哪里都是挣钱，何必舍近求远。一开始申伟根本听不进去，说回来还是修地球，人在外面，见的天都要比古路大。甘绍芝说等你回来，大头我出，买个三轮拉土方，吃的好歹也算是技术饭。申伟说锄把长一截路，修完我又拉什么？甘绍芝说儿子口口声声在外面见了多大片天，结果还是个近视眼。不是么？路是修给车子跑的，车轮子停不下来，你就有的是事干。

申伟还真回来了。不光他回来了，身后还带着个"拖斗"。"拖斗"是他的女朋友李娟。两个人是在山下打工时认识的，不长的交往史说起来有点意思。微信上"摇一摇"，两人成了好友。热乎是从发红包开始的，申伟把红包发出去，那边手指一点，红包收了，人"闪"了。理由找得也充分：一来就是糖衣炮弹，没内涵。正赶上家里没完没了催着回去，被拉黑了的申伟没好气地打背包回到古路。一万个没想到，那天大力摩托前现出张脸，跟拉黑他的微信头像一模一样。两个人同时愣住了——冤家路窄，狭路相逢，世上真有这本书卖！原来，李娟是被朋友约着来古路玩的，来之前她还开玩笑说：我打过古路人的劫，千万可别自投罗网。还真是一语成谶，掉进网中央了。只不过是张情网——小伙子不光没把旧账当回事，还招呼她和朋友去家里"吃香（肠）喝腊（肉汤）"。李娟爬进车斗，随着马达启动，整座山都在往身后退去，像一头温驯的巨兽。李娟于是成了驭风而行的骑手，身心都变得轻盈舒展起来。

申伟也真是够帅的。感觉是个奇妙东西，那一刻，李娟无端认定他是她的菜。申家待人好，连游客都这么说。待外人都好，待自家人总不会差。这么想着，姑娘嘴角就成了两个瓢。弧线拱起就没有再往下落，姑娘一颗心也咧着嘴笑：申家人气指数旺，每逢节假日，接待站生意红得像火塘。

申绍华两口子心里头的温度比火塘里还高。这门亲事看来是十拿九稳了，天上掉下个儿媳，别说打着灯笼火把，这是开着十盏探照灯也找不到的好事。何况这姑娘俊，嘴甜，人勤快，动作又麻利，做起事来比风车转得还快。中秋节时接待站来了一拨游客，三十多个人，招呼应酬、端菜递碗、清洗盘盘盏盏，差不多她一个人搞定。心想她是累着了，哪承想，到了晚上，她和他们围着火塘摆闲条，不光精神十足，语言还丰富得很，逗得老两口的哈哈就没打过逗号。他们替儿子高兴，也替自己高兴——这么好的儿媳娶回家，也就拴着儿子的心了，儿子安下心来老两口就有帮手了，老申家的农家乐就可以开得更红火了。

申伟还真是亲生的，让老爹老妈看了个准。路面从泥巴变成沥青后，村道施工暂时告一段落。三轮车一时没活干，申伟不仅挂口没提"走四方"，连申绍华拿话撑他也不走。申绍华让他将就有空多去未来的老丈人家里挣点印象分，申伟却说：天气不错，要不我们请几个人动手修房子？申绍华白他一眼，别跟我鸡毛做毽子闹着玩。申伟一本正经地说：几十岁的人了，要玩也玩点有内涵的。当妈的接话说：你昨晚不是睡在磨盘上吧？言下之意，哪股水把你冲转了？！申伟像是回答她又像是在自说自话：山不转水转。说完唱着歌儿转身走了。

这歌老两口是听到过的，这回听起来，连调调都跟以前不一样了：

山不转那水在转

水不转那云在转

云不转那风在转

风不转那心也转

心不转那风在转

风不转那云在转

云不转那水在转

水不转那山也转

…………

申伟这么说这么唱并非心血来潮。家里只有三个房间可以待客，游客多的时候，把客厅里的沙发当了床，床位仍远远不够。咕噜岩十多户人，家家都住过从他家分流过去的客人，光幺爸申绍平家分到的食宿费起码就有一万多元。倒也不单是心疼那些钱绕道拐弯跟了别人，钱嘛，一个人一家人总是挣不完的。但有钱不挣就太傻了，放着大钱不挣净挣小钱就太不着调了——一个床位三十元，节假日翻番，挣的还是"牛工钱"。看看人家城里，一晚上千的房间都有，三百两百更是家常便饭。要说出来玩的人都舍得花钱那是假的，但肯定也不是人人都把钱捏得能出汗。问题是人家有钱也给不出去——你的客房卫生间也没有，电视机也没有，敢把价格定多高？

触发申伟的另有其事。有一天安顿游客吃过午饭，申家父子见缝插针下地打核桃，有游客撵了来，说是要体验采摘乐趣。申绍华随手剥了一个核桃给他吃，人家才吃了两瓣就大呼小叫起来：你这核桃有问题！申绍华赶紧停下手上动作：我们的核桃既不打农药又不上化肥，能有啥问题？对方更来劲了：不仅有问题，问题还大！这家伙看来是个碰瓷高手，申伟正这么想，人家却说：我是说这核桃也实在太香了点，香得不真实，香得太过分！五元一斤的鲜核桃，那人当场订购五百斤，说要请亲戚朋友品尝一下，什么样的核桃才叫核桃。若非亲眼所见，申伟都不相信古路村的东西这么吃香。自家核桃不愁销路，他也是现在才弄清楚的。有一个广州老板，每年都要委托申绍华给他发过去八千斤干核桃。定金提前打过来，申绍华帮着组织收购，货备齐，尾款也就到了。申绍华组织骡马把核桃运到山下，从金口河找物流发出去，面都不用见，每斤五毛的佣金就到了手上。申伟怦然心动：以前觉得待在古路没出路，看样子，还真是不识庐山真面目，只缘不在此山中。山不转水转，看来，发家致富的活水是流到家门口了。

小儿子回心转意，仿佛一束光照进心间，申大哥心里泛起融融暖意。甘绍芝当然也高兴，只是除了高兴，情绪里又泛起浅浅遗憾：要是大儿子也回来，这家业就更兴旺了。

大儿子申勇自2013年出去打工，至今四五年了。当初他打着背包去闯世界，申绍华没有拦他。那时他也不觉得古路有什么好，好的都在城市里，都在大山以外。没想到放狗撵羊，小儿子后来也发了"野脚疯"，跑得比当哥的还远。古路村能有今天大约是没有人想得到的，包括申绍华，包括甘绍芝，包括他们的两个儿子。申大哥接待站能有今天的光景就更是没人能想到了。话说回来，古路村也好，申家的小日子也好，要说如今已经大红大紫、大富大贵，那是骗人。但跟过去比，的的确确，变化山大。日子向好，但要走的路还远，要蹚的水还深。节骨眼上，小儿子回来了，这当然好。要是大儿子也回来，自然好上加好。甘绍芝的心事，申绍华懂——他又何尝不是这样想的呢？但他还是劝甘绍芝别急，再给娃一点时间。申伟不是心甘情愿回来了吗？当初放狗撵羊，如今狗儿回窝了，野山羊嗅觉灵敏，不会闻不到气味。

把这几年发生在自己家里的事和盘托出，申绍华表情轻松又生动。我是听故事的人里的一个，更多是来帮忙扩建客栈的人——砌了一天砖，龙门阵下油茶好，下酒更好。申绍华的准儿媳也在现场，在申绍华讲到自己、讲到申伟的时候，不失时机插进来几句话，似真似假，亦庄亦谐，逗得屋中人笑得停不下来。

笑声不停酒不停。酒不停龙门阵又哪来的空歇脚呢？

发展乡村旅游，"申大哥接待站"最先尝到甜头·卫志均／摄

2016年国庆节，黄安洪从青海回到四川。那边已经开始下雪，工地停了工。路过成都，黄安洪刹了一脚。姐姐安家在新津，儿子黄飞打工，也在新津。

姐姐日子过得安稳，儿子看起来也不再是没心没肺的样子。他们走出古路，来到成都，看来是对的。联想起一开始自己还有过担心有过反对，黄安洪有些汗颜。

我想给你看个人。黄飞故作神秘。

啥子人？黄安洪也知道这是明知故问。只不过是，直觉同时告诉他，这不可能——咋个可能！

一切皆有可能。黄飞轻描淡写又浓墨重彩吐出三个字：女，朋，友。

你逗老子高兴嗦？黄安洪拿目光在儿子脸上刺探虚实。因为远，因为穷，古路村的光棍汉是越来越多了。在大城市，三四十岁没结婚，并不值得大惊小怪。尤其那些钻石王老五，以及王老六、七、八，先耍，耍够了再说，要不怎么歌词里有一句"外面的世界很精彩"？古路不一样，女娃娃稳坐钓鱼台，一般还在十七八岁提亲的就排成了队。然而，即使不要彩礼，当爹妈的也愿意把女儿往山下嫁。姑娘们更是恨不得长了翅膀往外飞，"外面的世界很无奈"，那是后话，她们惦记着前一句呢。这一来就给"剩男"辈出埋下了伏笔，真是急死人，真是气死人。可怜天下父母心，娃娃二十三四没对象，他们比娃娃还心慌：要是拖到二十七八，光棍也就打定了一半。温良恭俭让古路人是要讲的，话不是这么讲，意思是这个意思。在找媳妇这件事上却心照不宣，都是先下手为强。即使年龄不够，打个擦边球，男方也想先把亲事订下来——只要能把生米煮成熟饭，彩礼下得重点就重点吧。正因如此，黄安洪虽然觉得儿子是在逗他玩，心里却想，要是他真自己把终身大事搞定了，说明这娃，还真是有两把刷子。

信不信由你。黄安洪心里山高水长绕了一大圈，儿子回复他的，却只这么不咸不淡一句。

约出来看看？

看看就看看。

不大会儿工夫，一个叫杨璐的姑娘袅袅婷婷来到面前。

姑娘不光长得白皙，穿得还时尚。见面一声"黄叔"，糍粑似的，又甜又糯，成都味儿十足。

黄安洪把儿子叫到一边：这一看就是"洋娃娃"，你一个土包子，不要去高攀人家。

黄飞笑得比哭难看：哪个高攀了！我们海拔高，还是他们的高？

黄安洪懒得跟他打嘴仗：人家喜欢你，图啥？

喜欢就是喜欢，为啥非要图啥？

门不当户不对，这个事情成不了，趁早吹了吧！

黄飞盯他一眼：我给我找的女朋友，又不是给你找的！

嚄，翅膀硬了，管不住了！黄安洪想训他一句，话到嘴边却变软了：不见棺材不落泪，不见黄河不死心。

话虽是对着儿子在说，黄安洪其实也是在说杨璐。看她那身打扮就知道，就算她是农村户口，生活也是2.0配置。要她嫁到古路，相当于让人不吃大米啃红苕，不做仙女当村姑。而这也是他奚落儿子的原因——只要她去古路看一眼，准保转身就走，别说八匹马，再加八匹也拉不住。

咸吃萝卜淡操心，儿子这么回敬自己一句，黄安洪心里面有点泼烦。想想他不过是个孩子，黄安洪说服自己不跟他生气，闷了半晌说：把她带回去，让你妈看一眼。

黄飞瞬时来了精神：说话要算数哈！

当然说话算数！黄安洪转而问道：只是，古路是个啥条件，你跟人家说清楚没？

说清楚了。

她咋说的？

无所谓。

站着说话不腰疼。

真要疼，坐着该疼照样疼。

父子俩，还有杨璐，三个人一起坐大巴车回汉源。两个年轻人一路上叽叽喳喳，黄安洪却歪着个头，眉头皱成两道坎。表面安静，黄安洪心里一直犯着嘀咕：别看你俩这会儿打得火热，只消到古路看一眼，我一句话不说，她准保跟你说拜拜。道理还用得着讲吗？你读的那点书在外面根本就撑不了几天，她不晓得，那是她傻！她不可能接受古路是肯定的，不可能嫁给你也就是肯定的。拜拜。拜拜就拜拜。迟拜拜不如早拜拜。这叫长痛不如短痛，也叫砍了树子免得老鸹叫。想到这里他不由得又问了自己一个问题：宁毁十座庙，不拆一桩婚，你这也算是棒打鸳鸯了，良心疼不疼？他下意识拿手在胸口摸了一下，然后给自己扯了个回销：不疼。如果他们真能成一家，我高兴还来不及。但这明摆着要黄的事，我是要把他们从泥潭边上拉回来，趁他们陷得还不深……

见当爹的一路上表情僵硬得像是有人借了他谷子还的糠，黄飞心里很是纳闷。起先不同意的是你，约人家去古路的是你，做脸做色不开腔的是你是你还是你……

也许是长了一双听人心事的耳朵，隔着中间过道，黄安洪对杨璐说：我们山上条件差，你要有思想准备啊！

杨璐"咯咯"笑了：黄叔你说哪儿去了，古路的照片黄飞给我看过，安逸得很。

黄安洪说：四五个小时山路，走到半路，不喊投降的少。

杨璐也是够皮的：要不我们来一个登山比赛？

…………

到了县城，转过两趟车，到了一线天，得到消息的马进蓉已然牵了马在那里，等着老公、儿子和在老公预言中很快就要和儿子分手的杨璐。

一上路黄安洪就等着看笑话。看笑话的却是两个小年轻——杨璐撒开两腿，跑得比谁都欢。黄安洪紧赶慢赶，却怎么也追不上他们。

爬得上来和安得下心到底是两码事，黄安洪不相信一个人的新鲜感可以保鲜。他相信，不出三天——更大的可能是，明天天一亮，杨璐就要迫不及待说出那两个字。

杨璐却不说。第二天没有说。第三天没有说。又过了几天也没有说。

这一来黄安洪就看不懂了，这个鬼女子，心里在想些啥？！

杨璐终于还是要走了。她说家里催她回去，回去交涉好，她要把四季衣服都带上来。

找个借口谁都会。去了再回，除非太阳从西边出来。黄安洪看破不说破。

太阳怎么可能从西边出来呢？三个月过去了，杨璐一点也没有回来的迹象。是时候让儿子彻底死心了，黄安洪出的是奇招也是损招：后天杀年猪，打个电话，请杨璐来喝血汤。

我也想来，家里不让。杨璐在电话里说。

每次你都是这句话……黄飞难过得要哭了。稳定住自己的情绪，他慢慢说出一句话：晓得你嫌古路远，嫌我们这里穷。顺你一口气，我们分手吧！

杨璐却先哭出了声：你咋就不信我的话呢！实话告诉你，晓得我一心一意回古路，我爸把我身份证没收了，为图稳当，还把我的头发剪成了鸡窝！

黄飞更伤心了：你在摆聊斋吧？

黄飞你想多了。我承认家里人嫌弃古路，但我喜欢。去之前，我说喜欢古路，是因为喜欢你才那么说。去了之后，喜欢就是真心话了……

电话突然间断了。以为是信号原因，黄飞按了重拨键，然而听筒里只

"嘟"了一声就又传来忙音。

把重拨键又按了一次，听筒里还是忙音。

一阵风吹来，黄飞打了一个寒战。他的心像是掉进了冰窟，手和脚也被冻住了，不能动弹，甚至连动弹的意念也被冻住。

意识到自己还在这个世上是耳朵里传来"叮咚"一声。短信送来一句话：劝你死了这条心！

一种未曾有过的寒冷紧紧包裹住了黄飞。他怔怔地站在原地，脑子里一片空白。

又是一声"叮咚"。这次传来的是一张照片：仅穿着贴身衣服的杨璐被一根长绳捆在床上，她的头发被剪得不成样子，长的两三寸，短的几近于无。照片中的璐璐一脸憔悴，隔着屏幕都能听到她的心碎声！

"叮咚"之声还在传来：

放过璐璐吧。只有你放过她，我们才会放了她。

你们古路那么高，璐璐高攀不上。

我们的决心你都看到了。你们就不是一个世界的人。

…………

璐璐没有食言，她本想向家里作个交代再回古路，却被父母和姐姐扣下了。从杨璐的朋友圈看到古路的山、古路的路，杨爸杨妈那是一个心疼。人心越是柔软，表现得也许越是坚硬。杨璐一回来，他们就让她和黄飞断绝往来，还强制没收了她的身份证——后来，还没收了她的手机。让她身无分文。把她捆绑并反锁屋中。收捡了她的衣服，还给她弄了个见不得人的发型——起先用镰刀割，嫌镰刀不利索，又换了剪刀。凡此种种，在他们眼中，都是给一口老井加上盖子，防止阳光跌进深渊，防止新亮的雨水被青苔污染。

照片上的杨璐让黄飞心疼不已又感动不已。核桃树栖不下金凤凰，看来，旧观念得改一改了。黄飞决定不再犹豫也不再等待，他要去新津，他要解救杨璐，解救被绳索捆绑的偏见，他要在离天最近的古路村，安放来自成都平原的爱情。

黄飞租了一辆面包车，连夜向新津进发。黄安洪放心不下，一边叹气一边钻进车门。连夜奔袭七八个小时的结果是，杨家人端出一碗闭门羹。杨母隔着门板说，想要我家的人，先拿一笔抚养费。杨父从窗子里抛出一句话，人贵有自知之明，再胡搅蛮缠，别怪我打110。警察终是介入了，是黄安洪拖着儿子去派出所报的案。警察说杨家限制女儿人身自由是不对，我们晓得处理，但你们和人家非亲非故，堵在人家家门口也不合适。见警察说得也有道理，杨家的防线又固若金汤，黄安洪只有把黄飞硬塞进面包车，爷儿俩无功而返，怏怏而回。

事情就这样结束了，连黄飞也是这么认为。不承想，开始和结束，有时候也会交换场地。

杨璐的信息让黄飞的手机又一次响起"叮咚"声是在正月初四晚上：明天中午，到汉源车站接我！

他们把手机还你了？黄飞心里乱得厉害。

没有，我用的是平板电脑。他们以为平板电脑只能用来打游戏。

你哪来的钱买票？

我骗他们说想通了，他们就把我放了。前些天卖猪鼻拱（鱼腥草）的钱，我偷偷藏了一点。

买车票要身份证！

放心，已经到手！

你真的不嫌弃我……们古路吗？这时候，黄飞仍感觉自己是在做梦。

这叫爱乌及屋。紧接着，是一个调皮的表情，以及更加调皮的一句话：或者爱屋及乌。

杨璐又一次到了古路。这一次，她没发朋友圈，也再没提起半个"走"字，更没有主动和家里通过电话。这样过了一年，黄安洪有些着急。2017年9月，从西藏打工回来，黄安洪径直去了新津。

两个冤家如何实现和解，过程已不重要。重要的是冤家成了亲家，曾经反目的父女、母女重归于好。黄安洪破冰之行后，杨璐回了一次娘家。时隔一年，女儿虽稍稍变黑了些，穿得也不似以往时尚，看起来却是更健康、更本色、更像自己的女儿了，为娘的哪还有时间气和怨，只顾着端茶递水，心花怒放了。母亲还是母亲，却不是一年前的母亲了，杨璐心里高兴，谈兴也高：城里套路深，不像古路村。城里"歪货"多，人与人之间"假打"的时候也多。古路村不一样，蔬菜水果不打农药，人和人相处轻松自在。虽说那里路还不怎么好，同城里比空气，却是一个天上一个地下。城里处处高楼大厦，夜夜灯火通明，不像古路村，人住得更接地气，而且晚上就是晚上，白天就是白天，没有黑白颠倒，晨昏不分……

为娘的打断了她的话：照你一说，高山上倒是比大城市好了？

我倒不是这个意思。只不过，尺有所短，寸有所长。

为娘的还是担心女儿任性误终身：那里终究是个穷地方，你就安心过一辈子苦日子吗？

山不转水转。现今到古路玩的人越来越多，这当中，很大一部分是成都人。古路孬，成都好，成都人为啥还排起队往古路跑？所以我的老母亲，你就放心吧，古路往后走，芝麻开花节节高。

下一步是啥时候，只有天才晓得。

这就是你老土了！不是天才也晓得，现在要返璞归真，振兴乡村。往后走，越土的东西只怕会越吃香呢！就像去市场买鸡吃，你是想要土鸡呢，还是饲料鸡？

杨璐这一搅一问，让为娘的哭笑不得。不过年轻的母亲总算是明白了，拴得住女儿的人却拴不住她的心，他们眼里的穷乡僻壤，却是女儿眼中的金山银山。女儿的判断一定是出错了——她还敢这样想吗？不能！曾经老两口也是很自信的人啊，在他们的设计里，女儿会进城找个工作，再找个同样在城里的人成家，再慢慢把老两口也过渡成城里人。结果呢？时代正在变得不同以往，速度还超出想象……

"再有一个星期我就要当爷爷了！"从申绍华家来到马鞍山，来到黄安洪家，我本想同黄飞和杨璐聊一聊他们不同寻常的爱情，哪知两个人都不在家。我问黄安洪两个年轻人去了哪里，他先是所答非所问地回了我这么一句，然后才慢吞吞补充说，现在条件不一样了，娃娃得在医院生。杨璐提前住进了县医院，身边哪离得开人。看得出来，他尽量想把语气说得自然一点、平静一点，说得深藏不露、波澜不惊，但他眼神里的愉悦、脸盘上的光亮还是轻而易举地出卖了他——年轻的准爷爷，心里怦怦乱跳的得意和激动，根本就藏不住！

看得出来，黄安洪对儿子的婚事有着超出预期的满意——大平原的女娃娃不顾一切嫁到高山上来，在古路，这是开天辟地头一回，这是有"里子"也有"面子"的事。受黄安洪的情绪感染，我说出来的话差不多也就没怎么经过脑子：娃儿一抱，你可就高枕无忧了！

黄安洪发现了我话里的漏洞，机巧地绕了过去：我还有个小的哩，松不得劲！

我知道他指的是小儿子、正念初三的黄川。那小子安静得很，我们在里屋翻阅他哥哥的恋爱史时，他一直趴在院子里一张方桌上专心致志做作业。我和黄川初次见面是在老书记长河坝的家中，先到一步的我见到老书记的同时也见到了他。黄安洪的岳父是骆云莲母亲的亲舅舅，老书记除了冬天里的几个月，多数时候都在山上，黄安洪两口子没少在生活上给他照顾。老书记下山给我讲历史，黄川的国庆假期也结束了，要去汉源四中念书的他和老书记一同下山。没有急着回学校，他和我一起听老书记讲历史。老书记讲到兴头上，最先笑出声来的是他，老书记讲的一些方言，充当翻译的也是他。从黄飞和杨璐的浪漫史里走出来，我问黄川：要当么爸了,咋一点都不激动?

当然激动!只不过——他的目光从作业本上抬起来——作业做不好,老师会比我更激动。

于是问到了他的学业规划。他说,能考个像样的大学的话,当然最好不过。

像样的大学,不是"985",起码也得是"211"吧?

他答得倒也谨慎:多使把劲,总还是有希望的。

我承认我接下来的提问是在钻牛角尖:如果考不上呢?

他的回答让我的脸一直红到现在:山不转水转——假如考上了呢?

又是山不转水转。我的耳边,申伟唱过的歌,似乎又响起来了:

　　山不转那水在转

　　水不转那云在转

　　云不转那风在转

　　风不转那心也转

　　心不转那风在转

　　风不转那云在转

　　云不转那水在转

　　水不转那山也转

　　……

2. 古路新生

词语浩如烟海的《现代汉语词典》中,你得承认,一些词语招人喜欢的程度,比其他明显要高。

譬如"新生"。新,生,两个字都链接着未来,鼓动着希望,澎湃着力量。何况是两个字的叠加,两道光的汇聚。

然而,新生同时又脱胎于既往、意味着风险、承受着付出、经历着阵

曾经的"世界尽头",也是不少人眼中的"世外桃源"·李伊凡／摄

痛，随时都要应对来自体力、意志与自身之外诸多因素的搏战。而这，也是其最迷人、最夺目、最具诱惑的魅力所在……

这段过门过后，我可以为古路唱一支歌了。为正在新生的古路唱一支歌。当然不是气势恢宏的交响曲，不是多声部的咏叹调，甚至连吉他或曼陀林伴奏的小夜曲都算不上。我唱不了，深峡之巅的彝村古路的小心脏也承受不了。我只会唱一点从属民间叙事的山歌小调。

黄姓并不在清朝赐封的十三汉姓之列，黄家是外来户。早些年，本地人日子没一家过得不是皱皱巴巴，如此情境下还有人愿意来这里安家落户，来之前的处境和来之后的家境，差不多也就可想而知。

自然是要住岩腔的。住了多少年不知道，但黄安洪记得清楚，1963年，他十三岁，白天大人打土墙，他和哥哥带着弟弟妹妹一起上山割用于盖房的茅草。晚上，他和比他小的都歇着了，爷爷奶奶和爸爸妈妈还在架墙板、填泥巴、抡墙槌，两个哥哥打着竹篙为他们照亮。

那时候的人不肯长，苞谷也不肯长。饭都吃不饱，胀憋了才去读书——每期学费要十四块五呢！读到第七册，黄安洪的学业没了下文。"家庭作业"却更多了——家里二十多亩地（加上后来开垦的荒山，有三十多亩）是永远翻不到头的作业本。

黄安洪二十一岁那年结的婚。老婆马进蓉是甘洛县人，属于个子小能量大的那种。他们的爱情在结婚后才慢慢展开，就像他们对干生活的理解，是在分家后才变得深入。那时候黄川出生不久，两个大人两个娃，只分到三十二提苞谷。两间茅屋的修建揭开了人生新的一页，这一页念得自然是磕磕巴巴。房子还没修完粮仓就见了底，见这一家子日子过得像是掉了底的茶罐没法提，大儿子的干爹、金口河胜利村的张仁仲好心赊给他们羊公两头、羊母八只。大羊生小羊，小羊长大，又生小羊，雪球一样滚起来，日子就好过了。张仁仲这么想，黄安洪更是如此巴望。谁知雪球还没滚开就散了。羊群引回来不到半年，一只羊公离奇失踪。黄安洪找了三天没找到，马进蓉说，别找了，估计早被人吃进去又屙出来了。

丢羊的事情后来又发生过一次。这一次，居然找到了。那是自家羊母产下的头一窝羊崽中的一只，重八九十斤，白色耳朵上长着核桃大的黑斑。从邻村一个羊群中，黄安洪一眼就认了出来——化成灰，这只羊子他也认得出来。那群羊的主人却比他还激动：哪个说只有你家羊子耳朵上才可以长斑，我脸上还长了呢！口口声声说是你家的羊，你叫它两声，它跟着你走，我就承认是你家的。黄安洪气得不得了，他在心里想，就是拼了命这只羊我也要抢回来。还没等他动手，那边喊了十多个人来。这是赤裸裸的武力炫耀，即便这样，身为外来户的黄安洪还是没有屈服——那不是一只羊子，那是一家人的奔头！黄安洪说点一炷香吧，我们当着菩萨的面发个毒誓。可是他忘了，人家只认毕摩，不认菩萨。他又想起来一个办法，验血。两家羊母都在，抽管血一化验，不就啥都清楚了？人家说：抽血要去县医院，你把羊子吆到医院我看看。那时节骡马道还没通，人还享受不到进医院的待遇。事情闹大，乡政府派了人来处理。当时五组组长生病死了，组长由骆国龙代着。骆国龙和乡上干部想出个办法，把两家的羊母牵过来，就看那只羊子跟谁走。

羊子找回来了，黄安洪却一点也高兴不起来：不就为一只羊吗？要是生活过得去，谁愿意为这点指甲大的事儿撕破脸皮？

生活的艰辛敲起门来就不知道停。2008年那场地震中，黄安洪家土墙茅草屋被震得歪歪斜斜，似乎一个指头往上一戳就会訇然倒塌。黄安洪牵着马儿运材料加固房屋，五加二，白加黑，马不高兴闹情绪，一个不留神，黄安洪右手无名指被缰绳扯断。仅仅过了五年，又是一场地震。黄安洪横下心重建新家。为平地基，他把黄飞和黄川也动员起来背石头砌堡坎。当时黄飞十四岁，背两撮碎石，黄川背一撮，一撮差不多二十斤。

两个儿子不怕吃苦。黄安洪怕。他怕的是债台高筑，父债子还。

建新家花了十七八万。房子只有一层楼，要是在山下修，大概只要七八万。建房成本高出来的那部分，全填了路上的坑坑凼凼。

那天晚上，我对黄安洪的采访持续到差不多晚上十二点。黄安洪两口子、黄川和老书记围坐在一起剥苞谷，我的采访方式，是和他们一起剥苞谷。给三亩地的苞谷棒子剥掉外衣，我们大概花了五个小时。苞谷大小并不匀称，大的半尺多长，小的不过两三寸（也是这时候我才相信，采写《古路飞歌》时，兰绍林告诉我"一把可以抓起十个八个"所言非虚，而我当时以为他这是夸张的说法，自作聪明做了减法）。三亩苞谷正好供着家里喂的五头猪，没有多余的可以拿到山下去卖。其实即使有剩余也卖不出去，相邻的人家去年就有苞谷积存下来生了虫子——一块钱一斤的苞谷，骡马驮下山，骡马都觉得冤。大豆、洋芋同样如此，自家吃可以，要说卖，拿时兴的话说，想多了。

增加收入，黄安洪也琢磨过别的办法。他曾经养过两头母猪。猪下了崽，嘴一张就要吃的。自家粮食供应不上，买饲料又拿不出钱来，猪生了病还不好请兽医，只有半途而废。此路不通，想到养牛——牛满山跑，草不要钱，管饱。哪知牛不争气，八头死掉四头。钱是找别人借的，债台又高出一层。

给自己、给这个家找一条出路，黄安洪的努力一直没有停止。听朋友说西藏一个钻探队招工，他买张机票飞了过去。收入还真过得去，至少比种地要好。吃人家的饭嘴软，苦点累点他都没怨言。工地缺水，两个月不洗一回澡他也不吭一声。可工地上的活儿只干了两个月就完了，不得已去了青海。后来又去了宁夏，去了新疆，去了好多地方。不光自己去，也带黄飞一起去。不过他不让黄飞吃他那样的苦，比如西藏和青海，他就不让儿子去。他并不指望儿子一时半会儿能挣多少钱，他想的是让年轻人见见世面，同时保住本钱——身体是最大的本钱。今年三万，明年两万，欠债的深坑慢慢慢慢填起来了。路遥知马力，日久见人心，有个老板见他吃得苦，做事也认真，有意承包一个小工程给他。这一来却把他吓坏了——他根本就看不懂图纸，哪儿敢啊。这也让他下定决心，再苦再累也要让儿子多读点书，至少读到能看懂图纸。黄飞来不及了，就把黄川抓紧，只要他肯读，自己拿骨油也要给他点灯照亮。

在外打工，拿回家的不光是几个工钱。黄安洪把阅历和见识也当作一笔收入。陪伴是最长情的告白，这句话他就是从外面打包带回来的。也是这句话动员他，能不出去就不出去了，大家都走，这个村子就空了。

咕噜岩同马鞍山中间隔着五六里地，两地海拔落差有百把米。地势上的矮反倒成就了气势上的高，那天，来到申绍平的建房工地时，他正为新砌的墙垛做着保养。站在墙头的申绍平被我仰视的目光一顶，忽然就长了个子。

生在1978年的申绍平，年龄和黄安洪差不多，经历却更加曲折。承包一线天那段骡马道前，申绍平已在外面打了八年工。八年游击打下来，"三八大盖"总能弄到一把，罐头、饼干总要搞回来几听，申绍平却是赤条条去赤条条回。还不就是因为"晃"，因为交的朋友都是些"特长"一栏只能填"吃喝玩乐"，头天发工资，第二天一顿饭就可以吃到钱包见底的日白匠（方言，不成器的人之意）。

吃点苦没啥坏处。亲手开掘的骡马道给申绍平上了人生第一课，让他懂得，人生路和脚下路一样，只有站稳脚跟，才能向前致远。见申绍平变了个样，别说家里人，他的婚事，左邻右舍都很上心。可申家这家底子也实在是太薄了点，没哪个姑娘不是一说起他头就摇成拨浪鼓的。三十二岁的申绍平以为自己打光棍已是板上钉钉，就是这时，阿依热什相中了他。牵线的是阿依热什的亲哥哥，他和申绍平一起打过工，对妹妹说一个人"想好"比原来就好还好。还没来得及高兴申绍平就犯了愁，丈母娘手一摊，要他拿五千元彩礼。

路在哪里，你看见了吗？·陈果/摄

还结啥婚？脑壳昏！申绍平急得团团转，找到姨娘那里。大表哥开矿山，看在姨娘面子上，写下借条，彩礼算是有了着落。可婚还是没法结——好歹要摆几桌吧，杀猪打牛，买烟买酒，处处都要花钱。申绍平着急忙慌，到处烧香磕头。见他四处碰壁，碰得晕头转向、鼻塌嘴歪，申绍华暗地里高兴。不经一事，不长一智，不让他长点记性，只怕哪天好了伤疤忘了疼，得上仨瓜俩枣，又不知道自己姓甚名谁。见申绍平蔫得快要成个茄子了，申绍华不急不慢站出来，采办酒席，招呼应酬，把个婚礼张罗得节约又热闹，简单又周全。

生活是一个永远不会亏空的题库，申绍平在又一道考题前蹙起眉头。两个儿子到了读书年龄，学校在山下乌斯河镇，不可能跑通学。阿依热什在镇上租房陪读，每年房租二千三百元，生活费又要花出去几大千。比这还让申绍平犯愁的是家里一下没了劳力——以前他在外面打工,老婆负责种地,老婆一下山地就荒了。地一荒,心里跟着就长出了草。

家中老爹的咳嗽声,让申绍平心里的荒草有如打了激素,长得愈发茂盛。老人七十有六,身体又不好,不留个人在家里照应,他在塔吊上时会觉得心比塔吊悬得更高。皇帝爱长子,百姓爱幺儿,分家时,父亲把老屋给了他,养老送终的责任自然也跟了过来。电话里越来越重的咳嗽让他想起小时候父亲隔着坡坡坎坎呼唤他的乳名,申绍平知道,是时候和外面的世界说再见了。

申绍平决心打一个翻身仗。三穷三富不到老,老去之前,他要给自己一个交代。

2013年芦山地震,古路也是灾区,申请重建,申绍平家可以得到两万多元重建补助。申绍平不是没有心动过,但看见建材和工价比四月里的脚基苔长势还要生猛,他选择了按兵不动。这一次,"精准扶贫"政策来了,申绍平没给自己留后路。被识别为"贫困户",他家可以申请为期三年的三万元无息贷款,此外,改厨改厕,政府有九千三百元补贴。两项凑到一起,采购砂石、水泥、钢筋,钱差不多够了。门窗需要一两万,骆云莲表过态,她来帮着想办法。除了这些,买砖需要四五万。手上多少有几个积蓄,不足部分,申绍平准备找亲戚朋友想想办法。

申绍平下决心建房是受了大哥启发。老屋堡坎下,隔着一条小路便是"申大哥接待站"。这些年,大哥靠着接待站把日子过出了另一番光景,申绍平知道,向大哥看齐,前提是有房子,让客人来了有地方住。

申绍平的新家2018年9月开建,除了现浇那天请四邻帮忙,其余的他一个人也没有请。以前在外打工,钢筋工、木工、泥水匠他都干过,建房工地上的活就没有一样他不会的。很久以来,申绍平是一分钱也不敢乱花了。按说一个好汉三个帮,请几个工人,钱花得也不算冤枉,但申绍平舍不得,也拿不出来。

新修的四间房屋两间有厕所，两间没有。没有是因为地基太窄，腾挪不开。他有意把老屋拆掉一通，老爹不干。不仅不干，还数落他不能只认铜板钢板，不认先人板板（方言，祖先之意）。这栋全木老房子，一两百年了，一尺半高的门槛，中间陷下去三分之一。老爹指着凹槽说，这是祖人先人的脚板印，要拆老房子，先得问问他们答不答应。

申绍平起先想不通，老房子光线不好，隔音效果也差，留下干吗？祖人先人也是希望后人发家致富的，既然如此，他们也就不会反对自己拆旧建新。申绍平不再这么想，得益于骆云莲开导。那是在古路村申报全国传统村落工作启动后，骆云莲告诉申绍平，老房子不仅是家族的DNA，还是重要的旅游资源，外界着迷的是古路的两只眼睛，一只是"古"，一只是"路"，一旦古意没了，古路就成了"独眼龙"。

古路村被住房和城乡建设部列入《中国传统村落名录》是2018年12月13日，此前半月，申绍平两口子一手一脚建造的新家刚刚完成现浇。说申绍平的心情就此起飞为时尚早——不管接下来的工序还是房屋装修的资金来源，需要他操心的事情有一大堆，但他对还没开张的客栈的畅想，还是成了他心情的主宰——申绍华的成功是他信心的靠山，北京传来的好消息，又是一针强心剂。

每个男人都有属于自己的故事。

癞子坪往下一点、被叫作桐子林的地方住着十多户人家。这里曾经是荒山野岭，修房建屋过日子，李国恩是"开山鼻祖"。人们对第一个吃螃蟹的人不吝赞美，是因为他用自己的冒险提供经验，让人们从中恒久地领受到某种利益。李国恩踏平坎坷，在桐子林的荆棘与草丛中垒起第一口锅灶就是这样，他为后来在此落户的村邻们找到了一把钥匙，他们借此开启了自身生活的另一种可能。

李国恩从小就"鬼"得很。例子可以举一串，只一件足矣。李国恩读书时正赶上"食堂化",他饿得走路都没力气了,哪还有心思读书。但学校好像又是必须去的,在读书和下地之间,去学校是更好一点的选择。好就好在下地随时都有人盯着,上学就不一样了,单程要走几个小时,大人不可能跟着。于是这段路和这段时间成了一个大而又大的空窗期,李国恩可以把自己所有的奇思异想都装进去。可以在岩腔里睡大觉;可以在野果子出来时躺在树上边睡边吃;可以用绳子套个松鼠,让它陪自己玩儿……他知道放学后要做作业,但知行未必都会合一。遇上大人检查作业,他不慌不忙把作业本毕恭毕敬递上去。大人一看,作业本上有横有竖,有长有短,有方有圆,有鼻子有眼,脸上就笑开了花。李国恩就在背后偷着乐:我写的那哪是字,不过就是拿笔在本子上随心所欲画一气。反正大人好哄得很——他们都不识字!混了三年,谎言戳穿,李国恩被一顿棍棒打回原形……

莎士比亚说过,凡是过去,皆为序章。确也如此,李国恩的人生篇章就是以这件过往之事作为逻辑起点——由于大字不识几个,他不敢走出古路闯世界;同样因为目不识丁,曾经当过生产队长的他不得不主动让贤。更让他感到如影随形的压力从他少年时栖身过的岩腔、草丛和密林深处紧逼过来——很长一段时间,背地里,村里人教导孩子用心读书,总是会在讲完李国恩的故事后说,千万不要像他那样偷天换日。这一切像一群猛兽把他逼到了自责和愧悔的断崖边上,他想,不混出个人样,到最后,只怕灰不溜秋的名声会裹着自己进入棺材。

在桐子林起房造屋因此有了那么点活给人看的意思。嶙峋怪石、荒烟蔓草中,李国恩硬是立起了墙垛,站稳了脚跟。桐子林耸立起有史以来的第一幢房子时,古路村的骡马道才开始修建。难怪看着新路从李家门前经过,村里人说李国恩像是提前开了"天眼"。

建房的过程千篇一律,开荒的历程筚路蓝缕。如果有一个"李国恩建房记"的题目,一定有一篇很费笔墨的文章。倒不如说说李国恩为什么要在桐子林建房，因为他打桐子林主意的动机，也是后来十几户人纷至沓来的原因。

李国恩本来是斑鸠嘴的人。那些年里，喝水靠泉，点灯没电，走路缺乏安全感。天地不仁，以万物为刍狗。人奈何不了天，左右不了地，但支配得了自己。生活太坚硬，有人硌掉了牙，心里一口气不顺，往崖下一跳，一了百了。黄安庆老婆走的就是这条路。这是一种出逃。李国恩出逃，选的是另一种方式——搬家。桐子林是古路村离大山以外的世界最近的地方，离癞子坪就更近了，就像眼睛与眉毛，差不多就没有距离。癞子坪的光自然要漏一点下来——这里的吃水问题是最早不成问题的。吃水不愁，走路也没有高处远和险，搬下来就有了动力。李国恩先找到一个岩腔，把自己和老伴庆绍荣安顿下来。然后，开荒，造地，播种，收割。

他自己就是一粒种子。因为他扎下了根，借助灾后重建，大儿子、二组组长李其学跟着建起新房，开起"古路彝家客栈"。又因为更多人家的到来，桐子林才从一个岩腔变成一个寨子，在一片荒山上长出一片绿洲。

常朝林家在绿洲中并不显眼。我从他家门前走过，坐在院里的他热情招呼我休息一会儿，正好走得累了，接过他递来的小板凳，我同他摆起龙门阵来。

其实，在李国恩家坐下来差不多也是这样，随机，随缘。再早一些采访过的黄安洪、申绍平，以及更多的已经讲到和尚未讲到的一些故事的主角也是这样。作为一个报告文学写作者，我对来自现场之外的素材向来保持警惕，对于别人主动铺设的通往现场的道路通常望而却步。我喜欢把缰绳握在手上，喜欢信马由缰，喜欢突然闯入一个草场，所有一切都呈现出自然本真的模样，就连栖息草尖的露珠折射的光芒也是处变不惊、不增不减。

同李国恩的"移情别恋"是自己找足了遁词不同，常朝林把家从流星岩搬过来，是2013年那场地震帮着下的决心。地震来势汹汹，他家土墙房子吓得不轻，屋顶上的瓦片撒开两腿往下跑，差不多溜掉一半。房子就在悬崖边，跳到地上的还有个声响，那些直接冲进谷底的，连一点声音都没有留下。

哪里跌倒哪里爬起来，常朝林是这么想的，申其全、李树全、边国强、姜常林几家也是这么想的。政府最初的意思和他们一样，原地重建。几家人一开始信心也大，组织建房互助组，开过几次诸葛会。开会的结果，他们互为冷水，浇灭了彼此的热情。原地根本就没法建房——从一线天运材料到流星岩，每百斤运费至少要六十元，一栋房子需要几十万斤建材，造价不下五十万元。别说谁家也没有那么多钱，就是把流星岩所有重建户所有积蓄加起来，肯定也没有五十万！

不得已考虑异地建房。选来选去，地基不费神、没有地质隐患还能把运输成本降下来的，也只有桐子林了。然而，家搬得动地搬不动，没有地，吃啥？

申其全、李树全踩了刹车，常朝林却没松油门，径直搬了下来。一组李其方、二组李其超、李国民、李建军、李秋林、李其军他们也都搬了下来。见这阵势，申其全也稳不住了，月亮走我也走，你们搬我也搬。搬下来的都是提前谋划好了生路的。拿常朝林来说，他有一个女儿嫁到癞子坪，女婿给了他三亩地。

人下来了，常朝林还是常常往流星岩跑。他是组长，每年六千五百元工资不是白拿的。更重要的是，流星岩有他家十七亩半山地，他嫁接了九百芽核桃，种了五百株花椒，还种了几棵苹果，以及一些苞谷、洋芋。单程要走五六个小时，去一趟不容易，每次去了他都会待上几天，直到把活干完。山上没垮完的房子他又简单修缮过，遮风挡雨不成问题。

慢慢他就不跑了。流星岩只剩下两户人——严格说是两个人了，其他人都去了别处。有到桐子林的，有到斑鸠嘴的，也有举家搬迁到其他村、其他乡的。这有点像一支部队，战斗编制还在，队伍却打散了，还不能简单把他们当作逃兵——要说是，自己也是。人到底是群体动物，上山去也难得见到个人影，一来二去，常朝林脚下就没有劲了。

虽说人在桐子林，建了一个微信群，当着群主，常朝林就还当着组长。在群里，那些散落各处的流星岩的人也就还是他的组员。"流星岁月"微信群成了一块"飞地"，也成了常朝林给社员开会的地方。会开多了大家都烦，自己也找不到那么多话说，有时间常朝林会去外面打工。新家挨着骡马道，老婆姜腾琴开起小卖部，接下来还准备开办农家乐。

建新家花了十三万八，这还不包括花六千元买下庆绍田的一块地基。2018年，两口子还了两万多元欠债，其中一半靠政府发的"红包"：退耕还林粮食直补一千二百元，一百一十八亩自留山的补助一千七百四十元，组长工资六千五百元，新一轮退耕还林补贴二千八百元。另一半还款是农家乐和小卖部的收入，加上少量出售自家腊肉所得。这一年，常朝林出去打过两次工，一次没找到活，一次才干了半个多月工程队就散伙了，挣的那点钱只够路费。为此，常朝林正考虑将自家产业结构进行调整：被动变主动，副业变主业，把农家乐作为致富增收的"王炸"。

这个思路，以前他就对儿子和女儿讲过。要把农家乐搞起来，光靠他和老婆不行。可年轻人嫌麻烦，话说得还一套一套的：要是守在家里没客人，你盯我一眼，我盯你一眼，浪费表情都不说了，浪费时间，那是谋财害命！两口子哪舍得害了自己的娃，何况是命。由他们打工去吧，爱去哪儿去哪儿。不过这是以前。现在他想好了，得想办法把他们的想法改过来。树高千尺忘不了根，何况他们，哪有三尺，最多三寸。动员讲话提纲他都在心里头写好了：一方水土养一方人，在外面你是一根葱，回来好歹是一根藤……

3. 就像一颗流星

没有人相信我真的会去流星岩。去干啥呀,在悬崖上走几个小时,能见到的也就两个老头——就这两个老头,也很快就要离开。

我没有说,正因如此我才要去,非去不可。我说了他们会更加为我担心——如果开口之前他们担心的只是我的安全,我这么说,他们准保会以为我哪根神经搭错了桥。很多事情在这个世界上已经失去了言说的语境,你觉得一件事神圣无比,一出口却成了笑话——就像我刚刚把这句话说出来一样。

无论如何,消逝是一件庄严盛大的事。对一个人是这样,对一个村庄是这样,对万事万物都是这样。降生有多喜庆,消逝就有多庄严,我们对新生秉持多少期待,就该对临终给予多少关怀。一颗流星的消逝因此值得举目凝视,而流星岩这个地方,多么像一颗流星。

老会计申其军牵了马下地收苞谷秆,顺道给我指了去流星岩的路。都这时候了,他还指望我能悬崖勒马——当地人都觉得没意思要往外跑,你又何苦去吃这苦。我嘴上说实在走不动我会回来的,心里却说,有意思和没意思,对于不同的人,是完全不同的意思。

雾实在是大,目光像踩在棉花上,每往前一步都走得费力。脚下的路却还好走,虽然陡,也没硬化,但两三米的宽度,够可以了。就路来说,古路村至今没有联网。树形拓扑结构的"局域网"倒是初具雏形,斑鸠嘴到咕噜岩的沥青路是"树干",从"树干"向金竹坪伸出的毛路是一根"树枝",此刻被我踩在脚下的是另一根"树枝"。

走了十多分钟，一阵狗吠传来。云雾缥缥缈缈，看不见来路的狗叫声因了这虚软的衬托显得尖厉无比。我下意识捡起两块石头，一边继续向前，一边在脑子里向猛扑过来的恶狗狠狠砸去。石头没扔出去，却见一座木屋从云海中露出一角，继而全部。房子年岁已大，房前站着的一个人似乎比房子还老。他喝住拴在房侧的狼狗，像是客套又像是真心地向我发出邀请：进来坐会儿吧！

莫名觉得眼前一幕很像《西游记》中某个桥段，尤其看见他左腮上吊着一个差不多鸡蛋大的肉瘤之后。我慌慌张张谢过了他的好意，一刻也没停留，一句多余的话也没说，一头扎进了前方的浓雾。当一片云海将他撇在身后，我的心里安宁了许多。

四下的安宁被再次打破。狗叫声从前方传来，而不是后方。是两只狗在叫，而不是一只。

狗叫声越来越近，隐隐绰绰看见一黑一白两只大狗在正前方虎视眈眈盯视着我，汗毛竖起的声音，在耳畔凌厉响起。我小时养过狗，知道狗一般不会咬人。但那是家狗，是一般而言。这两只籍贯不明、身份不明、有没有前科不明，看起来不是善茬。见它们丁点都不友好，我一边从地上捡石头填满裤兜，一边思量着应对之策。

我这么快折转回来，仿佛在老头预料之中。他仍站在刚才的地方，用刚才的语气，把刚才说过的话又说了一遍：进来坐会儿吧！

在这样的天气里，在这样一个地方，眼前立着这样一个老头，一股凉飕飕的风陡地在我后背上刮了起来。爬过不怎么成形的石阶，随老头进到屋中，本意里我不会这么干。但我违逆了本意。

不知人的身体是不是也像这座三柱四的木屋，从里边看比从外边看显老，屋里飘荡着一种人到老迈才有的酸腐气息。靠堂屋右侧墙根放着一具黑森森的棺木，和老头左腮上饱满得有些发亮的肉瘤合伙又吓了我一跳。火塘在左边厢房，火舌"呼呼"闪着亮光，让一个老年女人的形象从暗影重重里浮了出来。不咸不淡地，她招呼我到火塘边坐。

落座的当口，我问老头怎么称呼。老头答：李国银。国家的国，银行的银。老婆子叫骆国娥，和我一个国，窦娥冤的娥。

他的补充让我吃惊。人不可貌相啊，我没想到他竟然读过书。

哪读过啥子书，扁担大的字我都认不到一个。不过自己的名字嘛，总要搞清楚。人家跟我说过，有人问到名字，你就这么说。

这句话把我惹笑了。都笑了，后背上的风就停了。

古路村二组由一大堆小地名组合而成。小中见大的有斑鸠嘴、渊曲、毕几落埂、水井槽。这几个都是人气比较旺的地方，就像城里占着口岸的几个街区。说人气旺是四五十年前，古路村那时有七八百人，只是现在真正在村里的已不到原来一半。二组如今只剩下九户人，还都是些老弱病残。住在毕几落埂的只有李国银夫妇。老两口本来住水井槽，大家都往外搬，他们何尝不想，却无处可去。2013年地震时，他家两通土坯房子垮成废墟，正赶上毕几落埂的方正田要搬迁去金口河，李国银用两千两百元买下这栋木屋，以及作为"陪嫁"的五亩山地。毕几落埂比渊曲离斑鸠嘴近一公里，这么一来，老两口离自己的子孙也就近了一公里。他们有三个女儿，一个嫁到本乡万家村，两个成家在本村，但都不在这道山坡上，这道山坡没啥营养，连牛羊都嫌弃。搬出来，原来的地就荒废了，当初的家、后来的废墟也全部被野草占领。要不然，他真想在上面种上花椒。花椒价格好，拿下山也轻松。可惜没那么多花椒苗。

李国银说自己不是财迷。他说：我有养老保险，又是低保户，骆国娥也是低保户，我们两个都是"保"，光我们两个老家伙的话，钱是够用了。说到这里，他眯缝着眼睛问我：这个"保"，是"宝器"（方言，傻瓜之意）的"宝"，还是"宝物"的"宝"？不待我作出反应，他先按了抢答器：肯定是"保证"的"保"，因为就是干坐起，国家也要供我！李国银说起"国家"两个字时，我看得出来，他的心里和眼前的火塘一样，是暖色调的，是明亮而炽热的。这让我很是感动，感动于一个人的满足感竟然可以来得如此容易。而这间屋子的确是太老了，常年的烟熏火燎，让人清晰地看到了时间的颜色，那种闪着铜油质感的黑色让人难过。李国银左腮上的肉瘤是这间屋子的深处与底部。女儿带他去县医院看过，医生说开刀风险太大，搞不好会把脑袋搞出问题，还是维持现状的好。于是这个肉瘤成了他的一个累赘。说是一个，必定就有另外一个。那是他的幺女婿，已经在精神病医院住了三年。另外两个女儿也想帮扶妹妹和外甥女，可她们自己都在扶着墙走，只能在心里干着急。要不然李国银也不会去想栽花椒的事，他又不是不知道，1953年出生的自己，早就不年轻了，用不着跟生活逞能……

李国银说到这里，我打断了他的话：一千株花椒苗够了吗？

过了几秒钟，李国银隐约明白过来，他想要的花椒树已经栽种在刚刚这一句话里了。冲一旁的老伴，他接连喊了三个字：水！水！！水！！！

重新出发时，我向李国银讨要一根木棍。说明原因，他先是被我的胆小逗乐了，接着又被我的胆大吓坏了：你要去流星？别开玩笑哈——我都十几年没去过了！

李国银决定和我一起去流星，我想拦住他，但他的态度似乎比我坚决。其实我用于阻拦他的话，听起来就没有诚意。他也不计较我的虚伪，城里人虚伪的太多了。可能这早就是他人生经验里重要的一条，所以也就不和我一般见识。

李国银执意不拿木棍，他说那两条狗是渊曲的，见着他尾巴都要摇下来。不过他还是不知从哪儿找来一根竹棍塞到我的手上：竹棍轻，当挂路棒好使。

雾不如刚才浓了，山的轮廓显现出来。路的左侧，路基以下，仍是云奔雾涌，给人站在云层上的错觉。向右拐了个弯，刚才的狗叫又追了过来。李国银远远一声喝斥，像是点着了它们的哑穴。也没见它们拦在路上，只在我们走近一户人家，李国银和主人打招呼时，俩狗东西才可劲儿摇晃着尾巴，在不远不近间露了一小脸。

主人问李国银到哪里去。听说是流星，那个人吃了一惊，表情和李国银听我说起这两个字时一模一样。见李国银不像是在开玩笑，他说快去快回啊，看样子不到天黑要下雨，要是雨下到半路上就麻烦了。

同李国银说话的人叫申其兵。李国银告诉我，这是水井槽最后一户人，也是最后一个小伙子了——虽说"小伙子"，但也有五十二岁了。前些年，申其兵一直在外打工，因为打凿岩染上矽肺病，力气都留在了外面，剩下一个空壳，回到同样成了空壳的家。说家也成了空壳，是因为左邻右舍都搬走了，他的两个女儿、一个儿子出嫁的出嫁、打工的打工，只把他和老婆，以及他八十九岁的老岳母留了下来。

说这几句话的工夫，路就断了。

我再说说古路这张树形结构的"局域网"。斑鸠嘴到咕噜岩的沥青路于2018年国庆节前建成通车，从咕噜岩延伸到马鞍山的工程由于种种原因一度搁浅，开工日期还没有最后定下。通向水井槽和金竹坪的支线却是比主干道的后半段提前开工，水井槽修通已有一两个月，金竹坪的施工也已进入尾声。水井槽只有申其兵这一户人了，造价不菲的两公里多路，还是按三轮摩托的通车标准披荆斩棘修了过来。只是到了这里，路就没有再往前走了。

为一户人大动干戈修一条路，放在以前是不可能的，就是现在也不可想象。显而易见，修筑这一条路，让水井槽的人顺着它走上主道，走到斑鸠嘴，再顺着架在斑鸠嘴和二道坪之间的高空索道走出大山，只是这条路承担的使命中的一部分。它的更大的使命是引领和助推——引领那些走出大山的人重回大山，助推当年溢出井沿的山泉，在经历了大江大河的翻滚后，回流到行将枯竭的老井，反哺这一片贫瘠的土地。这无疑是一个美好的愿望，但两者之间是否能友好互动，达成和解，给出一个可靠答案所需的时间，也许并不比这条路短……

从我手中要过去那根由他亲手塞过来的竹棍，李国银也就把我的思路拉了回来。一片野草在荆棘的支使下挡住去路，李国银感慨说没想到路荒得这样厉害，然后又抱怨自己居然没带一把砍刀，接着就自告奋勇在前面开路。我坚持要走前面，李国银说有的草丛下面就是悬崖，你不清楚地形，一脚踩空，天王菩萨也找不回来。在与肩齐高的杂草和荆棘结成的盟军前，比拇指粗不了多少的竹棍显得势单力薄，即使对付那些散落在枝头和草叶间的露珠，似乎也没占着多大便宜。李国银小心翼翼探路，我亦步亦趋跟在后边，心里虽是紧张，更多的却是庆幸：要不是有李国银，去流星的计划到这里也就流产了。

几分钟后，我们走出了眼前困境。这时才发现刚才竟是走错了路——原来的小路其实还在，只是我们只顾着说话，路又是草蛇灰线的，这才走了歧途。

陈同志，看来做任何事情都分不得心啊。对不住得很，你的鞋子差不多都打湿了。

我的鞋的确是差不多打湿了。再看他的，不仅鞋子湿了，膝盖以下的裤腿也湿了半截。我禁不住脸上一热——说"对不住"的本该是我，我不该让一个六十六岁的老人跟着我来受罪。这句话我没有说出来。藏在心里的话，总是比说出来的珍贵。

地面以上的雾气已经散尽，路的左侧，比路面稍矮，雾岚仍在峡谷间静静流淌，浮在雾气上方的山体，因而显得峥嵘且又突兀。路是一会儿有一会儿无的，有是因为冷硬的山石做了路基，无则是被野草遮蔽了的缘故，越来越纤微。李国银有些嫌时间不够用了，这一点从他不再用竹棍开路，而是直接用两条腿往前闯就看得出来。

就像犁铧在大地上撕出一条缝来，李国银用双腿剖开覆在路上的草丛时，裤筒扑打草叶，或者草茎还击鞋帮的"扑哧、扑哧"的声音自膝盖下方升起，打碎了周遭的宁静。那是一个鸦默鹊静的早上，没有风吹，没有鸟从头顶飞过，甚至远处峭壁上的猴群，也像是被设置成了禁言模式。一切似乎都在配合着李国银的行动，都在以巨大的好奇注视着两个不速之客。

"扑哧、扑哧"太过单调，"叽咕、叽咕"加入进来，演奏起二重唱。"叽咕、叽咕"，是浸进鞋子的水，在脚掌和鞋底间晃荡。

知道我犯着焦虑，可能也是为了掩饰自己的焦虑，李国银回过头看我一眼：陈同志，你多大岁数了？

四十，多一点。我总是不愿服老，总希望自己没那么大岁数。

可他还是觉得我不小了：老陈，我差不多跟你一样大时，挨过一刀。

你哪里不好啊？我问。

他突然笑了，笑过才说：就是好，才挨的刀。

说完他回了回头，向往事回了回头。那一年，乡上来了十多个干部，说只生一个好，你都生三个了，过两天跟我们走，结扎。不走不行，一辆拉过煤的汽车在一线天等着，拉了十多个人到县医院，另外还有十多个看护的，挤得自己也成了一块煤渣。去了就跑不脱了，上床挨一刀，下床给五十元营养费了事……李国银讲得绘声绘色，丝毫听不出那突如其来的一刀带给他的痛感，仿佛这是发生在梦里或者别人身上的故事。而他对别人的体贴却真诚细致，比如他把自己经历过手术的日子晾晒在我面前其实只是为了冲淡空气里的沉闷，而他接下来和我开的玩笑，目的也无非如此：听说现在不限制生二胎了，陈同志，你要抓紧啊！有劲不使，过期作废……

说话间到了一个断崖前。其实从水井槽开始，我们差不多就是在断崖上行走。只是在此之前，我们所在的峡谷右岸，虽然窄虽然时隐时现，路到底是路，到底没有太多安全上的顾虑——这么说是因为李国银就是被这样的路拉扯着长大，而我也是久经考验。这两年，"悬崖村"这个词差不多是家喻户晓了，人们之所以耳熟能详，是因为国家领导人关注，因为这个词语在媒体上频繁出现，而镜头给出的特写，多有危岩峭壁，多有险象环生的鸟道与天梯。我去悬崖村比来这却要早出许多。咕噜岩对面，甘洛县乌史大桥乡二坪村是凉山州一百九十三个悬崖村之一。2009年我到二坪小学采访"感动中国人物"李桂林、陆建芬夫妇，就曾三次攀上绝壁天梯。比去二坪更早，我已不止一次到过古路，那时的古路没有今天的骡马道和高空索道，串起一道道崖壁的，同样是触目惊心的天梯……绕了一大圈，我是想说，尽管自视"见多识广"，断崖上的路，仍让我不寒而栗。

这是一条怎样的路呢？

九十度的绝壁上，人一旦掉下就会粉身碎骨。这同架设在二坪村和一线天、咕噜岩上的"通天路"没什么不同。不同之处是那些地方的路是自下而上，梯步结实，扶手牢靠，只要不恐高，只要心里不犯慌张，安全总不是太大问题。眼前这条路却不是竖着向上，而是横着向前。羊肠小道在半山腰蜿蜒，山形是"卩"字的左边部分，路正好是"一"与"丨"的接合点。山是大得不能再大的山，岩是硬得不能再硬的岩，无论从形象上还是气质上都是一次刀锋上的行走了。看着恍恍惚惚一条路跟跟跄跄跌向远方，我不禁吓出了一身冷汗。

以前的路再怎么也比这要好，走的人一少，就荒了。李国银的语气里满是歉意，就像这条路没有人走是他的错，没有清理掉那些垮掉在路上的山体腐殖物也是他的错。过了好一会儿，他才又说：老陈，要不我们不去了，反正去了也看不到个啥。他有意将话说得很慢，以此表明，这是一个他不愿意做又不得不做的决定。

我没有立刻回应他。为写这本书，我七八次驱车往返于雅安和汉源之间。得益于十公里长的隧道，横亘在两地间的泥巴山并没有过多制造舟车劳顿之感。而《汉书》卷七十六所记载"九折回车"的典故，则传神地刻画了穿行在彼时还叫大相岭的泥巴山上的鞭长驾远、束马悬车。故事两句话就讲得清楚：汉时王阳为益州牧，至九折坡，叹曰："奉先人遗体，奈何数乘此险！"后王尊至此，曰："此非王阳所畏处耶？"乃叱其驭，历险而上。知道写这本书从采访到写作都免不了经历体力与精力的"九折坡"，汽车每次钻进隧洞，我都会借势进入历史深处，警示并砥砺自己一番。

我很想把"王尊叱驭，九折回车"的典故讲给李国银听一听，而我到底没有，只是问他：还有多远？

三分之二吧。

手机上显示的时间是10∶12。报过时，我又问：按你的速度，几点能到？

十二点……一点吧！

走吧，那就。我说。

真的要去？

不是煮的。

短暂迟疑后，李国银像上足了发条的木偶，"噔噔噔"把身子往前挪了一截。忽而他又慢慢退了回来，将竹棍一端递给我，另一端握牢在自己手中。发条又一次转动前，他给我讲了接下来必须遵循的几个原则：第一，千万千万，不要往下看；第二，石块和泥沙容易让脚下打滑，一定要踩稳、踩实；第三，身体重心务必保持平稳，实在要倒，也要倒向靠山一边……

被竹棍牵引的这段路只能算是热身。走出一两百米后就不一样了，路越来越窄，越来越像九曲羊肠，曲折中还有起伏，还有顺着山势滑出的坡度。李国银也感觉到了这根竹棍并不能给彼此带来安全感更不能带来安全，不得已，在路窄到最多不过半尺时他选择了放手，让我在需得停下来调整步伐时，用竹棍支撑身体。

小陈，不要慌哈，走过这段，就好走多了。

小陈，这一步有点滑，你先站稳右脚再出左脚。

小陈，小心这块岩石，侧着身子过。

小陈，我刚刚走过的地方路有点虚，你不要在上面停。

⋯⋯⋯⋯⋯

不知什么时候，李国银不再叫我老陈，而是改叫小陈。他频频停下脚步，侧着身子，用粗粝的嗓子为我精确导航，在我正在走或即将走的路上，留下一个个声音做成的路标。他的眼睛里装满担心，散发着柔和而坚定的光。这光我却没有看见。我紧紧盯住路走，目光不敢往右，更不敢往左，不敢朝前看得太远，不敢绕到身体背后——往右我怕它顺着山坡往下滑，往左我怕它像绳子一样把我拉扯下去，抬得高了或者绕到身后我怕脚下踩空。李国银眼里发出的光从耳朵照进了我的心里，威胁着我的紧张、怯惧和犹疑，使它们没有太过放肆。

必须说，而且我也将永远记住，那天，是李国银密集的温馨提示，是他眼里发出的光，安慰、鼓励并引导着我，完成了人生中的一次冒险，让我顺利抵达目标，并且全身而回。

让我看到一个其貌不扬的人心灵的纯净美好。

看到人与人之间的亲与疏、远与近。

看到进退之路和宽窄之道。

看到放手也是牵系，徐行也是快进。

看到内心光明时，一个人的从容与安谧。

脚下的路实在太过漫长，而我的心路历程似乎更是关山迢递。所幸这样的路并非从始至终——间或会有一个小山包从石壁上伸出去，就像一个小岛从海中冒出来，让一只漂泊不定的舢板得到临时依靠，让一颗怦怦乱跳的心，得到短暂的平静。

好在是过去了。到了一个叫大坟林的地方，李国银指着几个像是坟头也像是废墟的石堆对我说，这里原来有几户人，不过，如今都不在了。

都不在了。他把这句话又说了一遍，同时目光从地上抬起，升高，随身子画了个圈，似乎想在天空凿出个洞来，而他曾经熟悉的那些人，以及他们经历过的岁月，都像眼前这几堆石头一样码放在洞口，掀一掀还能弄出点动静。然而，天色空蒙，云层低垂，几根旁逸斜出的树枝撩起的眼帘

绝壁生存·杨涛／摄

里，连一只应景的鸟也没有飞过。

鸟叫声却从四处的山林间传了出来。

"布谷，布谷。"一声近过一声。

"布谷，布谷。"一声远过一声。

还有乌鸦在飞，画眉在唱，喜鹊在跳，斑鸠在撒欢，远山上的猴子在喧闹。李国银有些激动，好像这一场林间联欢会，是专门为他举办的。

长久对峙的峡谷两岸到了握手言和的时候。大坟林算得峡谷尽头，流星岩就在斜对面，如果有一条直线连过去，再沿着我们回头路的方向走四五百米也就到了。勾连两岸的是通向谷底的一条小路，相对于身后，路很宽，坡度平缓，植被也越来越繁茂——斜倒在路上的一棵树就是证明。见我稀罕那些植物，李国银饶有兴致地当起讲解员——倒在路上那棵是青冈，城里人买的"冈炭"就是用它烧出来的。我们以前拿它烧碱灰，一个窑子要烧三天三夜。现在不让烧了。不让烧好，不然山就砍光了。一条一条垂挂在路边石壁上、绿油油毛茸茸的是藿麻，千万离它远点，这东西跟有些女人一样，看起漂亮，实际上凶险得很，碰一下痛你半天。那棵是漆树，那棵是马桑，那棵还有那棵是木姜子。木姜子是药，这山里头中草药多得很，天麻、三七、重楼、黄连、大黄、鱼腥草都有。鱼腥草凉拌吃，美味。美味的野菜也多，鹿耳韭、刺龙苞、脚基苔……数都数不过来。脚基苔就是你们城里头说的蕨菜，早些年说是防癌的，现在又说是致癌的，横说竖说都是专家在说。那棵是野核桃，香是香，肉头小，还不好剥，小欺头没吃头（方言，小便宜，不必去占之意）。对了，核桃树下叶子长得多大、开红黄色花花的就是大黄，清热解毒效果最好……

像是巡山来了，又像是翻阅着一本活态植物图谱，还像是见到了睽违已久的亲戚和朋友，李国银一路走，一路用目光细细摩挲着眼前的一草一木、一枝一叶。他耐心细致地向我介绍着它们，尽可能将他所掌握的有关它们的一切和盘托出。

一道水沟将路截断。10月的墩子沟里，作翻滚状的只有大大小小一沟石头。过了沟，就算是到了谷底。再走百十来米，大约在峡谷两岸连接线的中部，李国银在一个倒写的"人"形岔路口停了下来。

向上走是流星。向下，沿沟底走两公里，然后攀到岩上，可以到马坪。李国银告诉我。

向下的路是大路。1814年，杨侯银率清兵偷袭咕噜岩，砍下几百人头，走的是这条路。1966年，铁道兵在悬崖上架起十三道钢梯，在此之前，古路人进村出村走的是这条路。1994年，杨水源来古路村调研，走的同样是这条路。我告诉李国银。

李国银瞪大了眼睛看我，目光里有什么东西捉摸不定。也不知他是疑惑我说的是不是真的，还是好奇我是怎么知道的。这条路被清军从村民嘴里扒出来之前，一直是作为一个秘密存在。或许到今天他还以为这仍然是一个秘密。

如果从这个路口展开话题我要说的话会有很多，会比刚才他口中的植物还要茂密。但是，此刻，我有更重要的话要告诉他：十二点四十了。不抓紧时间，我们天黑前就赶不回去。

要得，走！李国银顺从地将朝向我的身影由半幅切换成全幅。

有情况！走出两步以后，我低声从背后叫住了他。

左侧树林浓密处一阵晃动。停了几秒，又是一阵晃动。

晃动由远而近，幅度自小变大。李国银也吃不准是个啥情况，接下来会有啥事发生。他想用目光给我壮胆，那一眼却看得我更加心虚。

是熊、熊猫、野猪？还是别的野兽？

万万没想到是人。

从树丛中钻出来的申其全戴着一顶深褐色灯草绒鸭舌帽，帽檐下露出的大半张脸上同样是不可思议。他说刚才申其兵打过电话，知道我们来流星了，却没料到现在才走到这儿。他问李国银：你现在脚步甘贵（方言，宝贵之意）得很，这次是被哪股风吹来了？李国银先辩了句老得走不动了，才又指指我，是陈同志要来看你们。申其全眼里，我的脸一定红得不行：早听说过流星了，就是想来看看，只是不好意思，空着两只手就来了。申其全倒像是得了什么实实在在的好处：来了就是瞧得起我们。要是瞧不起，八抬大轿还抬不来！

申其全带路，李国银让我走中间，自己断后。往上走，路面渐渐收得窄了，植被也稀疏了。云雾散尽后，峡谷的深切和陡险，明晃晃暴露在眼前，心也跟着提到了半空。可资安慰的是路再窄也还有路的样子，最窄的地方总还有尺把宽，不似刚才走过的对岸，有的地方想把一只脚完整放在路上也是痴心妄想。途中，一个地势宽敞些的地方，李国银指着岩脚一个泥坑对我说：流星以前吃沁水，这是水源之一。如今池子却是干枯了，一滴水也看不到。申其全说：都是地震的功劳，水被震跑了，人也震跑了。

不一会儿就到了申其全的住处。我没说这是他的家，是因为他的家在峡谷之外，咕噜岩下。他的家到这里，走得快要五六个小时，走得慢如我者差不多需要一天。这里其实也是他的家，不过，那是在2013年以前。2013年4月20日，一场七级地震来过这里。

房子有点老了。老了的房子身体不好，西边的板壁已不知去向，剩下空空的房架，像掉光了牙齿的大张着的嘴巴。这还不算最坏，这栋木屋旁边，有一座土房，上无片瓦是真的，空空的墙头上连椽子也没剩下一根也是真的，野皁从堂屋、厢房里蹿出来，像是在比赛跳高。

申其全身子骨却还硬朗。要不然他也不能搬下山了又折转回来，种下十五亩核桃、两亩花椒，养了大大小小二十一只羊，还有五头牛。除却下地，以及照看牛羊，他还三天两头往老林里钻。老林里有中草药，有蘑菇，所以，他进的也是"银行"，钻的也是"钱眼"。前两天他就碰到几丛魔芋，挖了一两百斤。今天他想再去碰碰运气，正想着运气都藏哪儿去了，申其兵打电话说，李国银带了个人来了流星。

说到这里，申其全才想起自己忘了一件重要的事：你们吃东西没？

李国银也是如梦初醒般说：老陈，你怕是饿坏了吧？

当然饿坏了！这都啥时候了，而我只是早上出发前在头晚借住的申大哥家剥过几个蒸洋芋，在经停李国银家时吃了一个烤洋芋——哪知我话还没说出口，申其全又热情大方地说：没啥吃的，时间也紧，给你们弄几个火烧洋芋！

眼见火塘从灰白变得通红，起先潜藏在我和李国银裤腿上、鞋袜间的露水打着白旗仓皇出逃，阵容蔚为壮观。洋芋变熟有个过程，申其全拿了酒来。听装啤酒，一人一听，推脱不掉。酒一开人就不生分了，我开起老申的玩笑：在家不听招呼，被老婆撵上山了？

还真和老婆有关。只不过，这是一坛苦酒。

在癞子坪重建新家花了八万多，政府补贴的三万六除外。为还债，申其全和小儿子甘一夏到处打工，一年里有十个月奔波在外。眼看着债就要还清，老婆姜腾娥被查出尿毒症。

当然要好好治了，辛苦一辈子，她还没享过福呢。在市医院花了两万多元，申其全不心疼。反正可以卖羊，可以卖牛。钱花了，病却不见好，好像还加重了。做好了打持久战的心理准备，他带老婆回了汉源，回了癞子坪。每周去县医院透析两次，除掉政府报销的部分，每次自己承担两百多，此外，自费药花掉七千多元。幸好大女儿支持了两万，甘一夏也把自己不多的存款交了出来。申其全还有个大儿子，但"嫁"到外县去了，大儿子的老丈人常年重病缠身，是个花钱箢箢，哪还敢指望他。

正说着话，突然有人唱起歌来，是个甜甜糯糯的女声：你的选择，没有错，我欠你的太多……

我被这声音结结实实吓了一跳。我甚至往李国银左腮看了一眼——潜意识里，这个时候，这个声音，只有那个奇怪的肉球才可能发出。李国银却是呵呵笑着，似乎知道我在想些什么，笑我可笑。却见申其全从裤兜里掏出来一团被塑料袋包裹得严严实实的东西，想必是一沓钱。钱怎么会发出声音呢？见我一脸疑惑，申其全笑着说：手机，老婆买的，她怕我在林子里把自个儿丢了。不过林子里露水大是真的，不包起来，只怕说不响就不响了。

果然说不响就不响了。申其全摇摇头：几十岁的人了，还是稳不起（方言，不稳重之意）。

话音刚落歌声又响了起来：你的选择，没有错，我欠你的太多……

左手拿着手机，右手食指悬停在手机上方，但申其全还是等"没有错"唱出来，"我欠你的太多"也唱出来，才让食指降落，然后把手机贴在耳边，高声武气地喊：啥子事？两个动作间，他冲我笑笑：查岗的。

其实他根本就不用让手机离耳朵那么近。老年机，听筒里的声音隔着一公里都能听见。

打半天也不接，搞啥子嘛。

接圣旨也要有个过程的嘛。

少阴阳怪气。看样子要下雨，你早点回去哟。手机里传来的声音如果有颜色，该是白色的，带着靛蓝。如果用温度计测，汞柱一定爬升很快。

晓得，晓得。申其全重复着"晓得"二字时，眼睛瞟了我一下。是得意的意思。

更多的却是担心。申其全问：学生些读书去没？

你硬是过昏了哟，今天星期八。

脑壳是不够用。明天又该去医院了，早去早回哈。喊老么陪你。

晓得，晓得。天降温了，穿厚点。晚上冷，烤起火睡。

你把自个儿管好就对了，干心焦……

在他们对话的过程中，我感到一股暖流从丹田处升起，涌到胸口，沉到腹腔，又徐徐上升，涌到脑门，眼框也像安装了加热装置，变得发热、发烫。耳边的声音是模糊掉了，却又是明亮而清晰的。模糊掉的是他们在说些什么，清晰起来的是刚才从手机里响起的歌声：你的选择，没有错，我欠你的太多……

你也许看见过各式伴随着玫瑰和珠宝的表白，听见过华词丽句锻造的情话，撞见过浩浩荡荡的迎亲队伍，参加过别出心裁的结婚典礼，但是，你若以为那一定代表着真爱，可就错了。只有和岁月一起成长，共同经受过坎坷磨砺的爱才值得信任，值得仰望和追寻。一份被定格、被珍视的爱情里，你看不到表演的痕迹，你能看见的是一个人的幸福或者悲伤像天空倒映在湖面，投射在另一个人的脸上，就像申其全和姜腾娥这个样子——我觉得，这才是真爱，才是爱情最好的样子。

原本以为是走近了一颗流星，没想到却是邂逅了一份爱情。这实在是一件让人痛心的事——我是说，这份与世隔绝的爱情，后来也成了流星。

时隔一月，我再次去古路采访，第一站选在癞子坪。远远看到有个人埋头在路边抽烟，便想着向他打听申其全家在哪里。真是难以置信，眼前这个人正好是我要找的人。从山上来到山下，申其全的精神似乎也矮了一截，眼睛看上去像电压不稳的灯泡。我猜这一定和姜腾娥的病情有关，果然，话没说上两句，他就扯到了老婆身上：医生说治不了了，这几天正请人给她修山。安慰人的话在我这里一直处于匮乏状态，没有为难自己，我轻轻拍了一下他的肩膀：带我去看看病人。地震后异地重建的申其全的家是栋一层楼的砖房，堂屋促狭简陋，正中间摆着张方桌，八九个人正围着桌子吃饭。申其全说：先吃饭吧，我也是刚刚吃完出去抽烟的。早有人热情地拿来一副碗筷，一个三十出头的体格健硕的小伙——申其全说那就是他的小儿子甘一夏——用目光把我往饭桌边按了又按。我说我吃过饭了，申其全也没有过多坚持，就把我领到里屋。但见一个脸色蜡黄的女人斜倚在木床床头上，有些好奇地看着眼前的陌生人。申其全就给她介绍：陈同志，上个月去过流星，我给你说过的。她就对我笑了笑，说快和他们一起吃饭吧，转而埋怨老申，哪有你这样待客的。她的精神状态比我想象的要好，而她的一说一笑，对我则实在是更大的意外。堂屋里那些人正在做什么她是清楚的，他们为何要做这事她也是清楚的，他们正在做的这件事与她之间的距离想来她也是再清楚不过的。而她竟然不失礼节地同我说话，心平气和地向即将远离她的声音、光明、亲人和只有活着才能享有的一切人间美好报以微笑。面对一个被死神身影一点点覆盖，自己心知肚明，却又表现得无知无觉的人，我突然感到害怕。我害怕说错了什么，或者不经意的一个举动，像扎破一个气球般破坏了屋里的气氛。看你气色不错，慢慢就好起来了。我知道我说的是假话。她也知道我说的是假话，但这个世界上有时假话比真话更受欢迎，所以她说：但愿是这样吧。我终于是轻松了些，说你们家老申真是能干，一个人管着一大匹山。她纠正我说：是两个人。然后话就拐了过来，还不是为了我。申其全却嘴硬：哪个是为了你哟，儿要亲生，地要亲耕，我只是怕把地丢荒了可惜。我的心重新吊了起来，也不敢往下多说，只把电视里学来的话又给她说了几句，便和申其全相视一眼，一前一后从里屋出来。又过了半个多月，2018年11月27日，我看到申其全的邻居、村会计郑望春发了一条朋友圈："生命总是那么脆弱，一瞬间就变成这么近那么远的距离……愿大婶婶一路走好。"我心下一紧，留言问他：是谁？我认识不？郑望春秒回：就是我家旁边，你去看过的那个人……

——毕竟是后来的事了，而流星岩之行的见闻，我还没有讲完。

流星岩这个地方的人，要说没想过远走高飞，要么是翅膀没有长硬，要么是在撒谎。申其全不觉得这有啥丢人的，苦日子骑在头上拉屎还嫌头顶不平那才气人。这么说是因为生活确实让他吃尽苦头，而三十六年前塞进嘴里的一节黄连，浓烈的苦味至今还盘桓在他的舌根。那天，没顾雨后路滑，他去岩方湾挖药。正应了那句话，淹死的都是会水的，他从岩上掉了下去。空气被他的身体拉开一道二十多米的口子，不幸和万幸的都是，岩下有一道土坡，坡上的草丛被砸出一个深坑。身子落地时发出"扑通"

一声闷响，但他没有听到，他已当场昏死过去。好在隔着一道埂的儿子听见了，好在岩方湾离寨子只有三四百米远，好在当时的路不像如今荒得都找不到了，好在命大，他被七八个人用门板抬着闯过了鬼门关。自此申其全就对流星岩起了二心，有时梦见自己长了双三十丈的大长腿，一脚就跨到岩下，然后把两腿拆下折叠起来，锁进箱子，不让它们再往回走。后来地震，真就搬出去了，申其全以为这就是梦想成真，哪知仅仅过了两年，锁住大长腿的箱子，被姜腾娥的一纸体检报告重新掀开。申其全起初不知道尿毒症是个啥概念，直到女儿拿的两万元花光，自己卖牛卖羊凑的一万元也花光，姜腾娥的病情仍没有好转，他才发现那是一个无底洞，需要无休无止拿钱去填。这个过程中申其全时常感慨老婆运气不错——要是病生在一两年前，那时还没有"精准扶贫"，政府若不拿医疗费大头，人早就不在了。可治疗中的自费部分和往返医院的交通费、生活费仍然不可细算，每到钱包见底，他又感叹老婆实在命苦：要是落在条件好的人家，她咋会连买回来的药有时候也不舍得吃……

要赶走缠绕老婆的病魔，申其全也想过寻求亲戚朋友帮助，这样他就能留在家中照顾病人。转念一想，亲友中就没有日子过得一马平川的，何况现在很多人，就是有几百万也未必愿意借你一分。病又不能不治，还得从长计议——如果不早做准备，到关键时候，啥都拿不出来。不得已，申其全重新回到流星岩，当起山大王。核桃和花椒总是有些收入的，野生魔芋山下卖两块五一斤，运气好的话——比如昨天——一天可以挖一百多斤。遇到这样的好事，就给儿子打电话，让他牵马上山。早上六点出发，时间抓得紧，晚上八点儿子和马可以返回山下。要是天气不好，路上堵，就在山上歇一夜再走。说路堵当然不关车的事，而是细若游丝的路被垮方体堵得一时过不去，得花时间清理疏通，不然一匹马掉下岩，几大千就没了，这样的亏以前别家吃过，自己家也吃过。为苞谷、洋芋花这样的功夫冒这样的险就划不来了，不过申其全也没有让地空着，他想出了就地转化的办法。他的办法是养猪,等养大了制成腊肉运下山。没有买猪崽的钱,他又想了个办法:侄儿出钱,他出力气和粮食,等有了收获,叔侄俩五五分成……

说到肉,申其全脸上浮起不安:如果不是你们要急着赶回去,无论如何也要炖块腊肉下洋芋吃。他这一说倒是提醒了我,已经两点一刻了,三点钟以前我们必须往回走。这时候我已就着啤酒吃下去五六个洋芋,身上的疲乏也缓了过来。而李国银虽喝了两听啤酒,坚称从小吃伤了洋芋的他肚子里一点硬货也没填充,身上的力气是不是能够陪他走完回程,我很担心。他却说:卖肉的切豆腐不在话下,接着又说,不是还要去李树全家吗,快走快走。

把我们送出门,申其全脚底下就像钉了钉子。一起去串个门儿呗,他应该是在等这句话。我的话出了口,他还是没有动,只吐出来三个估计连自己也信不过的字:走不开。勉强是多余的,何况有李国银在,何况李国银说清楚了,两个人住的地方相隔也不过几十米。他们之间的隔阂比这可就远得多了,李国银在走出申家院子后告诉我,俩老头也是怪,听说都两年多没搭过话了。我以为我听错了——怎么可能?这怎么可能!在这被无边寂寞笼罩起来的世界里,申其全和李树全所面对的,差不多就是人类的全部、全部的人类了。此情此境下,画地为牢,老死不相往来,那是有多大的仇恨,需要多大的决心和勇气?相对于我思想上涌起的波澜,李国银的语气要平静得多:李树全和申其全是表亲,早些年老表来老表去,亲热得不得了。双方搞僵是因为一片豆苗。豆苗是李树全的,长出半尺多高,被齐整整啃了一片。他找到申其全:老表你还是把你的羊子看好嘛,不然羊子吃苗子,我就只有吃羊屎了。申其全说:老表你亲眼看到是我的羊子吃的?李树全说:不是你的难道还是我自己的?申其全说:假如是山上野物吃的呢?李树全没有说话,结果第二天申其全的羊子就死了一只,地边上发现了几堆苞谷籽儿,里边拌了尿素……

容不得我发表议论,李树全家就到了。李树全也是这时候回来的,完全是个巧合。背着一背青草远远走过来时,他还勾腰驼背,见李国银和我在他家屋旁站着,一下就来了精神,从腰板到声音,似乎都有人可劲儿往上抬了一把。进入李家小院的第一眼看到一个池塘,十多只鸭子在里边厮混,它们见了李树全背上的青草,就像方才李树全见了我们,苍白的眼神里立刻就有了节日的气氛。

一边招呼我们进屋喝酒,李树全一边进屋去了,接着小颗粒的白酒香就从堂屋里飘了出来。李国银比鸭子见了青草时脖子转得还快,我只得跟在他身后进到屋中。一个能装二两的玻璃杯已经倒满并递到李国银手上,我一把拉住他:还要赶路,我不能喝,你也不能喝。见我的语气里没有留下商量的余地,李国银心欠欠地将酒杯放在木桌上。酒杯晃了一下,拇指被打湿了,李国银将手送到嘴边,"滋"地吮出了声。

六十八岁的李树全三十九岁才结的婚,育有两男一女。大儿子李友二十一岁,初一没读完就去了成都打工,难得见到人影,钱影就更不消说了。小儿子李兵十九岁,去年咕噜岩修路,李树全花八千多元给他买了辆二手三轮摩托在工地上跑,路修完,车子也接近报废。他让他们回来种地,说原来这里不通电现在也通了,原来国家有我们不多无我们不少,现在花椒苗核桃苗都免费发放,要是管理好了,种的还不都是摇钱树?他们说如果真有你说的那样好,流星岩那么多人,就不会跑得人花花都没有了。不错,搬出流星的人也有回来种地的,但都是"游击队",待不上几天就走了。别看申其全来了没走,他也迟早要撤,顶多算"游击队长"。李树全不想提起这个人,但此时又不得不提:好马不吃回头草,要不是山上比山下好找钱,申其全疯了才回来!大儿子一句话就把他打哑了:等我疯了我也回来。老婆带女儿去了湖北,在一个饭馆里择菜扫地、擦桌子洗碗。李树全心里头也想跑，挽留她们的嘴就软了。他有青光眼，看啥啥就在躲他，所以不敢养牛也不敢放羊，既怕放出去后找不到它们，又怕自己冬瓜似的滚下岩，被牛羊看了笑话。核桃像是帮松鼠种的，有它们吃的就没自己的份。猴子更加明目张胆，跟人抢苞谷，地里的要抢，挂在房檐下的也时不时偷袭，就差一把钥匙，就替你做了屋里的主。洋芋倒是挖回来不少，但一张嘴吃不完，一双腿也运不出去，吃剩下多少，就只有任它烂掉多少……一个人根孤枝薄地在这里活着，窝囊，憋屈，闷。可是，如果能走他早就走了，最迟地震后大家异地重建他也见异思迁了。走是需要"两条腿"的，一条是钱，一条是地——包括修房的地基。好在钱的腿虽仍跛着，地已有了着落。家住咕噜岩上金竹坪的老表庆其云说了：只要你下了决心，我给你一块宅基地，免得你像个孤魂野鬼……

说到这里，李树全的眼睛又亮了，比初见我们时还亮。现在，因为老表庆其云的表态，他的塌陷在一方硬岩上的生活似乎是有望崛起了。他生长在眼底的希望放大了我心里的阴影——我当然为他可望得到的渴望拥有的生活祝福，但这并不能替代我对流星岩即将成为一座空山的叹惜。流星岩正在成为一颗流星，那么，李树全眼里的亢奋是这座寨子消逝前的回光返照吗？我不敢说是，更不敢说不是。

必须往回走了，大步流星的时间催促着我们。李国银诡异地说：陈同志，你先走一步，我有句话要单独对老李说。我便一个人先出了屋子。站在起先和李树全碰面的地方，那里比李家小院地势要高，比申其全将倾未倾的老屋要高，也比几处已被主人遗弃的残垣断壁要高。等候李国银的时间里，打量这个未曾繁华就已凋敝的寨子，一种巨大的荒凉感，像一条冰河从眼前流过，思绪也不禁天马行空起来：一座山成了空山，一个人一去无回，这是多么痛的决裂！那些背井离乡的人，他们有没有过类似"故池想芜没，遗亩当榛荆"的怀想；若干年后，他们中若是有人重归故园，又会不会发出类似"恰归来，南山翠色依旧"的感慨……

恰归来，南山翠色依旧·杨涛／摄

绕过申其全家，往前走，路变得比来时更窄更险了。其实路还是那条路，只不过填满沟壑的云雾消散后，绝壁的险、峡谷的深、心里的空让路显得更加陡险。这时候是不该往下看的，更不该往峡谷对面看，因为我知道对一个恐高的人来讲这意味着什么。但我还是忍不住看了，虽然我的目光并没有到达谷底。如此任性的后果是眼前发黑、脑子发昏、双腿发软，我下意识侧过身子，两手紧紧抓住路边一丛灌木，似乎稍有松懈，自己就会被谷底伸出的手一把抢走。

真正走到我身边的是李国银。老陈不要怕，他说，有我，一定回得去。顺着话他递过来一根竹棍，正好是上午他递过来的那根。这时我才想起大概是在申其全家，我把这根帮助过我的竹棍遗忘了，是他发现并重新拾起了它。我想我再也不会丢掉这根竹棍了，忘记曾经得到的帮助会把一个人拖入险境，这是这根竹棍写在绝壁上的提示语。

再过两百米就到墩子沟了，路开始变得宽敞起来。李国银松开抓住竹棍那头的手，折过身子说：这次千万不要再把它弄丢了哈。

险情的又一次降临完全出乎意料。

我的眼睛突然就花了。李国银向左晃了一下，勉强站稳，走了两步，向右又晃了一下——这不是眼睛花了又是什么？我左右摇了摇脑袋，想借此给眼睛打个招呼：别开小差。就这当口李国银一个趔趄，向前跌去。看来不是我的眼睛有问题，是李国银身体出了问题——反应过来后，我三步并作两步，在他栽倒在地的前一秒，从背后扶住了他。

咋了？我吓得话都差点说不出来。

小意思，没踩稳。李国银一边说，一边挣扎着直起身子，又往前走了两步。

哪知道，他又一次差点摔倒！

如果说刚才他那一个趔趄只是吓了我一大跳，这次则直接将我吓了个半死——险情若发生在三百米前，他此刻应该躺在悬崖下了，我跟着随他做了陪葬，几乎也没有悬念。然而此刻我连后怕是怎么回事都不知道——我们是不是能在天黑前走回去，甚至我们两个人是不是还能够全身而回，一切都是未知。

我差不多要哭出来了。

时间行进到3:43，余下的电量只有一格。我果断关掉了手机。我要将仅存的电量保留到最需要的时刻。

总要搞清楚问题出在哪里，否则，贸然搬来救兵，将两个大活人从这样一条路上抬出去，等同于让更多的人进入雷区。我的目光向李国银悬在左腮的肉球射了过去，直觉告诉我，是他脸上的这个负担，制造了更大的负担——意念里，我把自己的目光当成了X光。

检验报告是李国银亲口念出来的：这个球割又割述不掉，留下来害人。不过陈同志你放心，隔三岔五我都要头晕一下，但是要不了多一会儿就会恢复正常，你不要怕。

听他这一说，我还真是松了口气。哪知他紧接着又说：早晓得，我就不背着你把李树全倒的那杯酒干了！

我这才明白过来，在老李家，他让我先走，原来是支走了我好喝酒！李国银的料还没有放完：只要有两杯酒，我可以一天都不吃东西，今天我就啥也没吃……

我不知道你读到这里是什么感觉，但是我，那一刻真的是欲哭无泪。天塌下来算什么，天塌之前的绝望才足以摧毁一切。

沉默是好一阵后才被打破的。先开口的是李国银：对不起你啊，老陈，今天我拖了你的后腿。

他那么诚恳，我也只好说了实话：是我对不起你，让你跟着来冒险。

不来已经来了。何况说，我不来，你也来不了，责任还是在我。

责任……就不说了，但我们得想清楚，下一步咋办——转身回流星，还是打电话让咕噜岩的人来接？

真的没问题，二两酒奈何不了我。至于头晕，最多再过十分钟也就好了。相信我，我一定会把你带出去的！

李国银突然转移了话题：对了，陈同志，你来这里，到底是要干啥？

你觉得我是来干啥？我反问他道。

这个干干瘦瘦的老头大大咧咧地说：我看你就是来收脚板印的——流星的脚板印。

像被电击了一下，我陡然间一个震颤。没想到竟有人如此懂我，而这个人居然是这个老头——他没有去过比县城更远的地方，他一个字都不认识,他和我从认识到现在连一天都不到,而他竟然说出了这么句话,这实在不可思议,太不可思议。比起一件事情的意义来,被理解有时会显得更有意义。而理解通常需要时间来成全,时间的力量却不足以打通所有封锁在人心之间的关节。想想人间有多少白纸被越描越黑,有多少同伴越走越远,有多少热爱变得心如冷灰,你就会相信,在一个人所有的得到中,理解与被理解确乎至为珍贵。李国银带给我的震撼和感动也就可想而知了,有那么一瞬,我甚至觉得,这个灰容土貌的老头,上辈子一定是我的兄弟……

我正这么想着,李国银晃晃脑袋说:没问题了,走吧,走吧。

你可千万不要硬来!我当然希望能马上出发,因为再等下去,天色肯定就等不得我们了。却又怕他说的没问题,同将我从李树全家先打发走时一样,偷偷打着埋伏。

走两步你就晓得了。李国银边说边站了起来,接着向前走了几步。

果然没见他再摇晃。心一横,我跟了上去。

如果把李国银和我一前一后走出峡谷、走出险境的过程一五一十记录下来,没有三五千字真是不行。到底不是在写一篇游记,不是为一部纪录片提供脚本,也无意于让读者跟着我的脚步又一次展开精神冒险,后来的行程,请允许我以"此处省略五千字"略过。

不能省略的是途中我和李国银的又一段对话。

低头不见抬头见的,申其全和李树全竟然闹得这么紧张……这句话是我说的。

两个都太倔了。不过想想,倔点也没啥不好。至少真实,不假。表面和气心头怄气,那才没意思。李国银说。

我还是觉得可惜:等他们两个也搬出来,流星岩就空了。

人世有代谢,往来有古今,李国银说。当然不是他的原话,他的原话是:几百年前,流星岩也是空的,咕噜岩也是空的。有来有往,有生有死，正常。

我是愈发敬佩这个不起眼的老头了。初见他时，我连和他多说一句话的兴趣也没有。我以城里人固有的优越感居高临下地看他。我觉得同一个坐井观天者对话会很费精神。事实证明我才是那个被俯视的对象、那个坐井观天的人。这是多么大的错位，而这样的本末倒置，在我们沿着惯性轨道铺陈的生活中，在一个又一个不可回还的平行世界里，在习以为常的傲慢和张狂中，是一种何等真实的存在。如果不是李国银后来的一句话解除了我的羞惭，我差不多要把他和自己当成这旷世深峡咫尺天涯的两岸了——他在这一岸的高处，我在另一岸最深的谷底。

李国银是在我们走过绝壁小道最险峻那一段路时说的这话：兄弟，这根竹棍，你拿回去作个纪念。

他喊我兄弟！这个大我二十多岁的老者，在与我相识的第一天，喊过我老陈、小陈、陈同志，此刻，他又脆生生喊我兄弟！

我的眼泪，"唰"地流了出来。

我就知道，我接受了这声"兄弟"，这个兄弟。

我也知道，我和流星岩，就此别过，互为流星。

——好在我们来过。好在一路跟随的这根竹棍，不会遗失，不会失忆。

4. "天边小学"从天边消失

某些情况下,消失是更有力量的存在。夕阳西沉,然后以更加浓丽的色彩日出东方是这样;花朵凋落,然后以更加厚重的果实傲立枝头是这样;撤销古路小学,村里孩子由此走进更加宽敞明亮的校园,也是这样。

古路小学名气不小,校长申其军更是大名响当当。如果知名度是一台天平,古路村几百口子打捆放左边,申其军单独放右边,右边准保顿也不打地往下沉。

当然,那是很久以前的事了。

那时的古路村一切都是贫乏的,贫乏到给人取名字也缺乏想象力。举例来说,村上开大会,叫一声申其军,至少会有两个人应声起立。一个是前面提到过的老会计,另一个是古路小学前校长。

作为后者的申其军出场之前,我们先来看看这所学校。

说不清是什么时候开始村里有了学堂。先生打山外面来,就着一间茅草房,拿肚子里不多的墨水换些洋芋、荞麦糊口,这同后来来村里的补锅匠拿半生不熟的手艺换点粮食养家没多大区别。这是方块宁进入古路村的开始,在那之前,别说汉字,村里听到过汉话(直到现在,村里人仍称汉语为汉话)的人也屈指可数。好景不长,当年能从口里头腾出粮食来的人家少,舍得省下粮食去换也不知有啥用处的汉字的人更少,没等到新中国成立,学堂解散了。

悬崖上再次响起读书声是1951年。作为全乡第四个公办教学点,上面一次性派来两个老师。师资力量增长了一倍,生源却维持在原来的水平——之前的私塾，最好的时候，学生也没超过八个。这样的局面却也没能稳定下来，1958年，随着刘成煜、伍元煜两位老师离开古路，公立学校重蹈了私塾覆辙。

1961年，政府下了决心，非把学校办好不可。村小设在咕噜岩，古路村其余五个大队，每个队都建起校点，老师都是在永利乡招聘，以免学生走长路爬绝壁，以免公办教师离家远，安不下心。不能不说，不管是让学生就近入学，防止他们在每天来回两三个小时甚至五六个小时的悬崖路上出现意外，还是体察公办教师嫌远嫌苦嫌寂寞的人之常情，就地取"才"，当时的决策者们找准了症结。可惜"疗效"并不理想，"全面开花"的局面只维持了不长几年。究其原因，"读书无用"的观念根深蒂固，有的校点招生比政府招商还难。再者说，招来的都是民办教师，低待遇遇到高海拔，落差太大，招得来人，留不住心。至于来村里"镀金"的老师就更留不住了，只要一转正，人家身上某个零部件就开始不好用、不能用了，其实不想走可是不能留了。这样的情况一多，村民们就有了议论，古路村没有小学，只有民办教师报到处、公办教师转正点。

到1982年，除了村小，只有三队流星岩、五队马鞍山两个校点还在苦苦支撑。1982年的秋天，古路村发生了两件大事。一件是姜腾全得了胃癌，另一件是除姜腾全外全村读书最多的申其军从马托初中毕业。姜腾全是永利乡中心校校长，在老家养病的他见流星岩校点又没了老师，一边吃药一边给仅有的三个娃娃上课。一个月后，病情进一步加重，姜腾全住进医院。

这就到了申其军出场的时候。区教办主任李俊松找到申其军：姜老师一走流星岩又得停课，你先来帮着顶一下如何？

姜腾全没教过申其军，教过申其军的老师早就在转正后远走高飞。经验言说一切，申其军知道，说是让他代课，但真正要让姜老师再把他替下来，那是摆聊斋。这也是他怦然心动的原因：如果先"代"后"民"，由

"民"而"公",不说是鲤鱼跳龙门,至少也能跳出"农门",蜕了"农皮"——"农皮"包裹之下,只有面朝黄土背朝天的日复一日、吃了上顿没下顿的年复一年。凭良心讲,申其军爽快接招,另一个原因同样至关重要:满地跑的娃娃都沾亲带故,他不忍心看着他们成了睁眼瞎。

第二年春季开学,上面做出决定,撤销流星岩、马鞍山校点,申其军和马鞍山校点代课老师向玉海调村小任教。后来才搞清楚,村小唯一的老师向开强调到万家村去了,村小的"坑",得有人去填。

说到这里我得补充一句,被撤销的流星岩校点第二年得以恢复,只因从流星岩到咕噜岩的路实在太远太险,让几岁的娃娃"两头黑"攀悬崖上学,没人放心得下。而这个校点在后来的十年间一直处于停停办办的状态,仍然因为老师走了又来,来了又走。1995年春季开学,娃娃们坐在教室里,却没有等来他们的老师。流星岩校点不得已再次关门,直到村小关门也没再开过课。

回到村小。两年后,向玉海也转正了,调走了,古路村小只剩下申其军一个老师——而且还是名不正言不顺的"代民师"。

"代民师"还是"代校长"。用带了"长"的目光审视学校,申其军的心往下沉了又沉。全校只二十七个学生,却有四个年级。一个人给四个班上课,这个课怎么上,他希望有人先给他上一课。

相信别人没有自己可靠,他也相信,只要用心,世界上没有问题不能解决。一二年级在一个教室,三四年级在另一个教室,给靠近讲台的一年级讲课时,他让教室后面的二年级做作业,另一个教室的两个年级自学。给二年级上课时,就让一年级做作业,三四年级继续自学。以此类推,二十分钟一节的课,他一天要上不下十节。等到放学,申其军又该批改作业了。改完作业,挤出时间,申其军又得去家访——甘友能来学校要走三个小时路,他的鞋破得都快穿不稳了,申其军得提醒大人别把娃娃冻着;申其云上课时一副苦瓜脸,下课又偷偷躲到墙角里哭,一问才知道他父亲喝酒后对他母亲拳打脚踢，他母亲不堪忍受，去岩边寻了绝路，申其军得跟申绍兵理论一番，让他千万可别再伤了娃娃的心；李友全一连几天没来学校了，申其军要当面给家长最后通牒：学校是学知识、讲规矩的地方，不是想来就来、想走就走的放牛场，再这样下去，你家娃娃就别来了……

叫人别来了，只是吓人不咬人的把戏，真要有学生和家长齐了心回去念"农业大学"，吓得睡不着觉的那个人不是别人，是他申其军。道理明摆着的，一群娃娃都看不牢，村里人会说这个申其军读了那么多书也就这点本事，看来这书，他是读到了牛屁股上。

被人这么看就太没面子了。掉面子不说，里子也会跟着掉个精光——大家原来说课本上的"1"还没我的扁担粗，说我一字不识还不是照样拉扯大几个娃……都还只是空口白牙说说，真要被当了"读书无用"的活证据，这个书还怎么教？

当了一年没发文件的代理校长，申其军心里边想的东西跟以前有了一些不一样。由"代"转"民"、由"民"而"公"的目标之外，他又有了新目标——在我的手上，让学校变好，越来越好。

怎样算好？村里适龄儿童入学率只有不到三分之一，申其军说，入学率达不到九成，这个校长当着都没劲。

苟向甫八岁了还在光着屁股满山跑。申其军找到苟树方：你家娃娃头脑灵光，一看就是读书的料，天天伙起牛耍，可惜了。

苟树方说：也没光放牛啊，挖洋芋，掰苞谷，他样样干起来都像模像样。

他脑壳这么够用，让他一辈子扛锄头，那是抵门杠做牙签——大材小用。

苟树方闻言笑了：莫非说，他还能从书本子上读得来二两出息？

依我看，这个娃娃只要进了学校，读出八两，只多不少！

苟树方的笑就从不信任变成了不自信：要想他读书读成公家人，再活三百年，我也长不了那么大个的胆！

笑着摇摇头，申其军把目光停稳在苟树方脸上：无论如何，让他读几年书没坏处吧？至少，学来的汉字可以当拄路棍，可以陪他下山。他这句话有一个不言自明的背景，村里好多人都怕下山、怕进城，因为他们和大山以外的世界隔着一座更高更大的山——语言的山。

苟树方似乎是有些动心了，但他的决心明显又被拖住了后腿：不怕申老师笑话，一学期学杂费要十多块，我家哪拿得出来。

古路人不爱"卖穷"，实在要"卖"，一定也是被逼到了山穷水尽。知道这一点，申其军也就知道，苟树方是有心让儿子读书的，阻止娃娃进入学校的是四面漏风的这个家，是找不到来路的学杂费。申其军禁不住同情起目光比脸庞显得成熟的苟向甫来：如果有一根火柴，他也许会燃成一支火把，其光熠熠、其焰灼灼；当这根火柴只是脑海中闪动的火苗而不是可以感知的存在，他也就成了山野间随处可见的枝柯，被阳光击打、被黑夜熏染、被风雨侵蚀、被冰雪覆盖，慢慢失去韧性、失去重量、失去燃烧的渴望和能量。在你尚且无力选择命运的时候，命运已经替你做了选择，这样的现实，多让人心痛。没有条件上学，没有接受科学文化知识的机会，没有走出贫困的能力，这样的人生不就是一副石磨么？——无论时间如何流转，循环的轨道也一成不变。古路人要活得和从前不一样，要从贫穷落后的轨道上跳出来，必须走出这个怪圈，而跳出怪圈和走出大山一样，需要找到路口，需要一条路，学校就是那个路口，科学文化知识就是那条通往远方的路。申其军相信自己八年的书没有白读，相信自己的判断不会有错，恰恰是这份自信，让他变得忧虑也变得焦灼：苟向甫这样好的苗子都不能招进学校，要把其他娃娃拽进来就更难了。入学率低位徘徊，他把学校办好的目标就要落空，目标落空意味着自己没本事，读了八年书还是没本事，恰恰也说明读书无用，说明他的书读在了牛屁股上。

必须从苟向甫这里打开缺口！决心下定，申其军又一次去了苟树方家。话没说上三句，苟树方又把话扯到了钱身上：要是手上宽裕，我早把娃娃送过来了，哪还等得到今天！

现在不说钱，你先把娃娃送过来再说。申其军直截了当。

苟树方听清了他的话，却觉得是听岔了：读书也可以赊账？

申其军笑了：不叫赊账，我先帮你垫着。

苟树方眼睛睁得大大的：申老师你要想清楚！听说你一个月代课工资只有二十二块五，我家这日子过得是顾得了身子顾不了屁股，哪天才能打翻身仗我不晓得，这个钱要垫到哪天，我也不晓得！

申其军顾左右而言他：只要发狠，苟向甫这个娃娃肯定有前途。

取下第一块砖后，拆除一堵墙变得顺利多了。申其军旁敲侧击，大人们的从众心理和面子观念推波助澜，古路村小学入学率一年上一个台阶，到1986年，全校已有八十四个在校学生。申其军的工资涨到了二十九块五，拿在手上的钱不如刚来时多——他先后为十余名学生垫付过学杂费，这当中有的后来归还了，有的一垫就是二三十年，当年的学生家长都记不得了，或者想到物价今非昔比，都不好意思再提起还钱的事。

扩展生源只是办好学校的第一步。学生一多，桌凳就不够用了，别的地方画"三八线"，申其军的学生只能画"十字格"。四双小手放在一张课桌上，挤得一会儿这个的书掉下去了，一会儿另一个的本子起了拱，再一会儿就有人为了"争地盘"吵得面红耳赤。申其军愧责不已：学生像是学生，学校不像学校，这校长当得，不及格啊！

为了让自己越过及格线，申其军不光拼，而且下了血本。

仗着人熟，他从自己腰包里掏出一百块，请村里木匠会树金帮忙做了八套桌凳。再让人家做这没有赚头的活，他开不了口。桌子上的笔和书本还在一个劲儿地往下掉，只有自己动手"丰桌足凳"了。他将批改作业延迟到晚上进行，腾出来的时间，将临时抱佛脚学来的一点木工手艺现学现用，热炒热卖。桌面是修建学校时用过的两副墙板裁切而成，桌腿和做凳子的材料，有的是他从申绍兵手上收购的，有的是他从学校旁边人户里打的秋风。

桌椅差不多拼凑齐整，申其军又给自己提了一个要求——是学校就该有个篮球场，对吧校长？还是就地取材，他把淘汰下来的一张黑板竖着锯掉五十厘米，篮板便有了雏形。篮球架是两根松木，虽是"材料"吃紧点，看起来，和篮板也还般配。巴掌大的操场，连篱笆也是后来才有的，篮球从坑坑洼洼的地上弹跳起来，方向全无规则，因而学生们拍球也和投篮一样小心翼翼——要是弹得一高，方向一偏，篮球出了操杨，只怕就难以捡得回来。

孩子们激动万分又谨慎无比的样子让申其军的心有一种揪着扯着的疼，越是心疼，他越是发誓要对他们好，用他尽可能的付出，弥补孩子们的渴求。

为学生垫付学杂费是好，亲手制作桌凳是好，熬夜批改作业是好，爬坡下坎家访是好，给生病的学生端水喂药是好，一丝不苟为他们上好每一堂课是好……

好字易写，好事难做。个中尤其艰难的，每期开学去中心校领取书本和教具可以算上一桩。从古路村到中心校要走六七个小时，往回走，背着百十来斤，路会显得更长一些。早上四点，申其军打着手电筒出发了。交完该交的、取完该取的已是下午四五点钟，见他背着书要往回走，中心校老师说：你这时候回去都几点了？山高路陡，黑灯瞎火，不如住一宿，明天早点出发。申其军说：提前没打招呼，娃娃们都会去学校，他们有的单边要走几个小时，我今天不赶回去，他们明天就得白跑一趟。

一个也不能少，一课也不能少。心窝里揣着这个念头，一个人走在路上，申其军也就忘记了孤寂劳累。孤寂和劳累却一有机会就在他跟前刷起存在感，尤其是在漫漫夜路上或是恶劣天气挑唆纵容下。对付孤寂，申其军常用的办法是将用过的备课本撕成纸条，一绺一绺点燃，把跳动的火苗看成舞蹈。劳累似乎是拿申其军没有办法的，这个男人太倔，不爱喊苦，不爱喊累。它们就变本加厉地捉弄他打击他，老木孔的雪地上，流星岩的悬崖边，水井槽的泥浆里，申其军没少绊倒。每次倒下，他的第一反应都是将散落的书本收捡起来，像钞票般码放齐整，若是有书本沾了污泥浊水，就是把衣服脱下来，他也要擦拭干净……

申其军的坚持感动了村民，也感动了区教办和永利中心校领导。他们给古路小学增派来两名老师。"单身"生涯这是要结束了吗？申其军心里起了一丝涟漪。谁知好景不长，新来的老师一个教了两学期，一个教了三学期，也都在"民转公"后，顿也不打地调离了古路。

他们想走，申其军理解。别说他们，他也想走。1988年，他有了长子，后来念过大专、成了村会计的郑望春（郑望春之前有个哥哥，生下不久就夭折了。按照当时农村迷信的说法，后面生的孩子需拜一个干爹，依干爹姓才易长大，因而郑望春姓了郑）。1993年有了二儿子申华刚，1994年又有了女儿申燕。除此之外，1994年，娃们的大舅在矿山上打工时丢了命，舅母跟人跑了，留下三个娃，大的三岁，小的一岁，也都跟着他们。虽说这时候申其军的工资涨到了每月五十五元，但靠这点钱养活一大家子，太难了。和调走的老师来自村外不同，他自己就是古路村的，这些娃娃同他一样，都是呷哈后人，别人心一硬也就走了，他的心也硬过，可只要被那些柔嫩的沾着露珠的目光一碰，立刻就像吹到半大的气球漏了条缝，瞬间就瘪塌下来。除了心软，他想走未走还有一个原因——对于"转正"，他始终心怀希冀。这么多年都过来了，那么多人都转正了，就这样放弃，他不甘心。这几乎是他一生最大的理想，也是他唯一可以视为理想的目标。这个目标里藏着他对三尺讲台的热爱，藏着一个编外教师孜孜以求的师道尊严，藏着他对知识与命运辩证关系的理解，也藏着他工资水涨船高，家里的娃们有钱上中学、读大学的心心念念。

2005年，县上出资二十余万元将古路小学的校舍改造为砖混结构。次年6月，申其军离目标似乎又近了一步。县政府专门就解决民办教师遗留问题下发文件，考试合格的民师可以正式入编。申其军兴冲冲去教育局报名时才知道，要有中师以上文凭才可以报名考试。只顾埋头拉车，忘了抬头看路了！申其军想，如果有时间，别说中师文凭，只怕成人大专的本本我都有一摞了，真要被这根硬杠子拦在外面，老天爷就太没有人情味了。他找乡政府和区教办出面帮他说话，请他们书面为他求情、争取变通，他们倒是痛快答应了，然而，在县政府门前等了五天，申其军等来的答复仍是：这是上面的政策，我们也爱莫能助。

太阳火辣辣晒在身上，申其军心里却像是结了一层冰。是时候兑现诺言了——自己在心里说过一百遍不干了，人无信不立，今天的结果，就是对自己最大的否定。申其军想去山外换个活法，瞌睡遇到枕头，庆其华找到他说：以前叫你来，喊山一样你都不应。不过现在也不迟，给我当会计，每月保底一千块。

这时候，申其军每月工资只有一百九十五元。看在钱的分上，他应了下来。

庆其华前脚刚走，永利乡党委书记苟国军后脚进了屋。年轻的书记心事比申其军的还重：申老师，晓得你想不通，我也不想劝你……

谢谢书记不留之恩。申其军反应不慢。

苟国军尴尬地笑了笑：你一走，这个学校就又停了。这么多娃娃没人管，一夜回到解放前。

另外再请一个不就得了？顿了一下，申其军又说：真要重视，请上两个三个也不多。

苟国军说的也是大实话：就别说两个三个了，乡政府穷得叮当响，一个也请不起——不瞒你说，我昨天亲自去莫朵动员过一个人，人家开口就是一千多！所以……

申其军赶紧截住他的话：这就是政府的事了。你们大会讲正义，小会讲公平，让我一个代课民师操政府官员的心，哪里来的正义，又哪里来的公平？何况说，我又不是不晓得我是个啥东西。假装是校长，打屁都不响！申其军越说越激动，口水星子差不多都溅到了苟国军脸上。

苟国军非但不生他的气，脸上反倒溢出了笑：要说不响，那是冤枉。这么多年来，你申老师教过的学生少说也有一两百个。这当中，苟向甫考上大学，石万民、张腾超考上中师，当了公办教师。没有你就没有他们的今天，他们响了就是你响了，他们给古路争光，归根结底，是你在给古路争光。

申其军早给自己讲过纪律，千万提高警惕，小心"糖衣炮弹"。这些年里，戴在头上的高帽子还少吗？从教育局到中心校，张口闭口向你学习，大会小会向你致敬。然而结果呢？谁诚心诚意学黄牛叫过两声？让我把民师一当到底，就是你们口口声声的学习、漂漂亮亮的致敬？说白了，你们的高帽是圈套，再要当回事，这辈子也别想脱身。因此，苟国军听起来情真意切的一段话，申其军顿也不打就给他挡了回去：要不，你来？

…………

出乎苟国军意料，甚至在申其军本人意料之外，一笔一画的"申其军"三个黑字，最后还是落在了《代课教师协议》的"字据"上。申其军选择留下，有月工资从一百九十五元涨到七百二十元的因素，有苟国军重申"一有机会全力帮你转正"的因素，至为重要的原因则是，他的已经冻结成冰的心，没有经受住学生们泪行的冲刷。决定留下的那天晚上——更准确些，那个即将到来的黎明前夕——申其军对自己说，他们已经把你抛弃了，你不能把他们也抛弃了。

如果没有过初恋的甜蜜，也就无所谓失恋的痛苦。这样看来，人生之树生发的很多枝节其实都是多余都是累赘，都是在给锯齿炮制伤疤制造机会。如果早一些悟到这个道理，也许，申其军无论如何都会在一开始就将包唐韬拒之门外。

2004年2月20日，《雅安日报》第二版刊发了记者罗光德采写的新闻通讯《天梯人家》。六天前，罗光德在金乌公路建设工地采访时意外听说了古路村和古路小学，情难自禁，他从同事那里借来相机，怀揣四个胶卷，孤身进村采访。天梯人家的贫苦、古路小学的简陋、代课老师的坚守和付出……眼前场景转换为文字和图片，再转换成报纸版面，罗光德闯了祸。有报社领导认为稿件没有体现正面宣传为主的方针，批评他没有全局意识，不善于从火热的现实生活中发现和捕捉亮点……坐在火山口上的罗光德脱离困境，得益于同行无心插柳的遥相呼应。他的稿子连文带图被《成都商报》转载，时隔不久，《教育导报》记者杨绍伟采写的《挂在"天梯"上的学校》也见诸报端。

几乎是在不经意间，古路村和古路小学成了媒体竞相报道的焦点，而《华西都市报》的持续关注和记者杨涛匠心命名的"天边小学"，更是极大地激发了外界对于古路的好奇。更多媒体聚焦于申其军和他的学校，越来越多的爱心人士、爱心物资从四面八方拥向"天边"。

包唐韬是申其军接待过的若干外来者中与众不同的一个。2008年7月，毕业于湖北第二师范学院的包唐韬辞掉广告公司的工作来到汉源。那天申其军在县里参加简笔画测试，接到包唐韬打来的电话，打摩的赶到一线天同他会合。听说这个没有手续的志愿者要到古路支教，申其军一口回绝了，他说我这个老师是"歪"（方言，不正规之意）的，你这个志愿者也是"歪"的，我们两个加在一起，学校就"歪"到家了。让申其军改了主意的不是包唐韬科班出身的背景，不是他坚决服从管理的表态，而是他画下的一个大大的"饼"：我有一些朋友很有实力，我会动员他们为古路捐资办完小、办初中。申其军正为学生升学不畅头疼，家里几个娃娃念中学的事也日益成为心病，包唐韬真要能把初中办起来，娃娃们就不愁升不了学了。

包唐韬用三件事很快证明了自己的实力。一是当地中学教育资源紧张，包唐韬出面协调后，古路小学当年十二个毕业生一度卡壳的升学问题得以顺利解决。二是村里虽有六部手机，但因为不通电，电池耗尽只有下山去充，村民们打电话，往往意思还没说完整就着急忙慌地掐了。"5·12"地震后湖北省对口援建汉源县，作家方方率团到汉源采风，包唐韬在县城正巧碰到她。听明原由，方方和团员共同捐资四千元为村里买了一台小功率发电机。此后，方方和她所在的"我们爱读书"社团还为学校捐款、捐书。三是一个多月后包唐韬的师妹杨菲也从湖北来到古路，不光课程变得生动，就连学校和村子似乎也变得更有活力起来。

包唐韬和杨菲来村里支教，对申其军来说，好处显而易见。课程压力没那么大了、精神上没那么孤单了都是好处，更大的好处是完小、初中，包唐韬画过的"饼"，远远闻着都来劲。想着村里、学校和自己得到和可望得到的好处，申其军就有些难过起来。他难过的是两个大学生放着好好的前程不奔，背井离乡来同他一起受罪。觉出了别人的好，就要用自己的好来回报别人的好。这句绕口令一样的话申其军没有张嘴说过，却是他的处世哲学。两个新老师刚来时不会做饭，申其军就抽时间帮他们煮饭炒菜，或者把他们带到自己渊曲的家里打牙祭。

一切似乎都在好起来。2008年11月，由于包括中央电视台在内的众多媒体持续报道，新浪网广大网友极力推举，申其军成为当年央视"感动中国人物"候选人。当时村里一台电视机也没有，申其军也就不知道"感动中国"是怎么回事，他只是从"央视"和"中国"里隐约掂量出了"候选人"的分量，进而乐滋滋地想：真要评上了，想不转正，只怕也难了！

2008年，申其军、包唐韬、杨菲和古路小学学生合影。从上至下第二排中间为申其军，右一为包唐韬，左一为杨菲。杨涛／摄

申其军人生的高光时刻，却是"天边小学"从天边消失前的落日余晖。

申其军同包唐韬的矛盾没过多久就冒了出来。正嫌包唐韬和杨菲音乐课上得多了些，他们又自作主张开了地理课、自然课。课还经常拉到外面上，惹得申其军班上的娃娃人在教室，心却满山遍野地跑。申其军说：语文和数学是教学重点，你们主次不分，学生学不到真东西。包唐韬说这叫快乐学习，培养孩子学习兴趣，促进他们全面发展也很重要。申其军说快乐是快乐了，学习却荒废了。《学习大纲》总不能不要吧？期末考试总不能画鸭蛋吧？包唐韬说：我们两个大学生还教不好这几个娃娃？你是门缝里看人。申其军说：地震后，我连夜搭棚子都要给娃娃们上课，就怕误了他们。我辛苦抢出来的时间，你们要耍闹闹就给浪费掉了。包唐韬说学习不是死记硬背，学习讲究质量讲究效率。申其军说：那就说质量吧，前段时间测试，你班上考几分十几分的都有，我教的起码也是六七十分。包唐韬说：这些学生基础太差，有的到毕业还不会乘法口诀，既然他们不能成龙成凤，倒不如让他们开阔眼界，增长见识，只要把自信建立起来，即使有一天不读书了，他们还可以面对自己和人生……

都觉得自己是为学生好，又都说服不了对方，天长日久，两个人隔阂就加重了。申其军想，作为校长，再任你们这样乱来是我的失职。于是，他代表学校作出决定，包唐韬和杨菲教低年级，自己教高年级。包唐韬找申其军理论：我们好歹也是正规大学毕业，你不能瞎指挥，杀鸡用牛刀，高射炮打苍蝇。申其军说基础不牢地动山摇，让你们教低年级就是信任你们。包唐韬说既然打基础这么重要，你教了几十年，比我们有经验，这么重要的任务最好还是你亲自完成。不得已，申其军实话实说：眼看就要考试，再这样卖白亮晃（方言，混日子之意），这拨学生就没搞头（方言，前途之意）了。包唐韬说都没试过你咋知道呢？我带他们，我比谁都有信心！

双方的争执起了头就没有尾，典型的一次，申其军受邀去湖北培训，回学校发现有学生在教室里打架，包唐韬不仅坐视不管，还说这不算打架，只要不头破血流，只要不是男生欺负女生，任他们去玩。盛怒之下，申其军召集全校师生开会，严厉批评涉事学生。包唐韬认为申其军不光小题大做，而且指桑骂槐，当着学生的面，年轻气盛的他和申其军吵了一架……

不管是这些事情中的哪一件，不管当时自己再委屈、难堪，再出离愤怒，申其军后来都选择了遗忘，选择了谅解。他信奉君子和而不同，他相信这些只是教育观念的分歧，他觉得象牙塔里走出来的天之骄子能以实际行动支持古路，能为穷乡僻壤带来活力，能为这些娃娃带来快乐并赋予他们一些自己所不具备的能力，无论如何，总是好的。觉出了别人的好，就要用自己的好来回报别人的好——对他们和他的冲突加以过滤，也算与人为善，也是投桃报李。如果就这样保持平衡也是好的，至少学校还在，至少他不是一个人在战斗，至少，他拿了二三十年的教鞭不会被淡出讲台，被铃声抛弃，和那些阴暗角落里随处可见的木棍般，被岁月蒙上风尘。

事发突然。2009年5月，二十二名学生离开古路小学，把学籍转到了永利乡中心校。学校是包唐韬联系的，转学是包唐韬组织的。说服家长，包唐韬搬动了远在北京的"I Do"基金。基金许诺、事后也兑现，转学到中心校的孩子，每人每月给予二百五十元生活补贴。

申其军大光其火，问包唐韬为何要背后搞小动作，偷偷摸摸挖他辛辛苦苦砌的墙脚。当初你咋说的？你说你来是要建立完小，还要开办初中！

说他搞"阴谋"，包唐韬才不承认。小学撤点并校是政策方向，把学生转出去接受更好的教育，这个思路，他也曾和申其军提起，只是关系僵成那样，多一言不如少一语，申其军没当回事，他也懒得多说。申其军追问之下，他说树挪死人挪活，古路小学各方面条件都太简陋了，只有让学生到山下读书，同外面接轨，他们才有希望，古路才有希望。

申其军找区教办和县教育局领导讲理。哪料到，他们和包唐韬是同一个立场。2010年9月，又有三十二名孩子迁离古路小学。随着这批孩子离开，包唐韬也结束了他的支教生涯。他的师妹杨菲，则于一年之前告别古路。

两间教室，两位老师·杨涛／摄

古路小学重新回到"一师一校"时代，"琅琅书声云中荡"的旧日时光，却似乎是再也回不去了。二十八年间，申其军教了接近三百名学生，这时只留下来五个孩子。树还没倒，猢狲却先散了，申其军心里被打翻的五味瓶搅得一片狼藉。

申其军没想到，就连"最后的果实"，他也没有保住。

2009年11月4日，县教育局局长康克君来村里告诉申其军，为了让古路村的孩子受到更好的教育，县上计划撤销古路小学，在校学生转校到乌斯河镇上由铁路部门与地方联办的"路地小学"，县政府已经作了研究，每月发给每个学生三百元生活补贴。

好好的学校，说不要就不要了？申其军想不通。

申其军对古路小学割舍不下，其实也是难以同自己泼洒在校园里的心血挥手告别，康克君知道，也理解。但是他说，边远山区教育的欠账，现在是到了必须偿还的时候了。教育不跨越，娃娃们接受的教育不充分，古路的经济社会发展必然又会产生新的欠账。我们每个人都不愿意欠账过日子，一个地方、一所学校，也是这样。

2011年11月20日下午4点，申其军和剩下的几个学生一起举行了古路小学最后一次升旗仪式。看着孩子们蹦蹦跳跳出校门，他知道，一切过去都已过去，"天边小学"即将从天边消失，又或者——正在消失。

曾经的代理校长申其军最终没有"感动中国"，也没有转正。如今的他在路地小学负责住校生卫生和伙食团管理，每月工资八百六十元，年底考核合格，每月另有三百四十元补贴。这份工作，他是要干到退休了。申其军生于1963年，能守着自己最后一批学生读书直到退休，他将之视为缘分。

路地小学坐落在乌斯河镇一台坡地上，抬起头来，大峡谷两岸像是默默注视着学校的另一双眼睛。尽管这里离曾经的古路小学很远，远到再怎么用力也不能看见，申其军还是习惯了在闲暇时举目凝望，在想象中，让一座山峰或者山峰背后的世界成为他的学校。这个时候的他看起来那么平静，而他平静的表情下，内心从来都不安宁。

也许如苍鹰敛翅俯冲。

也许如崖柏挺立绝壁。

也许如狂雪拍打山冈。

也许如巨风卷起波涛。

/ 第四章 /

撸起袖子打一架

每一双眼睛都在张口说话：古路人的生活，是有些起色、有点滋味了——有路走了，有水喝了，有电用了，吃穿不愁了，茅屋为秋风所破成为过去时了……

古路再不是衣衫不整的古路，再不是原地踏步的古路，再不是十年之前，足以代言中国农村最闭塞、最贫穷、最落后状态的那个远在天边的小山村。但是，古路人知道，我们更应该清楚，他们眼下的日子，还不是理想中的样子。

农业强、农村美、农民富，这是乡村振兴的远景目标，也是理想中的生活美好的形象。"饭得一口口吃，路得一步步走"，古路人认这个理，因而他们也明白，举目远眺的同时，不能忘了自己来自何处，身处何方。那就退而求其次吧，如果不担心大功率电器成了摆设，如果修到半道的路能善始善终，如果脱贫摘帽的账不算得结结巴巴，如果"返贫"的担忧是吃饱了饭没事干的多余……这样的日子，也是好的。

对于现实与未来的打量，岁丹戈、骆云莲他们比村民多出一个维度。物质丰足只是美好生活的一条腿，只有精神也饱满、坚挺起来，一个人才能并足而立、无惧风雨，才能昂首阔步、行稳致远。灌注满精神能量的那一条腿不仅不可或缺而且更加重要——它不仅支撑整架身躯，还为另一条腿指示方向、提供动力。

"幸福都是奋斗出来的。"从这样的语境出发，撸起袖子打一架，也就有了除暴安良的意味。

对手面前，古路人身材也许不够魁梧，拳头也许不够强硬，但是，心中有光的人从来无惧黑暗，怀抱正义的人从来得道多助。诚如村民所言：自从西部大开发号角吹响，政府的人来古路成了家常便饭，"精准扶贫"政策一出台，倾斜向古路的资金、项目变得更多更密集……这些都是我们的后盾，都是我们靠得住的援军。

细数大树上的每一片叶子大概是做不到的，也不必去做那无尽的重复和无谓的努力。一片叶子就是一棵大树，绝地出击的每一记重拳后面，都有一片森林般的呐喊。这是特写的价值，也是回放一个团队、两名干部、几位村民奋斗故事的本愿。

1. 峡谷里的那片灯光

一千五百米，如果在高速公路上，这是一段不到一分钟的距离。然而，从山脚来到古路村最靠近公路的癞子坪，一台变压器走了八千六百四十分钟。

九百五十公斤，见方一米。上看下看左看右看，你都不会觉得降服一台两百千伏安变压器会有多大困难。但是，对走钢丝的人来说，这个块头和重量，有如泰山压顶。

开凿在绝壁上的骡马道宽仅一米五。从航拍器镜头里俯视，这像是一条曲折回环的钢丝。山高路陡，"钢丝"每一次弯折都充满惊险。

车不可载，马不能驮。变压器上山，只有靠人。

背是不可能的。

那就人抬？

如果是左右横着抬，其中一边儿就得悬在空中；若前后纵向抬，路多陡抬杆就有多陡，绳套根本无法固定得住。在三四十度仰角的骡马道上，只能这样一级一级梯步向上攀延。

变压器能长出脚来就好了。可冷冰冰的铁疙瘩，才不会理会人心。

工程队清一色男子汉，二十几管热血涌到一处，就是一块生铁也得给它熔化了。可你还真不敢把这宝贝疙瘩怎么样——甚至连一颗螺丝钉也动不得少不得。

一线天铁路桥上，从山洞里冒出头来的火车吐出一声长啸。如得神启，有人找来两根槽钢。

轨道一铺，台阶就成了斜坡。把变压器抬上钢轨，才发现作业面太窄，一多半人的力气都用在了干着急上。比这更让人泄气的是，槽钢一次次侧翻，引起一次次脱轨。

交锋一小时，工程队没占到多大便宜。边干边琢磨，效率总算有所提升。即便如此，一天下来，落在战报上的数字还是上不得台盘：二十三人，九小时，一百六十米。

快要五十岁的易斌头一次懂得了什么叫"进退两难"。把变压器运到癞子坪，对古路村很重要，和饭桌上有个荤菜一样重要，和夜路上有支电筒一样重要。然而，越往上，路越窄越陡越险，要是哪个工友被挤到崖壁下，或者庞然大物顺着槽钢滑到谁身上，后果不堪设想。

易斌是皇木供电所所长，古路村所在的永利乡在他的"管辖"范围。谁不知道易斌也知道，古路村之所以成为全川新一轮农网改造五千九百九十二个中心村的最后一个，就因为它是一块硬骨头，硬得不能再硬。

掐着指头算时间，易斌手指上都掐出了血印。国庆节前合闸，上边早下达了指令。这天已是9月12日，按照眼下进度，再过十天，变压器也上不了山。

巍然对峙的峡谷，只给洒向癞子坪的阳光留下四小时一道缝隙。易斌全身每一个毛孔却都大张着嘴，仿若在和高喊号子的工人们一起用力。扯衣角抹汗，易斌下意识闭上眼睛。衣角掠过眉心，像手指从屏幕划过，易斌闭合的双眼里，跳出来一件往事。

易斌2016年3月从晒经调到皇木，从河谷到高山，他脸色一点都不好看。比他的脸色还难看的是天色——自5月1日起，皇木地区天天刮风下雨，6日晚上的那场冰雹来得更是粗暴。正嘀咕着这场"白色恐怖"怎么没完没了，易斌接到命令：古路一台区线路故障，明日抢修，7点出发。

当时的所长任远光上过老山前线，蹲过猫耳洞，打过大仗立过功。队伍集合时，借着熹微晨光，瞄见抢险物资，易斌乐了。十千伏电线一百二十米，悬瓶两组，线夹十个，工具包两个，还有若干绝缘杆、踩板、腰带、保险绳……这哪是抢险，是搬家啊！比这更让他觉得滑稽的是，一件矿泉水和沉甸甸的一袋干粮压在了双肩——好家伙，二两的馒头，少说有二三十个！他没忍住跟所长开起玩笑：这是重返老山呢，还是要穿越到上甘岭去？！

概率里的十之八九，笑话别人会成为笑话。那天的易斌就是一个笑话。

他的情绪是在骡马道第一个弯道处发生转折的。等爬上一线天，到了癞子坪，当上气不接下气的易斌得知发生险情的一台区在流星岩，而此刻，去流星岩的路才走了不到六分之一，他心里的阴影面积一下变得比整个癞子坪还大。

13时45分，一行八人终于到达现场，这时的易斌，两只脚已经虚软得不像是自己的了。他知道自己是累坏了，更是吓坏了。

见他一屁股坐在地上半天起不来，任远光咧嘴笑了：看你这样子，像是刚刚打了三天三夜的仗。你是重返老山了呢，还是穿越到上甘岭去了回来？

幸亏地上没有缝，要是有，指不定地面上就找不到易斌这人了！

战斗很快在山谷间打响。四号杆和五号杆间的电线断了一档，抢通线路，在平原地区或者河谷地带，花不了半个小时。然而，两根电杆间隔四百多米，档距大，施工难度就大。风又是顺着山沟跑的，像河，河面窄，水流急，放线拉线的人，一个个被吹得歪歪斜斜。危险最大的还是电杆上的工友，从地面仰望，好几次，易斌都把他们看成了风筝。抢修工作持续了三个小时，这几乎是易斌的人生经历里，流速最缓慢的一段时光。

同样永生难忘的是返回途中遭遇的那一场雨，一行人被淋得里里外外

没一寸干的。为此,易斌手机的收藏夹中,至今保留着同事吴金玉写下的一则日记:

……

17时许,抢险工作终于安全、圆满完成。任所长兴奋地指着不远处山坳里那些彝家农房,"看见了吗?再过二十分钟,这些停电户就可以通电了!"

抢险任务完成,队友们走在了回家路上。恢复送电后的心情明显不一样了,没有早上来时的紧张和急迫,看到古路村通电了,大家有一种满满的幸福感和成就感。

天渐渐暗下来,一阵冷风吹过,不由得打了几个寒战。不知谁说:"大家快跑,暴雨马上就要来了。"接过话头,任所长打趣道:"这会儿山高路陡,想跑也跑不了,等着挨雨吧,刚好给你们好好洗个澡。"

说话间倾盆大雨就下起来了,队友们一个个被淋成了"落汤鸡"。看到大家挂着拐杖一步一滑颤颤巍巍下山,我的眼睛几次变得模糊。眼前这群队友,真的太可爱了。

21时,大家安全抵达山下,所有人长长地舒了一口气。回头仰望山顶上那一片明亮的灯火,大家心里都像迎来了初升的太阳。

回到住地,见易斌面如土灰,任远光语重心长地说过一段话:小时候,我们村经常停电,那时就想,要是老子以后在供电所上班,绝对不长一双懒脚杆。所以现在,凡是抢险我都上,说白了,就是不想把当年送给别人的怪话,反转手又回收给自己。

有多少人走着走着就忘了最初的誓言?有多少人走着走着就站到了自

己的对面？从任远光话里读出深意，读出羞惭，进而读出同理心和责任感，是当天的经历与不久后的又一次抢险合力完成的。

电闸跳了。刚一合上，又跳了。调度员通知任远光：古路抢险，险情不明。

骡马道尽头，任远光将队伍分成两路，一路东进流星岩，一路西下马鞍山。

每一根电杆都要走到，每一米线路都要巡查，每一部变压器都要查看，直到四肢并用，来到与乐山市交界的马鞍山，隐藏在变压器上的故障才被排查到。找到病灶是下午5点，电灯重现光明在一小时之后。

这时才觉出了体力的乏和胃囊的空，而出发时带的馒头，早已渣都不剩。恰好这时，五组组长兰绍成带着一瓶饮料、半盆红苕赶了过来。

任远光打死不接兰绍成递过来的饮料——背一瓶饮料上山，要流双倍的汗。我是共产党员，共产党的人怎么能喝老百姓的血汗？

兰绍成却一点没有开玩笑的意思：要是不喝，我就让它顺着山坡，滚进大渡河！

一支竹篾在古路燃了三四百年，历史向前一小步，有了煤油灯。然后就是原地踏步，进入新世纪已经八九年，古路还是煤油看家，灯笼火把。

那次易斌去巡线，一不小心，碰响了老支书的话匣子。骆国龙说：没有电的日子害死人，古路真有好些个人因为没电没了命。老支书刘世金就是被大火活活烧死的，惹燃房子的是煤油灯。还有方劲田四岁的女儿，还有村民甘秀华，还有"五保户"尹国庆……他们也都是葬身火海——罪魁祸首不是竹篾，就是油灯。

没有电灯，我们就是黑村、黑户、黑人，从眼里到心头我们都是黑的。骆国龙把黑暗说成是黑。几十年里，他把这句话讲给很多人听过。

郝军是其中一个。

古路村挤上无电区电网建设末班车是2008年8月。皇木供电所2011年设立，在此之前，皇木片区业务由富林所负责。古路这张票弥足珍贵，郝军从所长刘德林交代任务时的庄重严肃上看得出来，从国家拿出二百二十九万零七百元，架设十千伏线路八点零二公里、低压线路五点七五公里，安装变压器七台的不惜血本上看得出来。深入骨髓的感受是现场复勘、优化设计时才有的，攀悬崖走绝壁，爬高山下深涧，每一条线路的走向、每一根电杆的位置，来得都殊为不易。

同其他工友一样，郝军是项目负责人赵毅点将来的，身体素质过得硬，精神状态没得说。村民们呢，知道电要上山了，知道郝军他们是"电菩萨"的先遣队，整修路面也好，搬运设备也好，看护安全也好，村上安排了的抢着上，一时没领到任务的争着上，好像谁落在后面，电到谁家就会比别家要晚。

赵毅仍是忧心忡忡。不给对讲机充上电，第二天工友间就会断了联系，那是一个急啊。问明情况，后来成了村支书、当时还是村妇女主任的骆云莲嫣然一笑：我有一个办法。

作家方方等人捐赠的轮式发电机平时村小在用。夏天里，溪水带动齿轮，产生的电能可供师生听上一会儿广播，还可以让教室里的"小太阳"发一阵光。一进秋天，溪水变瘦，"小太阳"就把金灿灿的翅膀收起来了。"太阳"重新升起，要借水池一臂之力——这口水池，是古路村三组老老小小近百人的饮用水源。水池闸门义无反顾地打开了，村民们说，只要能把电引上山来，宁愿三天不洗脸，宁愿背着水桶去别的生产队求援！

计划一周完成的测量任务三天搞定。线路锁定的同时，也锁住了工友们的眉头。

每根电杆重逾千斤，从骡马道运上去，不是不可以，而是不可能。电杆上不去电就上不去，一晃大半年过去了，郝军尝到了睡不着觉的滋味。

救活全盘的一着棋得益于乡政府领导"脑洞"大开——在峡谷上方架溜索，开通"空中走廊"。

峡谷上方最窄处也有七八百米，架设简易索道耗掉三个多月。高压五十三级、低压二十八级，八十一根电杆和其他材料从索道上全部运过去，差不多又三个月过去了。

2010年9月21日夜，古路人家第一次被黄澄澄的灯光融为一体。

守护灯光，成为旷日持久的又一场战役。任远光就是在这场战役中成了伤兵。

巡线、"消缺"、抢险，除了这三个词，任远光脑子里再难塞下别的东西。巡线像巡逻，抢险像打仗，这都好理解。至于电网人的专业术语"消缺"，任远光很自然地将其转化成了"剿匪"——对不是正规部队的小规模敌军露头就打，不给喘息之机。

作为一所之长，任远光去古路的次数最多，多到有时候两三天跑一趟，有时候一天跑两三趟。每次冲锋陷阵都有人记录在案——曲折的山路是笔，膝盖是案。"案底"曝光是2017年4月，那天从古路摸黑下山，才到半道上，任远光走不动了——疼痛在膝关节组织暴动，每往前一步，似乎都有一千匹烈马奔腾，一万柄长枪刺杀。坚持到无法坚持，任远光去成都做了检查，结论是膝关节退行性病变，病因为爬山太多、磨损太大。2017年12月25日，作为治疗方案中必不可少的一环，任远光被调离皇木。

老山前线都没把老子绊倒，猫耳洞都没把老子困住，敌人的子弹都没把老子撂翻，却不料倒在了家门口，输给了一排电杆！交接工作时，任远光百感交集的一句话，在易斌心里激起层层涟漪。古路村地广人稀，送电上山不计成本，线路维护同样不惜代价。最典型的要数流星岩了，巡线一次，至少要十个小时。那地方只剩下申其全、李树全两个人了，单身汉的生活简单到连电视都成了摆设，每度四毛九的电费，他俩要是谁用上了半度，这天就算得"高消费"。这样的"赔本生意"，天底下还有第二桩吗？

易斌也许永远也无法忘记任远光的回答：民心，是大过一切的利润。

作别皇木，向着古路的方向，任远光频频回头。他的目光，一程比一程走得更远，一次比一次回落得更慢。

易斌知道他在想些什么。

子非鱼，但知鱼之心。

将癞子坪二十二户村民用电纳入中心村农网改造项目，投资一百六十五点三五万元新安装二百千伏安变压器一台，改造十千伏线路六点五八公里、低压线路五点九六公里，是品质升级，也是责任接力。

接力棒已经交到自己手上。这一棒若是抓得不牢、跑得不好，用前任所长任远光的眼光衡量，那就是丢了阵地。

丢了阵地当然丢人。可丢人有啥大不了的呢？——同葬送了古路村脱贫致富的良机相比。

古路村已是名声在外。慕名而来的游客，为村民们把省级贫困村帽子扔进深谷幽壑带来了千载难逢的机遇。蚂蚁到底拉不了石磙，当初安装的三十千伏安变压器仅能满足简易家电所需，随着电烤炉、脱粒机、磨面机、打浆机进村入户，遇到几个大功率设备打架斗法，跳闸就成了稀松平常之事。饭都煮不熟还接待啥游客——更遑论用磨浆机打磨黄豆，制作最受客人青睐的豆花饭了。

为古路村接通动力电，"电力扶贫"进入议题。设备运输受阻，易斌心急如焚。

已是深夜，心烦意乱的他仍是如坐针毡。打开电视，他想借此赶走心事，让睡意乘虚而入。电视里，两匹马拉着雪橇穿行在林海雪原，看到这一幕，一个创意闯进易斌脑海——给变压器安上"雪橇"，肯定比"轨道"可靠!

两根钢筋焊接在变压器底部,"脱轨"问题迎刃而解,"雪橇"前端翘出的弧形,也让台阶造成的阻碍不复存在。只是陡峻山路不断抬升着作业风险,最初担心的问题成了绕不过去的结:一旦前面拉力不足,一旦工友、村民和围观的游客有个三长两短……

要说易斌也真是铁耙耙地道道多,灵机一动,他又有了主意。运送电力设备,以及紧线、立杆,工地上常常用到绞磨机。有了绞磨机,不愁把变压器送不上山。

固定绞绳需要拿钢钎二锤在岩石上打孔,每道弯上打下五六个深孔,工友们震得手臂发麻。绞磨机一开,绞绳一拉,再往前时,变压器的确是不那么磨蹭了。焊在变压器下的"雪橇"是钢钎,钻到"雪橇"之下撬动钢钎进而撬动整架机器的也是钢钎,工人们得十倍小心,才能避免伤到变压器。每转一个弯,都有七八个工人拿着钢钎小心翼翼地刺、挑、拨,不厌其烦地推、拉、摆,对着铁疙瘩"好言相劝":转过去一点,再转过去一点……

四十三道弯,每一道都是这么转过来的;四十三道弯,每一个拐角都留下深孔几个,留下钎尖落下的绵密雨点,有如针眼。难怪会有路过的游客说易斌他们小心翼翼的那个样子,是在绣花。

易斌心头一阵悸动:如果说自己和工友们眼下的工作是在"绣花",当初郝军他们踏勘路线、架设电杆,后来仕远光他们巡线护线、排危抢险,何尝不是在细针密缕地飞针走线?如果说灯火照耀下的古路是得之不易的织锦,这绝壁上的"绣花"功夫,其实就是对美好、温暖、光明、幸福的不懈追寻……

变压器是9月17日运到癞子坪的。九天后,工人们举起竹竿为古路村新增容的变压器合闸,成为中央电视台《新闻联播》的一帧特写画面。

癞子坪二十二户村民家所有电器火力全开,村民李其学家的电灯,眼睛都没眨一下。李其学开着农家乐，他再不担心跳闸，也不担心客人吃不到豆花饭。李其学家以前只在夜深人静时才敢通电的制砖机也可以上"白班"了，从山下运上来的机砖每块六元，自制只需一元。说"铁疙瘩"变成"金疙瘩"一点都不夸张，说村民们心里乐开了花，也就是句大实话。

绝壁上的针脚，并没有就此止步。汉源县供电公司党支部和古路村党支部结成共建对子，文艺联欢、金秋助学、志愿陪伴……活动越来越多，"亲戚"越走越近，古路又添新动能，文化、文明、亲情、友情的"电流"源源不断。

于是，大峡谷的褶皱里，人们看见了另一片灯光。

那些灯点在心间，那些光昏镜重明——这是我用手指在键盘上说出的话。李其学的说法却要接地气得多。他说，电力公司相当"来电"。

"来电"的显然不止电力公司。还是李其学的话：如果光有电没有电器，相当于只有马鞍没有马儿——好马配好鞍，把马养得膘肥体壮才是重点！

顺着他的话，我问：你的马儿养得如何了？

知道此马非彼马，他说：离膘肥体壮还远，但至少是有，至少不是只长骨头不长肉了。

我接着问：咋养起来的，说说你的心得。

舍得吃苦——比这关键的是，必须踩上节奏。

节奏？

对啊，就是赶上好时代。

唱高调了吧？

见我这么问，李其学就有些急了：古路村几百年里日子都没啥起色，为啥这些年变化这么大？舍得干是肯定的，但修路、拉电线、建索道，光靠我们，那是八十公公挑担子——有心无力！这些年，政府部门的人往古路越跑越勤，"精准扶贫"一来，更是铁打的营盘流水的兵……

点亮古路村·杨涛／摄

像李其学这个年龄的村里人，念完初中的不多，小学也没利索读完的不少，如果你要对应语法去衡量他们的表达是不是规范、比喻是不是恰当，甚至从他们发朋友圈时写下的话里挑毛病，就有点钻牛角尖了。从村民的朋友圈里，看到诸如黄安洪的"好久没有出来了，出来透气透气（透透气）""这旁（傍）晚的云海真好看啊""这羊（样）的空气，云海，谁就（都）喜欢"，或者李其学的"有没有要去峨眉的有就给（跟）我一路""卖一个（牛）有（又）买了一个""在家千日好出们（门）一是（时）难""在西（这些）朋友才是真朋友"之类，我都是心领神会，一笑而过。李其学只念到小学五年级我是知道的，但他的一句"铁打的营盘流水的兵"还是在平缓的语境里险得过于陡峭。我把这句话重复了一遍，凭经验，我知道这个不怎么恰切的比方后面有故事跟着。

不出所料，李其学短暂停顿后说：县上——当然还有乡上和市上——来古路的干部都是流水的兵，"第一书记"就是铁打的营盘。

说这句话时，李其学话语舒徐，面色温煦，眼里发出的光轻柔宽厚……

2. 风生水起

1993年的事了。

4月里，二十八岁的罗开茂到永利乡政府报到，当了一名文书。永利是汉源县仅有的两个彝族乡之一，山高皇帝远，乡干部别的没有，学习时间大把。那时的"学习"，乡干部心照不宣，一是指照本宣科，或者把上级领导讲过的话二一添作五再讲几遍；二是大门不迈二门不出，约上三四个牌友，把个"大二"（当地一种长牌玩法）打得死去活来。罗开茂对两种"学习"都能理解，却又都提不起兴趣。他的兴趣是往村上跑。倒不是觉悟有多高，退伍转业前常年作训拉练，闲下来他的脚就痒痒。

开春后的一天，罗开茂一个人去了古路村，落脚在咕噜岩上申绍安家。主人端来一碗面条、半盆大米里掺了苞谷面的"面面饭"。面碗里清汤寡水，连颗油珠子都没有，连片白菜叶子都没有。再看"面面饭"，黄得刺眼。申绍安出门寻老婆娃娃，罗开茂以为他张罗酒菜去了，三下五除二吃完面条，干巴巴坐在那儿，眼巴巴等着。等到最后才知道，被他当了"开胃点心"的那碗面条，其实是这顿饭仅有的一道"硬菜"。万丈绝壁上的咕噜岩自此成了罗开茂眼中的西伯利亚，而他印象中的西伯利亚是一组闪着寒光的词组，例如闭塞，例如枯索，例如荒蛮，例如贫瘠……

当年的古路村没有一米公路，没有一间砖房，没有一盏电灯。最让人心凉的还是一部分人面对贫穷的心安理得。罗开茂在村里走访，丽日晴空下，劳作的人影难得一见，倒是在柴堆旁、草垛上，甚至羊屎成堆的院子里，没少见人铺一张羊皮——或者连草席都没铺上半张——四仰八叉晒太阳。这当中有一个，日上三竿时就躺在那里，日落西山仍躺在那里，仅有的变化是上午还满当当的一瓶白酒见了底。娃娃在身边饿得哇哇直哭，他也视而不见，罗开茂实在看不下去：看你油都晒出来了，将就着炒个菜吧！

那人翻个身子伸个懒腰：隔壁生娃娃，关你啥事？

出了名的"直肠子"罗开茂，硬生生把蹿到喉口的火苗压了下去：自己生下的娃娃，你不管哪个来管？

人家倒数落起他的不是来了：可别睁着眼睛说瞎话！娃娃不是我生的，是婆娘生的！

光是婆娘就生出来了？罗开茂忍不住顶他一句。

懒汉有懒汉的思维，酒鬼有酒鬼的逻辑：你见过羊公喂奶没？你若见过，就是我的错！

摇摇头，罗开茂放缓语气说：政府帮你们，你们还是要自强自立。

人家却比他还要理直气壮：你们不就送过几斤油吗？不够沾锅底！

不是还有一床被子吗？春节慰问贫困户，罗开茂亲手给他家送过一床棉被，没想到他忘性这么大，更没想到他会如此作答：要送多送两床嘛，那一床早换了酒吃，现在照样没盖的！

这句话一出口罗开茂就有些后悔，但话还是由着他的性子冒了出来：你这样稀里糊涂过日子，就算穷得衣裳裤儿没得穿，也是木匠戴枷——自作自受。

那人一句话呛得自认为从没在嘴上打过败仗的罗开茂无话可说：有钱是一天，没钱也是一天。我的日子如何过，与你屁相干！

这是罗开茂见过的最穷的人家了。面有菜色倒在其次，全家人没一床像样的被子倒在其次，真正的贫穷是思想上的寸草不生、精神上的冰天雪地，是内心荒凉、斗志全无，是把拄路的拐杖当了柴烧，是拿播种的小麦做了烧饼……

在古路，罗开茂几乎没见到有人种植蔬菜水果；同样在古路，罗开茂见过一棵百年树龄的花椒，申绍华一家六口齐上阵，整整一天也没把椒子摘完。花椒树可以春华秋实，其他物种为什么不能活得风生水起？

一线天上古路马坪莫朵花枝俏，蓑衣岭下竹坪杉树万家万木春。撰下这副对联，罗开茂就是想说，我才不信这邪。

还真是铁打的营盘流水的兵。没等想好横批，一纸调令把罗开茂调离永利。

春风迟早会吹到咕噜岩，罗开茂说完就走了。然后，他又回来了——在离开十又八载之后，以"第一书记"之名。

2015年，组织上照顾老同志，把年过半百的罗开茂从离城六十公里的河南乡政府调到县食品药品监督管理局。仅仅坐了三年办公室，罗开茂的脚板心又痒了。局里派驻古路的"第一书记"任期就要到了，罗开茂请缨接替。以为他在开玩笑，局领导调侃说：你若有书包要送，交给年轻人带上去得了。罗开茂幽默起来也是一本正经：要送的书包有点多，年轻人只怕"胎不梭"（方言，吃不消之意）。

还真不是杞人忧天。古路是省定贫困村，也是雅安市唯一不通公路的行政村。全村有建档立卡贫困户四十九户、一百七十九人，要在2018年年底前实现"村摘帽，户脱贫"目标，要啃的骨头有几大盆。年轻人牙口是好，但庖丁解牛，更多仰仗刀法纯熟。话虽这么说，局里五十来号人八成是青壮年，让眼看着就要退休的老同志冲到第一线，说出去也不好听呀！到最后，罗开茂一句话帮领导下了决心：我是猪八戒背媳妇儿——心甘情愿。花枝俏、万木春，我要亲眼看见蓝图变成实景。

其实，三年前罗开茂就已重返古路。他调到局里时正赶上充实帮扶工作组，考虑他在永利待过，轻车熟路，领导把他圈了进去。"三人小组"里，罗开茂是普通一兵，知道不能七爷子当家八爷子管事，除了跑腿，他只能敲敲边鼓。有劲没使出去，罗开茂比夹着个蛋没处下的老母鸡还着急。好在是要"换防"了，他想，喊破嗓子不如撸起袖子，不冲锋陷阵哪过得了打仗的瘾？要是再让我干看着，没准会憋出便秘！

终于当上书记了，还是"第一"！罗开茂心里美啊，2018年6月3日，上任第三天，他兴冲冲召集村民开会。

话还没开讲呢，一盆冷水当头泼下——五只鸡儿就让我们脱贫了？

说话的是三组的李国贤。因她右眼失明，罗开茂早对她格外留意，也因此知道她的老公庆绍强从小耳朵不好，两个儿子一个"倒插门"去了新津，一个打工回来后莫名精神恍惚，已经住了三年医院，住院前还把别人打得住进医院。为帮他们家脱贫，乡上村上给李国贤安排了公益性岗位。前任袁江涛工作做得不错，该关心的也关心了，李国贤何出此言，罗开茂难以理解。专门去了一趟，才发现这家人日子还真不是一般难过。医院里的儿子病得都不认人了，却没忘记抽烟。孙女原来在山下读书，每周来回一趟车费要三十多块，转学到寄宿制学校，就为省下这笔钱——儿子每周消灭一条烟，也是三十多块。顶梁柱刚倒屋就漏了，不光漏，地基下陷，拉出来七八厘米宽一道裂缝。

在乡政府帮助下，李国贤家重新盖起两间房，这是后来的事。眼下，她的问题，还有半院子的人，都在静静等着罗开茂。

光靠五只鸡儿当然脱不了贫，但是，如果你把它当作发面酵母呢？

这句话却捅了马蜂窝。人群里说啥的都有，其中一个说，村村都在养鸡，家家都在养猪，要是依葫芦画瓢能发财，你去换个画画的来！

换了别人，这一壶喝下来脸不走样变形才怪。罗开茂的量却比别人大得多：就因为我是画画的，组织上才把我派过来。

半天没明白过来他话里的意思，就有人拿话激他：画呢画呢？只怕你是弹花匠的女——会弹（谈）不会纺。

要的就是这个节奏。十八年前描绘的蓝图，顺水推舟地展示在村民们眼前。挨着画轴，罗开茂说：当年有人说我是异想天开，说古路连苞谷都长不了半尺长，果树咋安得下心！结果如何？这两年大家种的脆红李、枇杷、桃子不都开花了吗？脱贫致富必须敢想敢干，敢干的前提，是要敢想……

有人想都没想就把他的话从中间掐断：我们没读过几页书，麻烦罗书记说明白点，到底我们要实干，还是五只鸡儿要实干？

罗开茂从话里听出了得陇望蜀的意思。局里为每个贫困户提供五只鸡子、四百株花椒树苗，意在引导村民调整产业结构，别吊死在传统农业一棵树上。"古路游"渐成品牌，"农家乐"正在崛起，开展林下养殖，土鸡当成"野鸡"养，"野鸡"当作"飞鸡"卖，这是别地没有的"鸡"遇。广种花椒也是科学论证后的决策：一来汉源花椒是响当当的"贡椒"，是川菜之魂，二来花椒运输方便，三是申绍华家那棵花椒树有言在先：古路乃一代天"椒"洞天福地。至于鸡子与花椒树苗数量无多，既有财力单薄的原因，也有抛砖引玉的用意……

村民们不理解他，他理解村民们。一个人病得越久，越容易对生活失去信心。如果穷也是一种病，那么，村民的处境也就可以体会，他们的焦灼也就可以体谅。然而，对自我拯救的轻视与放弃，又绝对不能等闲视之——再高明的医生也需要病人配合，正如你不能指望一个人拄着拐杖行走，却不调动起自身的力量……

到了嘴边的话，罗开茂没说出来。做人不能野蛮，做农村工作尤其如此。毛主席说了："你对于某个问题没有调查，就停止你对于某个问题的发言权。这不太野蛮了吗？一点也不野蛮……"

那就从调查做起吧，从掌握底里开始吧。罗开茂把全村每家每户跑了个遍，贫困户的情况更是烂熟于心。这个过程中，他发现退耕还林、粮食直补、山林补助等国家补贴资金占了多数家庭收入的三分之二。村民造血能力不强，劳动力不足、技术缺失、底子单薄都是客观因素。就说搞旅游接待吧,土木结构的老房子在村里占了一多半,旧都不说,还窄,根本住不下几个人。大家也不是不想扩建,可受交通限制,古路建房成本之高,说出去都没人信。七七八八的原因像一张网困住了村民们的手脚,更束缚了他们的信心。这是罗开茂最大的忧虑——如果产业上不去,如果收入结构得不到优化,即使摘掉了"贫"的帽子,挺起"富"的脊梁,村民们骨子里仍钙质不足。精神缺钙是这一切的源头,如果把贫困看作一条长蛇,扶志就是捕蛇者需要瞄准的七寸。

放手一搏的村民也不是没有。黄安庆家和方正全家,那股子拼劲你不得不服。黄安庆患过小儿麻痹症,赶着骡马贩山货,一年就脱了贫。方正全家更厉害,2017年,他家从花椒树上摘下来三千多元,七十多桶蜜蜂又帮他从山野里采回来两万多块。方正全两个儿子利用农闲进藏打工,又挣回来不小一笔收入。罗开茂把这两家人的事讲给脱了贫和没脱贫的村民听,话里话外,意思再清楚不过:世上无难事,只要肯登攀。

罗开茂有故事,村民们有顾虑:你说古路适合栽花椒,为啥我家栽的要么不挂果,要么死得干焦焦?

实地查看后,罗开茂找到症结:树坑挖成"鸦雀口",树根伸展不开,如何挂得了果?死掉的树子就更冤枉了——是药三分毒,人都遭不住,可你们除草图轻松,净用百草枯!

又有人说到鸡儿。养鸡的确没啥成本,但要是害了鸡瘟,岂不是竹篮打水一场空?

总不能前怕狼后怕虎吧?罗开茂接着说:现今的科技一日千里,可以九天揽月,可以五洋捉鳖,不管鸡瘟狗瘟,多的是它们的克星!捎带着,他把"揽月捉鳖"也给他们做了科普——大家不就缺那么点精气神吗,这叫缺啥补啥。

看他们还有啥说的。

还真有!

——你也别尽拣好听的说，要是申绍兵家都能把日子过起来，我们就服、就信、就听你的！

　　罗开茂夸下海口：十天以内，我让申绍兵变个人给你们看。

　　不知道申绍兵是什么样的人，你就不能理解为什么要说罗开茂是夸了海口。

　　二十五年前的那个冬日还记得吗？一个醉醺醺的男人从早到晚四仰八叉晒太阳，娃娃饿得趴身边哇哇直哭也不管，罗开茂找他理论，他偏还说：隔壁生娃娃，关你啥事？

　　那个醉鬼就是申绍兵，就是村民眼中不可救药的人。

　　申绍兵的家是一座木结构瓦房，从外面看，除了周边环境脏乱差，和别家大同小异。门是大开着的，里面却是黑灯瞎火，罗开茂进去好一阵，才勉强适应了屋里光线。左边墙角，一个扇形的黑影从离地三尺处由上自下铺排下来，看得出是一堆洋芋。右边隔房门板不翼而飞，目光没遇到什么障碍就落在了里屋黑黢黢的板壁上。

　　6月的古路，阳光覆盖的区域以外，与山下季节有几个月温差。凉意是从罗开茂心底升起来的：难怪门大敞着，这屋里就没一样东西值得用锁来看守！

　　有人吗？要是有人早该出来了，他连喊两声，其实也就是给这座冷冷清清的房子打个招呼，同时让空荡荡的心里不那么空洞。没想到真还有人含含糊糊嚷了一句：天老爷，下点雨吧！

　　稳稳神，罗开茂硬着头皮走进里屋。过屋时有根线头碰在眉心，他顺手扯了一下，橘黄色的灯光便让人有了阳光普照的错觉。左侧板壁上绷着根铁丝，零乱地挂着衣物，一年四季毫无秩序地搭在上面；屋中间是个火塘，隔火塘放着张床，床上有个人四仰八叉，半截被子压在后背，另半截翻了个螺旋形的跟头横在右膝。

钻进鼻孔的气味告诉罗开茂这家伙喝高了,刚才说的不是酒话也是梦话。

罗开茂抓住他的膀子摇了摇,见没动静,又摇了摇。申绍兵揉揉眼,不情愿地从床上直起腰,一股酒气随身子升到半空。睡眼惺忪地瞅了罗开茂一眼,申绍兵没好气地嘟哝一句:我才在屋里睡了两天——还是三天——你闹啥子闹!

罗开茂一下来了火:哪是两天三天,你一觉睡了二三十年!天气这么好,别人都下地去了,你这架势,难道想睡发财?

申绍兵说的话,连带语气,同当年都毫无二致:睡发财不可能,但要想靠种地发财,除非太阳从西边出来。再说了,隔壁生娃娃,关你啥事?!

你看这个家,都成啥样子了!罗开茂边说边想,你要是我家里的弟兄,看我不揍你一顿!

申绍兵还是那样嘴硬:我一个光杆司令,啥家不家的?

你两个娃儿呢?顿了一下,罗开茂问。

他们的去向,罗开茂其实早摸了个门儿清——就连申绍兵老婆为何去世他也知道,就连申绍兵的两个儿子具体在哪儿打工他也知道。他还知道,有的脓包到了外用药解决不了的程度,必须把疮疤揭开,用一比八千的高锰酸钾溶液清洗,外搽百多邦软膏,再扑上消炎粉。

两个娃娃都在外面打工,一年难得回来一趟。大儿子耍了女朋友,就更懒得回来了。申绍兵说到这里,声音软软地垂了下去。

疮疤揭开,就该用高锰酸钾了。罗开茂不冷不热地问:活成了孤家寡人,有没有人同情你?

没有……又怎样?一人吃饱全家不饿,我这神仙日子,你想还想不来呢!申绍兵把"想不来"又重复了一次,也不知是为了让罗开茂相信,还是让自己相信。

罗开茂手一抖，百多邦、消炎粉一股脑儿撒了下去：你今年也才五十多点，本该再讨个老婆把日子过热和，可惜你天天喝大酒，哪个敢跟着你过？两个娃娃都不理你了又是为啥？还不因为老汉儿是个懒汉，家长是个熊样！

当所有扣着的烂牌被逐一翻开，再要做出尽在掌握的样子，就实在太为难自己了。申绍兵不再虚张声势，却来了个声东击西：你是啥人？你来干啥？

我是新来的第一书记罗开茂，我的任务是来帮着你们把日子过伸抖（方言，像样之意）。罗开茂也不藏着掖着。

申绍兵瞬间酒醒了大半，抓住罗开茂的手摇了又摇：我活了几十年还没见过一天好日子，以后享清福，靠实你了！

可以啊！罗开茂来了个脑筋急转弯：可惜共产党不帮懒人，要想政府帮你，你先得帮自己！

妥协与斗争从来就是孪生兄弟，向别人示软，你得和自己较量，有时还要拿出拼刺刀的勇气。也许是意识到向自己开刀也需要抓住战机，那天，申绍兵应下了罗开茂给他定下的"三大纪律"：一、保持房子和周边环境，以及个人卫生干净整洁；二、不喝大酒、不睡懒觉，每天按时下地劳动，按时回家做饭、吃饭；三、像个大人样儿，再不对两个儿子不理不睬、不冷不热。

为表公平，罗开茂向申绍兵作出三条许诺：一、帮他争取砂石、标砖修葺老屋，新修猪圈、厕所的建材一并争取解决；二、亲自打电话帮他动员两个儿子回家建房；三、只要上面有种植、养殖项目，优先向他倾斜。

没有用十天，也没有用八天，只到第三天，人们就看见申绍兵变了个样。房子内外连着整个人都干净清爽了，见了人也不再哭丧着个脸了，更让人匪夷所思的是，就连每天下地，他也比其他人抢先一步。罗开茂这边也是旗开得胜，他和村支书骆云莲从乡政府为申绍兵争取到一笔采购一吨水泥、五方沙子、五百匹砖的资金。

建材运过索道，得靠人背运回去。靠申绍兵一个人，房子修完罗开茂估计都退休了。罗开茂给申家两个儿子打电话。百姓爱幺儿，先打老二的。老二说他在工地上忙，走不开。罗开茂说工啥时候都可以打，房子这会儿不修，沙子就被雨水冲走了。老二说你以为打工跟泡网吧一样想上就上、想走就走啊？罗开茂正想说你又以为你老汉儿一个人在家容易，电话那头就只有"嘟嘟"声了。又给老大打电话。老大说女朋友怀上了，身边总得有人。罗开茂说你把眼光放长点——生小孩儿不能不结婚吧，不把房子修好，你结脑壳昏！老大说车到山前必有路，用不着你操这份儿心！

不得已，罗开茂找申绍兵的远亲近邻帮忙。家家都有一堆事，人家能帮的到底有限。没办法，罗开茂又回过头和申家两兄弟煲起电话粥。先是以亲情感化：你爸一口鼎锅都生锈了，十天半月没喝上一口热汤，乌鸦反哺羊跪乳，你们不能连动物都不如。而后又政策攻心：赡养老人是法定义务，政府都在帮着你爹买猪买羊，你们要是把他丢下不管，小心被拉入黑名单。一旦进了黑名单，以后出门打工，火车票都买不到。老大就说：我们家拢共只有一张床，我总不能带了女朋友回家，还和以前一样打地铺！老二说：求你发发慈悲，别让他养猪养羊，他懒成那样，牲畜到我家都跟着受罪。罗开茂向老大承诺床的事他帮着想办法，又把当爹的变化一五一十讲给老二听。他对兄弟俩最后说的话既柔和又有力道：你们嫌弃他，所以他才绝望。因为他绝望了，这个家才不像个家。

申家两个儿子一前一后回到古路，成了村里的头条新闻。"系列报道"由此开篇，好戏连台：申家缺了多年的隔板拿砖砌上了；申家老屋泥地上第一次打了混凝土；申家新修的厨房和厕所投入使用，同样新修的圈

夜访申绍兵（左）。中为作者，右为申绍华·申其才／摄

里关进了四头猪；申家地里种了花椒，种了重楼；申家大儿子春节前带回来的女朋友，4月里成了新娘子……

申绍兵快要锈穿的鼎锅，在沉默了无数个日子之后，发出了响亮而欢悦的"吱"的一声。

沉睡的春风总会苏醒。2018年12月18日，古路村顺利通过省上组织的脱贫验收。情不自禁，罗开茂将当年所撰对联在心里又念了一遍。

灵感就是这时候来的——添个"风生水起"的横批，该还不错？

3. 骆云莲的三板斧

认清自己是世界上最难的事，难过认清这个世界。可骆云莲还是想帮助村民们认清自己，尤其是那些从来不懂得反听内视的乡亲。能认多少认多少吧，就像从门缝里挤进黑屋子的光线，多比少好，有比没有好。一间屋子被黑暗湮没是可怕的事，虽然屋子本身并不觉得。

在此之前，她得先认清自己——所谓"认清"，未必就是结果，但至少得是一个过程。

骆云莲对映在镜子里的自己并不满意。她本来是有条件读完高中的，才到高二，一个媚眼从围墙外翻进来，她的心就不稳了，就莫名其妙被人给掳走了。定力不够，眼力也成问题，白白赔上了一段婚姻。压在肩上的重量，她也想过躲，想过闪，想过推脱卸载。想当初，父亲的担子交不出去，最后落到自己肩头，心里烦，她哭着把走过一段邪路的哥哥骂了不止一次——要不是你不学好，就凭你是条男子汉，就凭你脑壳转得比我快，被逼上梁山的都该是你而不是我！后来当了全国人大代表，骆云莲对自己的不满意不但没有减少，反倒更多。知识跟不上形势是一方面，性格急躁、缺乏耐心是一方面，把古路资源优势转化成发展优势的点子不多方法不灵又是一方面……

骆云莲不让思路顺着指认瑕玷的箭头走下去，她知道一个人在推倒自己之后要懂得扶起自己。从2010年当选村支书到现在，骆云莲也算是打过不少大仗硬仗了，最为旷日持久的莫过于脱贫攻坚这一役。战场上没有庆功酒，也不会有一个真正的战士会一边冲锋陷阵，一边在脑子里掂量功勋

村支书的工作,首当其冲的就是"做工作" ·杨涛/摄

章的分量。骆云莲是多喝了三两杯脑子也保持清醒的那种人,她知道自己不能高调,也没啥好高调的。她同时觉得不能在检视村民身上存在的问题时太过低调——帮他们认清自己,从而像修补墙洞那样完善自己,这是她的责任所在,也是古路发展的关键所在。

短视、懒、"等靠要",客观说,古路的"发病率"并不高,但若说低到可以忽略,那是假的。即使只是个别现象,骆云莲认为也需要正视并加以矫正。风起于青萍之末,一颗老鼠屎坏掉一锅汤,道理用不着多说。

短视可以理解,但理解不代表认同。世世代代,古路人只见过巴掌大一块天,虽说现在交通提速了、手机普及了,用QQ、微信视频聊天也成家常便饭了,大家的思维与时代却还差着好几个身位。最典型的数娃娃读书这档事。在山下,尤其城里,大人们不顾一切让娃娃在求学路上往前冲,读完初中读高中,中学念完念大学,大学还没毕业,考研读博又上了

第四章 撸起袖子打一架 | 253

议事日程。古路不少家长却眼巴巴盼着娃娃初中毕业——十四五岁，就算外出打工嫩了点，扛锄头下地也是有模有样了。你要给他说初中毕业得让娃娃接着读高中、考大学，涵养好点的会抿嘴一笑：祖坟里没埋弯弯木。有些人说出来的话可就不那么好听了：你说高中千般好、大学万般强，那你为啥当年放着好好的学不上，反倒来这儿给我说书？别人这样说她，骆云莲心里就生起了悔意。倒也不是后悔"管闲事"，当年没用心读书，没念成大学，让人家拿自己的棍子戳了自己眼睛，她追悔莫及。这反面教材不当已经当了，骆云莲索性自揭伤疤说：正因为当年不懂事，才不希望半途而废的悲剧在娃娃们身上重演。人家反过来安慰她：你高中没毕业，还不是照样成了人大代表？要是考了大学进了城，这"表"还不知会"戴"在谁的手上！比这还让人难堪的是有村民娃娃才上初三就三天两头请骆云莲提前帮忙找工作。骆云莲说知识改变命运，把书读好比啥都强。人家说你可以说办不到，也可以不帮这个忙，但不要给我们打官腔；你看人家谁谁，还有谁谁谁谁，一年四季在外打工，也没听说就把工钱算错。骆云莲说人无远虑必有近忧，文凭是进入社会头一道门票，以后智能机器人无所不能，要是不多读书多长点本事，就算打工，机器人也不给机会。后来，对于那些油盐不进还讲弯弯理的家长，骆云莲懒得多说，回应却更加有力——在她的撮合下，村里考上本科的常伟、申志燕，得到了国电大渡河公司每人每年四千元生活补贴。

治懒，骆云莲也有一套。"贫困户"开展"五改三建"，政府给每户九千三百元补助款。读过小学就算得出来，这钱只够买建材。材料不会走路，更不会精准找到自己的位置。早些时候，申绍兵懒，两个儿子不光继承了他的"衣钵"，而且青出于蓝胜于蓝。申家住房提升和改厨改厕最初并没有出现在乡政府表册上，他们不申报，骆云莲也没有勉强——她就想看看，这三爷子到底能懒到哪个程度。眼见船过三滩，申绍兵才慌了神，罗开茂的出现恰逢其时，等申绍兵忙不迭表过"力气又用不完，存起干啥"的态，他和骆云莲找到乡政府，为申家补了一张"船票"。围绕后续工作如何推进，骆云莲和罗开茂有了分歧。罗开茂主张拖拉机带拖斗——以干部引领、村邻扶助感化申家父子。骆云莲则认为沉疴当用猛药，申家父子必须站到最前面，政府的补助款才能跟进。两个人在这件事上较起了真，不管罗开茂怎么说，骆云莲都坚持不把钱款直接打到申家账上。为此，罗开茂和骆云莲有段时间关系处得很紧张，紧张到骆云莲从手机里能闻到火药味，罗开茂通过骆云莲的脸色能看到她对申家三爷子曾经是多么恨铁不成钢。关系缓和下来是在申家房子修好之后，看见申绍兵再不"等靠要"，他的两个儿子也像做了易容术，罗开茂火气散了，语气变了：都说偏方治怪病，申家三爷子的老病根，看来就服骆代表的药方子！

　　有些刺耳的词，骆云莲不愿意放到村民身上，都是呷哈后人，话说得硬了重了尖锐了，她怕先人不高兴。转念一想，懒也好，"等靠要"也好，先人不是这样，村里多数人不是这样，大家也都希望古路没人是这样。只是希望归希望，现实归现实，不种好现实的地希望也结不出果来，该说的她还得说。懒是一种病，"等靠要"也是一种病，两者互为病因，还常常交叉感染。是病就得治，下手还要快，还要稳准狠，就像那句谚语说的：修树趁早，教子趁小。小娃娃有毛病，家长不能不管。牛要耕，马要骑，孩子不教就调皮。作为村支书，她也算是一家之长。家长就该有家长的样子，睁只眼闭只眼，只能说不是亲生的。

　　一个人最大的后台，莫过善念与良心。有强大的善意撑腰，向"等靠要"思想宣战，骆云莲头抬得比谁都高。改造水冲式厕所，兰绍林报了名又想把自己名字擦掉，理由是两千块只够买砖买便槽。工钱呢？工钱也该进预算！兰绍林比别人少一只手，说这句话情有可原。但话传到耳朵里，骆云莲还是冒了火：亏他还是村民组长，组长都这觉悟，村民咋想！

　　骆云莲找到兰绍林：舅舅，我们大会小会发动，搞一场"厕所革命"。干革命哪有你这样的，旗子刚刚扯起，退堂鼓就擂得山响。

兰绍林目光起先有些躲闪,看到左边空空的袖子,眼里的不安就变成了沮丧:送佛送到西,帮忙帮到底,政府牛都舍得出,咋就舍不得多给根牛绳子?

换了别人,骆云莲想也不想就会狠批一通,想想他一只手撑起一个家也不容易,这才在喉咙处对即将脱口的话作了降调处理:不管啥时候,人首先还是要自力更生。就说修这厕所,享受的是自己而不是政府,凭啥搬砖砌墙抹灰的账都要统统记在政府头上?将心比心,如果见人光着个脚,好心好意递双鞋过去,他还昂着个头问你袜子呢,你又作何感想!这样的好事,别说是你,换了谁也不敢多做。

她的话句句打在七寸上,兰绍林心里那条左顾右盼的蛇也就动弹不得了。他对骆云莲说:起先也的确是鬼迷心窍了,我保证,以后再不这山望着那山高。

骆云莲脸上于是有一抹笑意荡开:依我看,还真要这山望着那山高,但那座山是不等不靠的山、奋发图强的山!

兰绍林脸上就不怎么挂得住了,脸上一挂不住,嘴上的话就多了起来:你说得对,脱贫攻坚,老百姓的思想先要转弯,与其伸长脖子看动静,倒不如快手快脚,有多大劲使多大劲……

也不知是听着照样不顺耳,还是这句话出门时就挂在了嘴边上,骆云莲打断了他的话:不要张口老百姓、闭口老百姓,老百姓有时候是有问题,但很多时候,问题出在干部身上!打个比方吧,"厕所革命"的政策我就没有给老百姓宣传清楚,我们都浑浑噩噩,老百姓又如何能明明白白?

…………

老百姓拿着半截子政策就跑的情况还真是有。五只鸡儿就让我们脱贫了?这句话,三组李国贤说过,五组庆绍强的老婆也说过。工作组组织脱贫验收,账一算完,听说自家已经达到脱贫标准,庆妻急得直挠头。这一挠，就感觉脑门上凉飕飕的，好像原来头上真有过一顶帽子，被工作组一句话风一样揭走了，心里边也跟着起了一阵凉风。工作队员给她做工作，话没出口，她的脾气先发作了：党中央叫你们来扶贫，你们只晓得糊弄人！总书记让你们钉钉子，你们一个劲钻空子！再好的经到了你们这里都要念歪，你们这些歪嘴和尚，我们基层不欢迎！

听到消息，还在县城开会的骆云莲哪里还坐得住。心急火燎来到庆家，还没进门，骆云莲的声音先跨过门槛：我先做个检讨，脱贫攻坚的政策，村上没宣传到位。

锅呢？庆绍强没好气地说，我看你也是个背锅匠！

骆云莲哭也不是笑也不是，但该说的话还是必须要说：都啥年代了，谁还敢睁着眼睛说瞎话？不是十拿九稳，工作组也不敢说你家脱了贫！

庆妻一听急性子又发作了：平时还觉得你骆代表说话办事公道正派，没想到你胳膊肘也是往外拐——不对，是往里边儿拐！

骆云莲正嫌自己脑子转得慢，分不清里是什么，外又是什么，庆妻打开天窗说了亮话——官官相卫，你和他们才是一家人！

骆云莲"扑哧"笑出了声：我一个村干部，要说是官，顶多也就是个羊倌。对了，我刚才在山坡上看见一群羊，他们说是你家的。当中有几只已经出怀了，照我看，要不了一个月就要下崽。

庆妻脸上就比刚才好看多了：就你眼尖。

这跟眼尖没关系，大腹便便，哪个都看得出来；脱贫算账也是这样，雪地里埋娃娃——藏不住。

明白过来她为何把话题扯到羊身上，庆妻脸上立马又变了天：上边要求真扶贫、扶真贫，他们一来就是诓诓哄哄。

咋诓的咋哄的，你倒说说。

今年我家核桃虽说收了八九百斤，但烂壳的占了一半，剩下那一半每斤只卖三四块，一共只卖了两千元。庆绍强平时种地，农闲打工，工地去了三个，两处没找到活干，全年只拿回来三千多。年初卖过两只羊子，这些全部加起来，纯收入也不到一万。我一家老老小小五个人，按照今年脱贫标准，至少还差一千多。总不能说，他们送的五只鸡儿能值一千多吧？

接过她的话，庆绍强抬高声调说：当然能值！鸡又下蛋，蛋又生鸡！

假装没听出话里的牢骚戏谑，骆云莲和颜悦色地说：照刚才所说，你家的确是达标了。

两口子异口同声：我就说嘛，一个鼻孔出气！

骆国莲单刀直入：你家两个娃娃读书，学费交了多少？不待作答，她接着又问：据我所知，老人家上半年住过几次院，花了多少钱？

贫困户住院零付费，义务教育阶段不交书学费，政府还给生活补贴——你是明知故问！庆妻答。

我还真是明知故问！骆云莲说，七七八八加起来，少说也是一两万吧！如果先把钱交到你们手上，再一笔一笔开支出去，这些钱是不是你们的？

庆绍强和老婆对视一眼，都默了声。骆云莲要说的话却还没完：实际上，脱贫算账，这些都刨在了边上。但粮食直补、退耕还林补贴和老人家的社保收入总该算进去吧？一古拢统（方言，全部之意）加起来，没一万也有八千。

听她这一说，庆绍强说了真心话：这样算，确实也达标了。我们怕的是"帽儿"一摘，医疗、教育的优惠政策就都没有了。生场大病，一夜回到解放前！

骆云莲说：脱贫验收后政策一刀两断，哪个给你说的？

没人说过，但是，肯定不会有以前好处多！庆绍强眼前，似乎有一只煮熟的鸭子越飞越远。

骆云莲说：你说的我也不敢说完全不对，不过这究竟是好事还是坏事，要看怎么理解。我打这么个比方吧——你说一个人是被人扶着走一段就自己能走好，还是离了别人搀扶就站不稳好？

还真把庆绍强给问住了。庆妻却说：到现在，我们也还没站稳脚跟啊！何况以后娃娃还要成家，还要牛娃娃……

庆妻话里的破绽，骆云莲逮个正着。也不急，也不躁，也不挖苦取笑，骆云莲说：国家搞精准扶贫，没说过包办终身。如果大家都伸长脖子等政策，如果家家户户老人要政府养，娃娃要政府盘（方言，抚养之意），地还要政府帮着种，政府就是一座金山，也会被掏成空心萝卜。锅里有碗里才有的道理哪个都懂，但是哪个又想过，没有人耕田种地、养猪喂牛，锅里的东西从哪儿来？碗里的东西又从哪儿来？

庆妻还是想不通：政府有印钞机嘛，机器一开，有的是钱！

这话连庆绍强都听不下去了：就是印钱也要有人造纸，何况光是有钱，没人搞生产，钱就只能买火铲（方言，什么也买不到之意）！

要说戴高帽，骆云莲也有一套：老表一看就通情达理。我给你们讲个不讲理的，真人真事：山底下有个村，村里有个好吃懒做的老光棍。扶贫工作队刚进村入户搞调查那会儿，问他有啥想法，猜他咋说？他说要是政府能帮我讨个媳妇儿，我准保干起活来浑身上下都有劲！

庆绍强两口子听得哈哈大笑，笑着笑着，对视一下，又都噤了声。他们都觉得骆云莲讲的笑话里好像有什么不对，又说不出那不对是在哪里。

是时候打个总结了，骆云莲说：常言说靠山山要倒，靠人人要跑；常言又说，树从根发，人从心发。说的都是同一个意思，只有自力更生才能发家致富，也只有自己奋斗得来的东西，拿在手上才能心安理得，吃在嘴里才有滋有味。

上面这通话，骆云莲不只给庆绍强两口子讲过。人穷志短，这个成语，她更喜欢让村里一些不时抬头看天，指望从天而降的馅饼如大雪纷飞的人倒过来看——人穷未必志短，志短必定人穷，不把这个关系梳理清楚，只怕穷根会越扎越深。讲这些时，骆云莲像是变了个人，平时有说有笑的她，也不和颜悦色了，也不轻言细语了，说到激动处，像演讲，像辩论，像吵架。

村民申绍全就领教过她的厉害。

第一书记罗开茂是出了名的犟驴，但是遇到申绍全，他也没了脾气。申绍全是毕摩。毕摩是彝人中的知识分子，是替人礼赞、祈祷、祭祀的祭师，是有头有脸的人物。罗开茂不敢惹申绍全，并不是因为这个。申绍全有个儿子，五岁时一场高烧，让他在后来的三十年里再没张嘴说话。申绍全人已老迈，儿子又这个情况，生活中难处的确不少。因为真心替他们难过，有那么一天，在局长面前总昂着个头的罗开茂被申绍全结结实实一顿挖苦，他也忍气吞声。申绍全倒觉得说挖苦还是轻的：县食药监局最先登记时，说要给每个贫困户解决五百株花椒苗，发下来却只有四百株，还有一百株哪儿去了？是进了你们的小金库，还是揣了哪个官老爷腰包？肉吃了总要剩骨头，可骨头呢？难不成骨头也被你们吞下去了？！

话传到耳朵里来，骆云莲沉不住气了：当初说给每个贫困户五百株花椒苗，县食药监局也是量体裁衣。钱是职工捐的，树苗是苗圃种的，树苗涨价，天要下雨娘要嫁人，人家也没办法。

申绍全的声音一下盖过了她的：君子一言，驷马难追，我们老百姓都晓得的理，未必他们不晓得？

骆云莲的话就说得有些重了：强扭的瓜不甜，这个道理你又晓不晓得？

申绍全不依不饶：无论如何，说过的话必须兑现，除非吐出来的口水他们能喝得回去！

骆云莲心里的火"呼"一下点着了眉毛：别说四百株苗子，哪怕就是一株，我们也要记情。人家好心好意帮我们，人情没领着，反倒讨一包气恼，这也太不公平了吧？！要是你巴心巴肝帮别人，别人好话没给一句，却是得寸进尺，把手伸得比竹竿长，你又作何感想？非要让人家把一百株苗子补齐，照我看，这是恩将仇报，这是拦路抢劫！

骆云莲把话说到这个份上，申绍全的态度才变得软和起来：罗开茂说苗子涨了价，我以为只是个借口。既然你都这么说，看来的确是这么回事。下来我给他认个错，少一百就少一百！好好经佑（方言，管护之意），成活率高一些，挂果率高一些，比啥都强！

第一板斧削砍思想顽疾，第二板斧提升产业短板。

靠山吃山的道理都懂，吃法却大有讲究。骆云莲刚刚接任村支书时，老爸就给她讲过，几百年的历史证明，要想把日子过好，走老路行不通。现在脚底下的路通了，思想上也要转得过弯——经佑土地，不卖力不行，光老实卖力也不行。父亲的话没有展开，却像摁下了电钮的传送装置，将古路一片片山、一台台地送到面前。山是那么雄伟，地是那么广阔，可是举目四望，古路的远山大地贫薄而又单调，除了苞谷、洋芋、荞子、大豆，只有垂垂老矣的一片核桃、几棵梨。一个没有想象力的人，灵魂泛起的是不可描述的苍白。土地也是有生命的——她要呼吸、吐纳，她要睡眠，也要苏醒。如何赋予土地想象，让她灵魂的底色变得温暖、变得绚烂，是时候好好思考了，是时候和她有一场沟通和对话了。

骆云莲发动大家种核桃，一方面因为核桃价格看来不错；二一个方面因为村里原来就有核桃，说明此路行得通；三一个方面，有了骡马道，运核桃下山方便多了；更重要的原因是古路地广人稀，而核桃树管理相对简单，这叫因地制宜。骆云莲暗自思忖，把这四条理由搬出来，只怕才讲到第三大家的热情就漫山遍野了。哪知从头讲到尾，再从尾讲到头，大家都无动于衷。到最后，许是为了让场面不至于太过尴尬，总算有人开了金口：一本二本，庄稼为本。种地每年都有收成，换成种核桃，三五年才见得到效益。此一时彼一时，要是外面引进的核桃不服这方水土，岂不是白白赔上树苗钱？

见光靠一张嘴说服不了大家，骆云莲决定手脚并用。2011年春，腰里揣着十多万现金，骆云莲到绵阳买回来一万多株核桃树苗。村里人打工的打工、外迁的外迁，一些地块好多年都没人挖过一锄了，杂草泄愤似的往上蹿，比人还高出一头。骆云莲想租上百来亩地大干一场，没人肯租给她。人家说：要种你尽管种就是，反正地空在那里也用不着给它饭吃。

骆云莲种下的树不仅活了，长得还好。转眼又是春天，她又一次动员村民们开"荒"种树。话说了一大堆，还是一棵树也没有说动。

第三年，村里一下发展了两千一百亩核桃树。这一年起，针对长期以来种植缺水、运输缺路、增收缺产业等问题，汉源县委、县政府陆续启动实施"三大会战"，全面补齐农民生产到销售过程中的基础性短板。按照"农民种、政府补、专家教"的思路，县财政每年设立农业产业发展基金五千万元，对发展特色产业的农户，按照不同品种每亩给予三百元至五百元的补贴。这根杠杆一开始作用并不明显，古路村是个例外。村民李国恩那句话说得在理：骆云莲自己租地买苗都要干，现在地也不要钱，树也不要钱，要是还稳起（方言，无动于衷之意），我只能说，那不是疯就是傻，要不就是脑子进了水，太阳晒不干。也有不疯不傻却仍是稳起的。为了确保树苗下地、成活，乡政府要求每亩地先交两百元押金，验收合格才予退还，这让一些村民望而却步。他们中有的嫌麻烦，嫌政府给钱不痛快，有的则因为手里紧张。为了让家家都栽上"摇钱树"，骆云莲找了书记找乡长：拿不出保证金的贫困户，由村"两委"出面担保可好？领导揶揄她：啥时开起"担保公司"了，我咋不知道？但见生米已经煮了半熟，书记最后马着个脸说：先斩后奏这招，以后再别用了！乘着"三大会战"的东风，此后两年，村里又发展了三百八十亩核桃、一千多亩花椒。

树种到地里只能叫绿化，只有把果实捧在手里才叫产业，深谙此理的骆云莲在果树管理上下足了功夫。刚种树那阵，她有事没事到邻村走动。"蹭课"，骆云莲是认真的，不管洋专家土专家，只要碰到懂行的，她都拿出打破砂锅纹（问）到底的劲头不耻下问。学回来的功夫，骆云莲不光在自家地里练手，还把后来也种了果树的村民找到一起切磋。说是切磋，实际上成了她的"一言堂"：修枝要舍得开"天窗"，让阳光"雨露均沾"；高枝换头，削接穗时刀要果断，手要沉稳，保证削面平整；除草别尽用百草枯，草枯了你高兴，树叶枯了你也要跟着哭……

产业的厦屋独木难支，农产品价格波动起伏也大，市场风险不能不防。如何广开财路，变一条腿走路为两条腿甚至几条腿走路，骆云莲白天想晚上想，睁着眼睛想，闭上眼睛还在想。古路村地处国家地质公园核心区，发展旅游底子够厚。对外宣传倒是占了先机，自从骡马道开通古路就没少在媒体抛头露面，骆云莲当选全国人大代表，古路村更是借船出海，名噪四方。进入自媒体时代，骆云莲成了"手机控"，差点害起颈椎病。那天见她盯着手机屏幕乐得合不拢嘴，我以为她买了股票，一连几个涨停板，她却说：前天一辆挖掘机从索道"滑"进村，我拍视频发了条抖音。才两天，阅读量已经七十万！

说到旅游，骆云莲也有笑不出来的时候。

两年前的一天晚上，已经11点了，还有人打进电话。听到手机响起，骆云莲皱了皱眉，哪路神仙，这么迟不睡觉？原来是个游客，有句话非说不可，转了四五个弯才找到她。感觉来者不善，骆云莲竖起耳朵，小心翼翼问对方有何贵干。本来是句讨好的话，人家却将她的话刷层颜料还回来：的确是有贵干——我们在你们村干（方言，吃的意思）了一顿贵饭！再不管管，古路有些人要拿棒棒抢人了！弄清事情原委不复杂，骆云莲心里的疙瘩却一整个晚上都没解开。打电话来的人语气激动骆云莲可以理解，若事情真是那样，话说得再重一点她也可以接受，她难以接受的是一些村民在利益面前方寸大乱。

电话里的人是怎么说的呢？当天，他和朋友一行七八个人慕名来到古路。进村已是饥肠辘辘，见有农户门口挂着"旅游接待"的牌子，他们迫不及待走了进去。说好了"一鸡三吃",他没忍住问:是不是土鸡哟?老板冲他笑笑:放心吧,我就够土了,比我还土!看着老板淳朴的笑容,他当时还觉得不好意思——这里一切都是原生态,自己这一问,太煞风景。哪知鸡肉端上来却不是想象中的味道——作为好吃嘴儿,他一尝就知道,无关手艺,这是食材问题。他最后一句话说得字字用力,以致骆云莲听起来像一排子弹打在耳膜——价格高点想得通,但以次充好、以假乱真,这不是敲棒棒(方言,敲竹杠之意),简直就是侮辱我们的智商!

游客反映村里有欺客宰客现象不是第一次了。农家乐价格像夏天的河水说涨就涨是宰客,所谓欺客,则是没开农家乐或者开着农家乐但生意清淡的村民想着法子讹人。有游客循规蹈矩游玩,却被人指摘伤了他的庄稼。有游客买了老南瓜下山,走出一里地被人拦住,说你这瓜是从我家地里头摘的,不赔钱不许走。骆云莲早就想刹刹这股歪风,只是一时间分身无术,没来得及动手。

这一次是忍无可忍了,从琐事中挣出身来,骆云莲去了头天晚上被投诉的农家。也不和主人打招呼,她径直冲进厨房,打开冰柜。看见冰柜里冻着三只鸡,她已心中有数。她问这是啥情况,人家还故作镇定:一切正常,平安无事!骆云莲瞪他一眼:口里边拉出牛肉来,你还说自己吃斋!土鸡是啥颜色,洋鸡是啥颜色,哄得了别人还骗得过我?主人家这才说了实话:前几天吆了骡子驮核桃下山,心想打空手回来划不着,顺道在镇上买了几只鸡。又是人无信不立,又是一口吃不出个胖子,又是不放长线钓不到大鱼,道理讲了一箩筐骆云莲才说:以次充好,以假乱真,典型是光屁股系围腰,顾前不顾后,快给人家认个错——打个电话也好。对方却把"人不为己天诛地灭""一个愿宰一个愿挨"之类的话说了一大堆,话是越说越难听,只差骂她狗拿耗子多管闲事了。也不管对方怎么看怎么想,骆云莲扔下一句话头也不回地走了——要是不给人赔礼道歉,一条路走到黑,我保证再没游客到你家来!

骆云莲不是说说而已。当天她就召集村组干部开会,动议在《古路村村规民约》里加上一条:但凡欺客宰客,一经查实,立即拉入黑名单。村规民约要村民签字认可,骆云莲专门召开户主会,提出在一线天树立"曝光台",公布举报电话,同时曝光"黑"客的店家和村民,让游客见了他家绕道走,上面来了惠农政策那些被曝光的人也先靠边稍息。多数村民举双手赞成,骆云莲心里十分欣慰,因为这说明大多数村民明是非、懂道理,说明古路乡愁还在,民风尚好。

这一招见效之快、效果之好连骆云莲都没想到。那个之前嘴比鸭子硬的经营户很快服了软,不光给举报他的游客打电话赔了不是,还当着骆云莲的面表态:冰柜里的洋鸡留着自家吃,下次——若是再有下次——你把我一家老小的名字通通写到"黑板"上去!没等骆云莲点名,说游客坏了庄稼、摘了南瓜的村民也坐不住了,一个电话检讨一个负荆请罪,说人怕出名猪怕壮,这次放我一马,保证再没下回。

俗话说听其言观其行,在古路村采访,不管亲眼所见还是亲耳所闻,不仅没人给村里食材挑刺,说他们"收费偏低"的反而大有人在。我曾同村民李国恩、黄安洪、申绍华探讨过这个问题。我说城里一桌饭少说也是四五百,你们这里腊肉、豆花、小菜敞开吃,每客只收三十元。消除城乡差异,是不是可以考虑从价格接轨做起?他们说城里的馆子要给房租要开工资要上税,我们这里一切都是自产自销,三十元也活得出来,薄利多销。我说饮料总不是地里种的吧?城里矿泉水卖两元,可乐三元,你们和城里差不多。这里可是景区,何况从山下运上来,把运费算进去总可以吧?他们的回答仍然大同小异:我们进货,一般是骡马下山时顺带捎回来,给村里人啥价给游客就啥价,来者是客,没必要分得太清。

村里人诚实友善,"曝光台"功不可没。实际上,这个不乏杀伤力的"黑"武器并没有矗立在一线天,它只在骆云莲嘴角露了个脸,在村规民约里亮了个相,就耸立在了村民们的心坎上。村里紧跟着组建了"天梯人家旅游合作社",为旅游业有序发展筑起又一道防线。组建合作社,用意在防守,更在进攻。防守只能固守城池,进攻才能拓土开疆,而古路旅游无论规模还是品质,都亟需一场风云变色的突击。

先说规模。到2015年,全村只有三户人从事旅游业,三天打鱼两天晒网还是常态。显然,这不过是山腰子上一片云,没成气候。

再说品质。村里房子大多老旧,说来这是优势——为求古意,有的景区景点、旅舍酒馆刻意都要"做旧"。问题在于,村中旧居空间狭小,并没有给民宿经营留下多少用武之地。就算房子稍宽些的,不管硬件软件,跟城里人的心理预期差着都不止一条街。不说高端、讲究的"贵客"了,就连习惯了"穷游"的背包客顶着一头蠓虫从茅房冲出来,也无不憋得脸红筋胀:哎哟喂!都这年头了,还是旱厕!

游客需求与接待条件之间的落差,也是古路村旅游资源与产业层次间的落差。看到症结的骆云莲组织村民代表去远远近近的新村、民宿参观,帮他们打开眼界,同时让别人的成功为他们的信心输血。对有意改造住房、增加接待能力的人家,村上出面协调信用社提供金融服务,并在建材采购、交通运输上提供一应方便。贫困户"五改三建",骆云莲每家每户都要走到,说的话有长有短,有一句却是"标配":要想搞接待,厕所必须水冲式。索道开通,骆云莲发动了更大规模的宣传攻势,鼓励家家盘活"自留地"、户户端上"旅游碗"。被她说得心热,村里有条件的人家上,没条件的创造条件也在上,到2019年,村里农家乐达到十余家。受实力限制也受观念束缚,古路到现在还没有一家高品质民宿,骆云莲想到了"头羊效应"。只要到外面开会办事,招引有实力的老板打造古路"宏村",她从来都不怕浪费口水⋯⋯

骆云莲的第三板斧,基础设施成了目标所向。

三板斧像是"三截棍",自成一体又环环相扣。扫清思想障碍是为了产业跟进，而产业的舰船驶向深水区，离不开基础设施组成的护航编队。

2015年年初，骆云莲通过县民宗局为古路村争取到三十万元"支援不发达地区资金"。这笔钱说起来不多，重要性却不可小觑。村里的人畜饮水问题早已得到硬碰硬的解决，前文已有交代。旧事重提，是因为当初条件有限，铺设的钢管直径仅二十毫米，而且管壁厚度就有八毫米。天长日久，水管内壁生锈，过水量就只剩下几毫米了。光村民和家畜，水还勉强够用，遇上节假日，游客来得一多，主人家节约用水，节约到脸都舍不得多洗一把。即使水管就从面前过，地里的核桃、花椒、苞谷、大豆、蔬菜也只能干瞪眼。主人顾不上它们，它们也没给主人好脸色看：再不给口水喝，我们就不活了！

项目以"一事一议"方式组织实施。水到渠成，游客再多也不必为水伤神，地里的果树和庄稼也不再齐声喊渴。

上天仅赐给大峡谷幽光一线，撒向古路人心间的阳光却既慷且慨。2019年6月，一场以塑造古路乡村旅游品牌形象为旨归的会战悄然打响。县建设局在骡马道入口处建设形象山门和游客接待中心，让深山古路有脸有面；县文旅公司负责打造火把广场和观景平台，让彝寨古路有血有肉；县旅游局则从设置路标路牌、打造文化墙等基础环节做起，挖掘呈现别具一格的民俗文化，让风情古路有盐有味。拆迁、征地、现场协调……每天忙得风车转，骆云莲乐在其中。更可乐的是，担任全国人大代表时的人脉资源派上用场，经她牵线，河南一家企业与县政府签订意向协议，斥资上亿元在古路建设玻璃滑道。项目一旦落地，大峡谷旅游业态将得到进一步丰富，古路的名头就更响了，游客就更多了，骆云莲说，只是想想，浑身就像是打了鸡血。

骆云莲脑子里很少有空下来的时候。有的想法冒出来，从一个芽头长成一棵树，枝枝杈杈的便不是她的身体所能容纳的，这时，这棵树就会被她移出大脑，由虚变成实，由一个人的"疯想"变成一个村的风景。古路高空索道就是这么来的——虽然她最初的想法是争取修建一条公路，但不得不说，她的想法是索道的支架，索道则是公路的替身。

斑鸠嘴到咕噜岩这段路修得并不顺利。牵扯到占地赔偿和施工组织，每天睁开眼就是一堆问题。尤其后来施工中砸了庄稼伤了牛马，工程被迫中断，一停半年。事情传到县委书记杨兴品耳朵里，他对乡党委书记侯洪兵下了死命令：三个月打不通毛路，你就搬到工地去住！压力从侯洪兵那里传导过来，骆云莲夜不能寐。好不容易工程才又重新启动，毛路刚到村委会，又有村民站出来阻工：不出钱，一米也别想往前走！

说话的是三组的人。路修往四组、五组，需要占到三组的地。占地赔钱，天经地义，被占了地的人都这么认为。

斑鸠嘴到咕噜岩，也就是从二组到三组这一段路，每亩地给了村民一万五千元的补偿。按照当时的政策，集体公益林补助款不能直接分发到户，二组、三组公益林补助款也算是好钢用在了刀刃上。公路修建一波三折，在向四组、五组开进前，政策的方向调了个头，变成公益林补助款必须分发到户。四组、五组公益林不多，钱又有着肯进不肯出的怪脾气，听说三组要收"买路钱"，他们不干了：你们以后就不到我们四组、五组来吗？如果要来，照样留下买路钱！

骆云莲给三组的人做工作：低头不见抬头见，伤了感情不值得。回过头，她找四组、五组村民开会：一本二本，庄稼为本，这话在座哪个没说过？没了土地，庄稼又在哪儿生根？所以别张口闭口说人家八辈子没见过钱，换作你们，地被白白占了，同样不会一声不吭。骆云莲口水都快说干了，起初互不相让的双方终于各自退了一步，说出的话却如出一辙：要看他们啥态度。最后，四组、五组同意各自"众筹"两万元"意思意思"，三组被占地的村民才勉强打了让手。

一口气还没出痛快，骆云莲的心又悬了起来。还是占地，还是为补偿款，还是公说公有理、婆说婆有理，还是针尖对麦芒。这一次是四组、五组间的争端。两个组有三十二户人，有地被占的约摸一半，问题就是他们先抛出来的：二组、三组被占的地都有说法，我们这里的也该有说法。另外一半表示不服：当时不是有公益林补助款吗？钱是国家出的，如果这次国家也愿意出，你们找国家去！

葫芦还没按下去，水下又冒出个瓢来：路从三组过，我们四组出了"买路钱"。比着壳壳画鸭蛋，路从四组过，五组也得拿话来说！不然我们这亏吃得就太大了——四公里多的路，三公里要从我们四组地里过！

占了地的和没占地的扯不清，五组和四组扯不清，已经够热闹了，从四组又冒出来一个声音：从左也是过，从右也是过，凭啥路偏偏要沿着我家地头过？！说话的是骆云强，图纸上，公路过境三组后要占的第一个地块就是他的，这块地像极了一条皮带，长度差不多一公里！他这一说，其他被占了地的村民也觉得事情明显不公平：是啊，不占东家也不占西家，为啥偏偏要占我家！

看到这里我想就连读者头也大了，骆云莲是如何焦头烂额，用不着我浪费文字。好在缠缠绕绕的一团乱麻最终还是被逐一破解。2019年6月3日，延宕半年之后，原来的古路村小、现在的村委会旁，推土机的轰鸣，打破了雨后清晨的宁静。

要是把事情处理经过拍成电影，上座率应该不低。既已行思至此，索性以书页为胶片，为大家回放"电影"里几个桥段——

7. 骆云强家　雨夜　内

骆云莲掏出一包烟，递一支给骆云强，自己点上一支：哥哥，占地的事，能不能打个让手？

骆云强只顾吸烟，亮起的烟头暗下去才说：道理我讲过很多次了，要是仅仅占个三分五分、一亩两亩，不说觉悟，光是看在你的面子上我也不会找话说。一占要占我十几亩地,那些地都是辛辛苦苦开出来的,我吃不起这个哑巴亏……

光顾着说话,烟熄掉了骆云强也浑然不觉。骆云莲拿火钳从火塘里夹起一块木炭重新给他点上:哥哥,你都说了,这些地多数不是承包地,而是自己新开出来的增种地。增种地现在不还没有确权吗,相当于超生的娃娃没上户口。你说占了可惜,我也觉得可惜。但让其他人赔钱,这事估计行不通——不是你的要求不合理,而是大家拿不出这个钱来。

骆云强吐出一个烟圈,烟圈从圆形变成椭圆,再弥散成一团雾气,他紧锁的眉头却一直保持着最初的造型:就是要占也不能光占我的吧?就是买彩票,我手气也不可能这么好!

骆云莲没忍住笑了:路线是专家定的,专家和你一无冤二无仇,犯不着同你过不去。实在要说过不去,那也是路从别的地方过不去。话说回来,专家的设计未必十全十美,下来我找他们商量,看方案还能不能有所调整。

15. 村委会　上午　内

阳光从窗户照进来,一屋子人的脸上却是阴天。骆云莲的心情,从声音里听得出来:项目没来时,大家天天盼修路,项目来了却被拒之门外,关门上锁的还是我们自己!

有人回她一句:没人说过不修路,但桥归桥路归路,补偿的事情不说伸展,任随如何说,我们都不得松口!

骆云莲说:你们不松口,路就没法往前走。工程已经停了一年多,要是就这样拖黄了,后悔的还不是我们自己?

有人显见是激动了:骆代表,你搞醒豁(方言,清楚、明白

公路修进古路村·杨信／摄

之意），是没占地的不出钱，这锅我们背不起！

是啊，背不起。这锅我们背不起！

骆云莲实在是坐不住了，她打直了方才倚在椅背上的腰身：为啥今天专门请你们这些占了地的来开会？有层窗户纸我一直没戳破——占地不是吃了大亏，而是捡了大便宜！为啥这么说？古路的地形大家心里有数，庄稼成熟，核桃也好，苞谷也好，洋芋也好，人背马驮，累得猴子推妖磨。要是一不小心摔一筋斗——就像前几天，马鞍山的庆燕平被送进县医院——那才真的是遭得惨。路从地头过，三轮车油门一轰，哪还用得着心焦地里的东西运不回去？说句老实话，因为地势高，路不从我家地头过，下一步我修机耕道，还得自己花钱请推土机！所以说，大家不要光算小账不算大账。那句话咋说的？舍不得孩子套不住狼！

听她这么说，方才叽叽喳喳的现场，有了一小段安静的时间。骆云莲端杯子喝水，水波在杯子里晃动，屋里的人差不多都能听个分明。

就像是空旷的操场上突然掉下来一只皮球，有人冷不丁冒了一句：骆云强咋没来？他是"大地主"，要是他都没意见，我也没意见！

骆云莲等的就是这句话：正因为想通了，骆云强今天才没来！

22. 施工工地　午　外

挖掘机进场，引得三四十个村民前来围观。他们有的来自三组，更多的来自四组、五组。

挖掘机将前方土石一口吞掉，吐到路边。抓斗低头喘气的当口，起先被引擎轰鸣覆盖的人声，像洪水过后的石头般露了出来。

一个声音冲骆云强而去：你是真的想通了？

骆云强说：我想不通，路也通不了呀！

这条路占了你三分之一的地，真不心疼？

当然心疼！只不过，长痛不如短痛！骆代表都说了嘛，眼光要放长远点。路一通，地头的东西收回去容易，游客带走也方便，何况还给五组做了顺水人情。

挖掘机又一次发起冲锋，工地上的龙门阵，重新沉潜到声音的底部。

4. 群起而攻之

这个题目挺吓人的。如果贫穷、困顿、悲苦不那么麻木，眼见犯了众怒，成了众矢之的，一定会吓得瑟瑟发抖。

本意如此，本该如此。恶人当道已非一朝一夕，如果不破釜沉舟、勠力一搏，如果没有一股子直捣黄龙、前赴后继的狠劲拼劲，这场先声夺人的战役，注定会高开低走，功亏一篑。

值得欣慰的是，古路这一役，不是一个人的战场、不是一个人的战斗，你能看到一马当先的左冲右突，也能看到同仇敌忾的争先恐后……

李其学的"第二春"

一头猪、一条狗、两间土屋，分家后除了这些，要说村民李其学在这个世界上还能掌控什么，大约也就是自己了——看似属从自己，其实连自己也依附于他的命运之外。

反正一人吃饱全家不饿，一开始李其学也没觉得老天和他有什么深仇大恨。后来结了婚，生了三个娃，不一样了，每天天一亮就有几双手在眼前晃动，要账似的。房子也住不下了，四面漏风，说不准哪天就散了架。

李其学这时候才明白家是怎么回事，男人是怎样一个角色了。一千五百元买下吴向全家一栋老屋，李其学到甘洛一个矿洞里当背运工。欠下的房款，他得用双肩偿还。

村里人普遍吃得苦，拿李其学老爸李国恩的话说，住在我们这个地方，不吃苦就活不下去。若要搞个全村"吃得苦大奖赛"，李其学若是进不了前三，那一定是评委出了问题。话虽是李国恩说的，但没人觉得这里边有什么毛病可挑。十五岁时李其学就跟着申其亮去长河坝背河沙，一天挣七块钱，空手出门的他回家时手里攥着三百多块。同是当"背二哥"，这回却更苦更累。从暗无天日的矿洞深处往上爬，沉甸甸的矿石像一座山压在身上。天热，活又重，人在矿洞里，最多穿个"火炮儿"（方言，内裤之意）。当地人口中的"火炮儿"也叫"腰裤"。出了矿洞，卸下背篼，人像刚从河里爬上来，汗水将地面滴滴答答打湿一片。我在想象里陪李其学爬了一趟矿洞就已胸闷气紧，但是李其学说他一天要在矿洞里打一二十个来回——"要不然，咋可能一个半月挣回一座房子！"

光会使蛮力，李其学家的日子也过不到如今的光景。骡马道开通后，村里有了游客，捕捉到其中的商机，李其学在桐子林第一个开起客栈。客栈当初名不副实，要啥没啥，留不住客人。但人走累了会饿，饿了要吃东西，卖点炸洋芋，炒个老腊肉，客人倒也喜欢。芦山地震后，李其学决定将原来靠岩腔搭建的棚屋推倒重建，让"客栈"更像客栈的样。万丈高楼平地起，李其学建新家的砖从哪里来，大家都睁大了眼睛。办法他早想好了，从山下买来水泥，又搬回来一个打砖机，电闸一合，机砖变戏法般一垛垛码了起来。兰绍林当年也是自己打砖，却是全人工操作，如今鸟枪换炮，效率自然不可同日而语。李其学正得意呢，村民们三三两两跑过来把他包围了：线子里就过来那么点电，砖机一响，电被水一样截干了，我们的日子还过不过？李其学只有干"黑活"了——为了不影响村民做饭、照亮、看电视，他只有晚上十二点开机制砖，第二天早上五六点鸣锣罢鼓。

不光自己家，后来桐子林七栋新修的砖房，每一匹砖都是李其学和他请的三个工人熬夜打制的。这些砖用掉九十多吨水泥，全是从一线天下驮回来的，赶骡子的那个人还是李其学。骡子一天往返一线天和桐子林一二十趟，李其学就要跟着走上一二十趟。不光走，一匹骡子每次驮两袋水泥，每袋水泥一百斤，上上下下，仍然是他。有时往骡背放水泥，或者跟在骡子身后往山上走，他会在心里对这些伙伴生起歉意——住进房子的是人，受累的却是它们。更多时候他觉得人应该像骡子学习，面对苦难，与其抱怨，与其退缩，倒不如脚踏实地往前走。再远的路，走一步就少了一步，走着走着，说不定就有人心疼你了呢——就像他心疼这些骡子。

房子修好后，客栈生意果然比原来好了不少。平时倒也不觉得，游客有一拨没一拨的，甚至一连两天不见个人来。周末大不一样，尤其逢年过节，客人一来，拦都拦不住。2018年正月初一，到了下午5点，李其学真是希望今天千万不要再有人来了——这天他家接待了五六百人，光鸡就杀了十多只、炸洋芋就卖出去一百多斤，一家人忙到天黑还没吃上午饭。活得如此辛劳，李其学一定没少抱怨：太难了！我正心里这么嘀咕，却听只念过五册书的李其学来了这么一句：我的"第二春"才刚刚开始呢！一年没几个火烧天，不趁热打铁干几票，以后老了，吹牛都没资本。这句话听着耳熟，却原来是柳青《创业史》里的一句：人生的道路是漫长的，但紧要处往往只有几步，特别是当人年轻的时候。

反正不会天天放假更不会天天过节，决心让"第二春"生机勃发的李其学将农家乐交给老婆和儿媳打理，自己张罗起一支骡马队，为癞子坪、咕噜岩、马鞍山有需要的村民驮运生产资料、生活物资。骡马走他也走，骡马歇着了他还闲不下来——骡子大张着嘴等他送饭呢。除了五匹骡子，李其学还喂了十头牛。骡子是典型的吃货，又不讲究保持身材，白天胡吃海喝，晚上还管不住嘴，非要加餐。这可苦了李其学，每晚上得起来伺候它们两次。没睡好一会儿闹钟又响了，6点过出工，他得提前鞍前马后地给骡队友搞好服务。李国恩有时心疼儿子，说骡子就够累了，我的儿比骡子还累。李其学安慰老爸，人累是有想头，要是没想头，活着就没意思了。

李其学想的其实也不多——别让人看不起就是。我问他这句话怎么讲。他说我们这地方原来几百年过的都是同一种日子，这些年政府花了大价钱，又修路又通电又拉水管还扶持产业，如果都这样了还不能趁机打个翻身仗，别人看不起，自己脸上也无光。但打仗你得实打实地来，不能光打嘴仗。

李其学有儿女三个。大儿子李建二十五岁，自从初中毕业，大多数时间都跟在李其学身后。李其学打砖他打砖，李其学吆骡子他也跟着吆骡子。教不了多的，教他吃苦总可以吧！李其学说人学好比什么都重要，不学会吃苦也就说不上学好。不过，去年李其学把李建赶了出去。娃娃书读得少，当爹的遗憾也自责，有意给他补上一课，课堂是大山以外、江湖人间。李建去年在江苏打了七个多月工，回来给老爸说要不我们再一起出去闯荡几年。李其学说：我出去只怕是山猪儿吃不来细米糠。娃笑他人没老，冲劲的牙齿却先掉了。李其学于是又说：我是组长嘛，走了不合适。李建的笑就变成了皮：一个组长还让你过上官瘾了？！你倒说说这组长都有啥当头？对了，去年上边发电动喷雾器和修枝剪，家家户户有，唯独我家无——这套家什，价值几大百呢！李其学先应了句不是刚好差一套吗，又说让你娃出去见世面，结果回来还是这格局。那句话说得真是不错——吆到北京去了回来，一头猪还是一头猪。

远的地方去不了，就往不远不近的地方去。交通不便的地方不多了，但蛰伏在横断山脉褶皱里，至今不通公路的村庄还有一些。一个星期前，李其学和骡队刚刚被汽车从峨眉拉回来，此前　月，他和它们一直在甘洛县为一个高山饮水工程项目运送砂石水泥。被我堵在门口采访的2019年5月12日，他约好了去峨边商谈一个堰渠施工项目。谈判进展顺利，人和骡马又一次披挂出征，我都是此后从他的微信朋友圈看到的。我同时看到的还有炎炎夏日下的迢迢山路，还有"嗒嗒"蹄声和粗重喘息相伴的颠簸步履，还有李其学写在屏幕上的生活滋味：

"有（又）开干了！"

"好累好累啊！"

"今天就向这六七吨奋斗奋斗。"

"这就是人和骡子共同的辛苦费！"（视频画面：七沓厚厚的百元钞票）

....

脱掉又穿上的铠甲

三十年河东，四十年河西。村民苟德强把这句话当口头禅，前后有三四十年。可是如今他不用嘴说了，而是改用双脚——或者说，他是改用双脚走出的轨迹——表白人生。

对着老婆郭子娥，苟德强曾说过这么句话：从今往后，这个鬼地方，就是八抬大轿也别想把我抬回来。郭子娥说你小点声，别人听见，会说你本事没有口气大。苟德强说人都是逼出来的，话也一样。换成别人，说不定说得比我还直接。

1993年9月，从那个叫白杨树的地方举家迁离古路村，跨过门槛的一刻，苟德强有一种卸下铠甲的轻松。他在这地方生活了差不多三十年，年龄同他难分伯仲的一棵核桃树都已现出了老迈之态，他对于未来的希望还一点没有发芽的迹象。所以三年前他带着老婆孩子去县城附近的富泉乡租了房子，一边打工赚钱，一边陪娃读书。钱虽挣得不多，但人勤快，日子也没有太过为难他们。生活上了轨道，苟德强就想起了留守家中的老爹老妈。让上了年纪的爹妈留守家中无依无靠，他不放心。接他们下山，两个老人却舍不得。老家四间瓦房花九牛二虎之力才盖起来，人一走，房子慢慢就塌了，房子塌了，那一段岁月也就没有住处了。老人割舍不下的还有六亩承包地和七十多亩林地。同土地打了几十年交道，彼此已成了朋友，地荒了心疼，感情荒了也心疼。苟德强的电话催得紧，老人讲了实话。苟德强说把房子卖了吧，地也卖了吧，这样房子不会塌，地也不会荒。

苟德强家要卖房卖地的风声在村子里飘荡许久后，苟德强的亲弟弟苟德军捉笔写下一纸协议。另一个在协议上签字的是五组的庆树强，双方约定，庆树强以两千六百元现金买下苟家四间房、七十六亩地。读者看到这里或许会觉得庆树强是牵了一只羊换了一头牛——两千六百元，半部苹果手机都买不到、小县城里一个平方的商品房都买不到，却"收割"了庆家一栋房子和那么多地，太夸张了吧？可是请别忘了，那时候的万元户，身价并不比今天的"百万富翁"低到哪里去。所以，在写有"任何情况下不得反悔，否则赔对方违约金一万元"的协议上签完字，庆树强看到，苟家兄弟俩脸上浮漾着窃喜之色。

庆树强之所以出手，是因为看上了苟家是单列户，放养的牛羊不会侵略别人领地，不会引起纠纷。房子也有用处，他拆了其中两间，将木料和瓦用到自家老屋，剩下两间作为照看牛羊时的落脚之地。地看起来宽，多数是山林，可供耕种的不多部分他种了苞谷。收成却不好，一年比一年不好——天不下雨，苞谷苗子干得起了卷、冒了烟。庆树强怎能不后悔，两千六百元哪！可是他哪后悔得起，白纸黑字写得清楚，红红的拇指印也说得明白：后悔可以，一万一次！

山不转水转。2009年8月，第二轮林权改革启动，苟德强找到庆树强说：土地是国家的土地，私下里买卖不合法，还是物归原主吧。庆树强当然不答应：你卖的时候莫非地就不是国家的？苟德强说：那时不是不懂法吗？现在懂了，懂法就要守法。庆树强也是直来直去：你看上的不是地，是国家的退耕还林补助。既然话挑开了，苟德强也不讳言：那一点钱，那么多地，外加一栋房子，你就不觉得不公平？庆树强很是冒火：你咋不说当时的钱多值钱？卖房卖地是你的意思，合同是你写的，协议是你签的，几十岁的人了，难道跟三岁娃娃一样说翻脸就翻脸！

四年过去了，地还是没能要得回来，苟德强越来越感到力不从心。如今力气不好换钱，还不是随时都拿得出来。没有稳定的收入，小儿子迟迟找不到对象，二十好几还是光棍一条。这些都让苟德强分心。注意力无法集中，旷日持久的拔河现出了颓势。越是处在下风，他越是后悔——当初背井离乡，那是鼠目寸光，是背着娃娃找娃娃，是丢了金饭碗去要饭！越后悔他越着急：自己需要一座靠山，儿子也需要一个码头，否则下半生就失去了依托，儿子的终身大事也无从靠岸。

"三大会战"打响，苟德强感到浑身血液都在往脑门处集中。他知道一个人改变命运的机会不多，能不能抓住机会，这是最后的时刻！

刚刚包产到户那阵，苟德强就种过花椒，树子种到地里的第四年，三百棵花椒树上收了九百多斤鲜椒。按眼下价格，三百棵树就是三万多块，真要如此，种到地里的就不是花椒是钞票！就是看在钱的分上他也要拼上一把，何况他争的不仅仅是钱！

这一次苟德强没有正面强攻，他找到骆云莲，请组织出面给庆树强做工作。他上门时，骆云莲一脸疲惫，吐出的烟雾淹没了半间屋。像苟德强这样"户在人不在"的村民，她最近接待了二十多个。苟德强进屋前，陷在沙发里电话协调，她已经三个小时没挪过身子。累是必然的了，在心里，骆云莲却觉得再累也值。猫不吃狗不闻的那是光骨头，有人争地说明地有价值，飘在外面的村民回流，说明农村振兴有望。家里人丁兴人气旺，谁个不想？

即使骆云莲亲自出马，庆树强一开始还是一点都不松口。这也可以理解，骆云莲对苟德强说：每亩经果林每年补贴三百元到五百元，政策那么晃眼，眼神再差的人都看得到。回过身她又对庆树强说：说起来你们也不是外人，都说叶落归根，看他东飘西荡你又于心何忍。庆树强说：我家日子也不好过，好容易有个火烧天，抢地盘的却钻出来了，世上哪来的这本书卖！苟德强就宣讲起了政策：这次林改的原则，第一条就是尊重历史。

庆树强政策水平也不低：别拿着半截就跑——尊重群众意愿，有纠纷的不改，这一条咋就不说了呢？骆云莲在旁边听得笑了：你们两个都会搬政策，可惜搬得都漏汤滴水。既然政策上打个平手，我倒是有个主意——当初你们不是有协议吗，按协议办不就对了！

当初在苟家眼里重如泰山的一万元违约金，庆树强拿在手里却轻如鸿毛——重新确权后，苟家享受的政策补贴两年就能超过这个重量，这亏吃得也太大了。但庆树强心里也宽敞，和我聊天时他说：我自己家有地，也有补贴。你好我好大家好未必好，你有我有大家有才是真的有！

苟德强的花椒苗是2018年9月下的地。树苗紧张，第一批只买回六百多株。反正地宽，他又种了二十多亩核桃。计划中还有一两千株花椒要移栽，苗子是苟德强亲手所育。核桃地套种花椒，不光延展土地利用空间，

苟德强说：土地是自己的根，回来也好，把根留住·陈果／摄

还给核桃树请了不发工资的保镖——核桃挂果不久就有猴子搞破坏，尝一口发现涩口扔掉又摘下一个，花椒有刺，谅它们不敢再来撒野。实生苗已两寸长，9月起就可以陆陆续续移栽。他已打定主意，从现在起不出去打工了，金窝银窝不如自己的狗窝，何况狗窝也可能就是金窝银窝。大儿子的地紧挨着他的，现阶段他和老伴可以一并料理，等花椒挂果，儿子最好也别出去打工了，自己的稀饭吹冷要紧。苟德强相信到时候小儿子也会回来，他曾给小儿子讲过：你认的大字还没人家认的人多，城市里装不下那么多人，早晚把你挤回来。

苟德强说：自己其实也是被挤回来的。土地是自己的根，回来也好，把根留住。

以前嫌它笨重，如今靠它护身。重新披挂起亲手脱掉的铠甲，苟德强一度漂泊动荡的内心变得笃定沉稳。所有失而复得的美好都值得加倍呵护，把他养大、还将陪他一起老去的这座山这片地这间老屋，也因此成了他眼中最可亲近的了。

"奋斗"的两种写法

往外走是一种选择，向内求也是一种选择。你能说谁对谁错呢？不是所有事情都能分出对错。但是明明可以努力你却没有那样去做，那就错了，肯定错了。

兰绍林经常给常林讲这个观点，给他说既然出去了就不要回来，并为此全力以赴。常林是他的儿子，因为三代返祖，姓了常。兰绍林、申其香两口子一共生了四个娃，前三个都是女儿。当年农村，要说没一点重男轻女思想那是假的，再有句老祖宗传下来的"百姓爱幺儿"作掩护，兰绍林对老幺的偏心也就没了挂碍。三个姐姐都只念过小学，老大带老二、老二带老三，一个个都进城打工去了，直到成家。本意里兰绍林想让老三念完初中，可她十二岁才进学校，小学毕业时，坐着比其他同学站着还高，自己难为情，说啥这书她也不再去读。兰绍林没有太过勉强，这和常林读完初中就不想再往下读不同。儿子怕加重家里负担，也怕考不上大学，那些钱花得冤枉。兰绍林就骂他没出息——没有一步路是白走的，还没走到尽头，你咋知道是不是连着另一条路？

大道理没人愿听，这个道理兰绍林也明白。他不明白的是如此浅显的道理一些戴着眼镜的人偏看不明白，或者假装看不明白。他给儿子讲道理的方式是把自己的来路指给儿子看。他希望儿子能顺着自己的路走下去，不要和自己那一条交叉，更不要重叠。

每天下午2点癞子坪都要起风，最迟不超过3点。风像怨妇，絮叨起来没完没了，从农历九月一直刮到次年三月。不光刮得久，风力还大，大到有时平房屋顶会被直接掀开。兰绍林当年一分钱没有就敢修建砖房，也是想给风一点颜色看：不要以为你能掌控一切，不要以为所有人都习惯逆来顺受。

兰绍林起先只借钱买了一吨水泥。砖要一块块打，一只手和砖匣子博弈，难度比常人大上两倍。兰绍林准备用七年时间消化掉七吨水泥，然后再花上一年砌砖、现浇屋顶。虽说是耗时长，听起倒也光荣：一个人的八年抗战。哪知第三年"战争"就提前结束了——县扶贫办主任乔明全、乡长邱林富被他的干劲打动，决定帮他一把……兰绍林给常林讲这段往事，是为讲下面的话作铺垫：只要你肯奋斗，老天爷也不会袖手旁观。

他的话常林信了也应验了，2017年高考发榜，他如愿被四川理工大学录取。

虽说少了一只手，兰绍林下地干活仍是一把好手。他种的二十多亩核桃都长着嘴呢：修枝，打药，锄草，上肥，一般人没他上心，也没他精细。儿子念大学，学费加上生活费，每年要花四万。核桃刚刚挂果，远水解不了近渴，儿子又一次想到弃读。兰绍林的话斩钉截铁：老子就是把裤腰带卖了，你这个书也非读不可！为说服儿子，兰绍林亮了家底：我当村民组长，每年有五千六百元补贴，国家退耕还林、粮食直补的"福利"每年有万把块，再喂几头猪、几头牛，每年卖上一两万块不成问题。何况说，国电公司每年还要赞助四千元学费，信用社那里，每年还可以提供八千元助学贷款……

兰绍林的奋斗精神又一次得到意料之外的收获：村上为他争取到清扫一线天到癞子坪骡马道的公益性岗位，每月工资一千六百五十元。

这个书为啥非读不可？隔着好几里地，黄安洪的说法几乎就是兰绍林话的回音：一个人活着就要奋斗。我们这一代人的奋斗是修地球，时代不同了，下一代的奋斗必须换个写法——现如今，就是种地，施在地里的化肥，也该是"文化"的"化"。

从2018年起，黄安洪打算不出去打工了。黄川正读初三，参与儿子的成长，他看得比啥都重要。与此同时，他要亲身参与古路史无前例的变革。"史无前例""变革"，这两个词是在外面打工时听来的，黄安洪没想到竟然也能用在古路，而且就像自家的马鞍和马贴合在一起，自然又亲切。

今天的古路不同以往，路最有代表性；水也是，人吃畜饮不愁，浇树灌地不愁；电也可以敞开用，喂猪多的人家，切猪草都是电动。这些都还只是变化，不是变革。变革是前瞻性的、颠覆性的、自内而外的、里应外合的，是从精神到物质、从灵魂到肉身的。比如改造厨房、硬化院坝、修建淋浴室；比如栽核桃、种花椒、开办农家乐；比如精准扶贫像一场春雨骤然而至，干部、资金、项目纷至沓来，"第一书记"住进村里，逼着懒人变勤，扶着瘸子上路……所有这些，都是古路历史上从来没有过的。

没有火车能把遗留站台的人带向远方。黄安洪知道，人的一生里可能会无数次犯错，有些错误犯了还可以改，但致命的错误得尽力避免，因为悔改也需要机会,机会不是说有就有。脱贫攻坚这趟列车就不能错过,错过会成了过错——不容悔过的过错。

黄安洪喜欢享受。他说,前人艰苦的生活,我们不能重复。我要享受,但我要的是长久的享受。我们不能把上面给的项目资金拿来买米买肉、抽烟喝酒。

黄安洪也懂得知足。灾后重建,他家花掉十多万,政府给的重建补贴占了不到五分之一。修建浴室、硬化院坝,九千三百元补助,也不到实际支出的一半。有人抱怨"亏大了",黄安洪说:哪怕只是千儿八百,也该百倍珍惜——别人为啥不给你,你也不给别人?知足吧!

黄安洪还会"吃醋"。和别人"吃醋"光"泛酸"不同,他"吃醋"的目的是学习别人的"制醋"工艺。申大哥接待站的成功给了他动力:别人可以,我为啥不可以?黄安洪试着辟了两间屋,断断续续、零零星星,还真是有远方的朋友来了又带朋友来。

小树苗终归会长大。马鞍山旅游产业一时没成气候,黄安洪并不心急。古路最好的风景在马鞍山。马鞍山的寨子埂算得三百六十度观景平台,可以将瓦山、帽壳山、毛不耳山尽收眼底。不入虎穴焉得虎子,游客心里不会没数。黄安洪给我说这句话时看起来真胸有成竹:等下一步沥青路修到家门口,游客一定会牵了线似的拥过来。

路还没修过来,黄安洪已在自家还没想好名字的农家乐上做起文章。第一步,他在院子里搭了阳光房,让游客在刮风下雨的日子里也能把家门口的大峡谷风光一览无遗。下一步他准备建一个电气化厨房——不能让游客等下一道菜把黄花菜也等凉了。位置已规划好,就在院门左侧,同猪圈和厕所形成功能分区。第三步是改造厕所。旱厕必须彻底革命,换成水冲式。说到"必须",他讲起一个细节——有一回,黄安洪下地收菜,意外发现客人钻到了苞谷地中方便。目光撞在一起,他和对方脱口而出的都是三个字:不讲究!

春到古路村·杨涛／摄

除了农家乐,黄安洪抱有期待的物事还多:2018年收了三十多斤干花椒,每斤一百多元的花椒,再过三年产量还可以翻一番;骆云莲试种的重楼成功了,重楼经济价值比楼还高,这是可以复制的成功;黄川成绩看来不错,要是顺利考上县中,以后再考上大学,自己也可以扬眉吐气……

像暗室里逐渐显影的底片,黄安洪的期待正渐次现出轮廓。我头一次去黄安洪家采访是2018年10月3日,大半年后的2019年6月23日晚上7点10分,黄川发短信告诉我,他中考得了五百零四分,已经收到汉源一中的录取通知。

我秒回:古路村已经有五个专科生、四个本科生了,争取成为第十个!

黄川的回复短平快:嗯嗯,争取考上一本!

再来几段"快闪"

故事不能再这样讲下去。古路村在册人口四百四十六人,撸起袖子和贫困对殴,要是人人都给特写,胶片就不够用了。但就这样切换镜头似乎又太过仓促——都说了是"群起而攻之",就算"快闪",也该尽可能多给参与者一些画面——

申绍才父子的故事我得讲讲。

申绍才五十六岁,申其江年方三十,老爹是鳏夫,儿子至今单身。申其江还有个弟弟申其学,也是书没读几页,字不识几个。一家子住的房子晴天漏风、雨天进水,申其江又有先天性心脏病,难怪村里人一说起爷仨就叹气:筷子夹骨头——三根光棍,只怕就是老申家最后的结局。

不过这是三年前。总不能就这样窝囊一辈子吧!有一天,申绍才对申其江说:你是老大,带个头去外面打工,等挣到钱修了房子,也该讨个老婆,让我抱抱孙子。申其江从小就有心脏病,路走得一快气就跟不上来,小学毕业考完试还是老师同学轮流把他背回家的。申其江还是出门去了,北上天津,南下浙江,日晒雨淋不怕苦,出力流汗不喊累。他干的是支模工,混凝土打过四五个小时就得撤模,通知凌晨2点出工,不敢拖到3点。申其江累倒了,老板人好,亲自送医院,一刻没耽搁。片子出来,心肺上两个洞,像是大眼瞪小眼。老板一句话差点没把申其江感动哭:医保报销后剩下的部分,算我的。

一年能挣五六万元的申其江,似乎已经看到媳妇在不远处向他招手。他对老爹说:不说修房子吗,啥时候动手?2018年9月,申家新居破土动工。不到四个月,两层楼的新房拔地而起。申其江再不担心坐在家里还被风吹雨淋,也不怕来个亲戚还要找左邻右舍寻住处。

不过,申其江还得出去打工。新房子空空荡荡,需要他拿力气去换些家具填充。在斑鸠嘴,他同小他四岁的申华刚不期而遇。申华刚告诉他,不确定以后是不是还要出去，但是目前，村里的事够他忙上一阵。

斑鸠嘴到咕噜岩的村道，申华刚和他的挖掘机作过贡献。通往渊曲和金竹坪的路基也是他的杰作。村道二期工程——从咕噜岩到马鞍山这一段动工在即，估计又要干上半年。申华刚住癞子坪，为了按时赶到工地，他每天早上5点50分起床，爬一小时骡马道上山。收工时天也黑了，如果上午忘了把手机设置成省电模式，这天晚上就要摸黑赶路。

相比申其江，申华刚走过的地方就更多了。最远是去老挝，挖窝子、放线、立电杆他都干过，在离地几十米的高空作业，风像一排排巨浪打过来，仿佛同他有仇。他还去过广东。出海打鱼，第一次就晕船，五脏六腑差不多都吐了出来，船长恨不得把他抛到海中喂鱼。他这才后悔读书少了，要是有几本书撑在后腰，活得也就不会像这船一般地摇晃。吃了没文化的亏，他不忘警醒自己，不趁年轻拼一把，过些年肯定又要后悔自己少壮不努力。既然没有后悔药卖，倒不如向前看，向好里去拼。一个人走在被夜色覆盖的骡马道上，申华刚最爱唱的是那首歌：《爱拼才会赢》。

常朝林也是够拼的。自打从流星岩搬出来，房子也修了，小卖部也开了，农家乐也挂牌营业了，他想要的生活却还是在不知疲倦地和他躲猫猫。事非经过不知难，离开流星岩之前，他只知道那里猴子多，松鼠活动猖獗，种好的东西运出来千难万险，只知道申绍华、李其学他们的农家乐生意一来忙得都没时间数钱。来了才知道，开小卖部也是要本钱的，开农家乐也是有讲究的，才知道这地方连块石头都是别人的，才知道流星岩的宽和，并不是桐子林的促狭可以替代。当通往四组、五组的道路撕开缺口，他隐约看到了照进流星岩的一线光亮。两条腿走路是不是更稳更快呢？常朝林和姜腾琴商量，桐子林交她打理，他要重返流星岩，救活那片奄奄一息的山地，进而救活自己"这辈子还是要活出个人样来"的人生理想。怕自己一个人抵挡不住寂寞，怕自己交付给理想的信任又一次被退还回来，他往"家在流星"微信群里吼了两声：人多力量大，重返流星干革命的有没有？

还真的是有。有人问是不是"上面"让你带我们回去守老林？常朝林回：流星岩又不是边防线，共产党又不兴抓壮丁。那人又说好马不吃回头草，都出来了又回去，岂不是裤裆里拉二胡——兜起来扯？常朝林回：你都说到二胡了，自然就晓得回声嘹亮。现在国家拿高音大喇叭讲乡村振兴，乡村振兴就是最美回声。那人一连发了几个龇牙大笑的表情后说：路都没有还回声，马儿掉下岩，没有回声，只有惨叫声！常朝林回：路不是都修到渊曲了吗？如今四组、五组也动了工，如果我们"杀"回去了，政府还是不修路，除非我们是后妈生的！打下惊叹号，他以"牙"还"牙"，接连在表情框里放进几个龇牙大笑的表情。接下来群里就比刚才热闹了，你一言我一语，有感叹地丢荒了的确可惜的，有抱怨去年打工的钱现在还没拿完全的，有怀念在流星岩时的生活的……见火候差不多了，常朝林把刚才手写输入的话复制粘贴，再加三个字发了出去：人多力量大，重返流星干革命的有没有？有就约！

你去，我就去。有人这么回了一句。同一句话，接着又有人回了一句。一共六个人在对话框里写下同一句话。他们中有的在山下乌斯河安了家，有的把房子修到松坪村、万家村，还有的已飘在外面好多年。常朝林的决心从石磨变成石碾：说话算数哈！说话不算数的，下辈子不变猴子变松鼠！

是苟德强他们的回流在常朝林心湖上掀起了波澜。"他们"之中，除了苟德强，老书记骆国龙也很典型。离开古路到山下建房，骆国龙是全村最早一个。那是1996年，在一线天上游五百米的马坪村地界上，他从道班借来二十四根木杆支模，建起长河坝第一座民居。一向风平浪静的水池打开了一个口子，水顺着口子哗哗往外淌，光长河坝就搬来十六户四十多人。任谁也没想到，在山下一住十多年的骆国龙又上山了。这时的古路四组已搬得一户不剩，成了猴山。骆国龙请人将倾斜的老屋加固，又把屋瓦重新盖过，一个人搬了进去。猴多势众，经常到房前屋后撒野，对老书记的大声呵斥也充耳不闻。担心他人单力薄被欺负，起初拖着后腿不让去的老伴也上了山。栽下三十亩花椒、四十多亩核桃，骆国龙仍不满足。舍不得浪费坡坡坎坎上的野花，他养了二十多桶蜜蜂。2018年，老两口从地里收了七百多斤鲜花椒、三千多斤鲜核桃，还从蜂桶里取出两百多斤蜂蜜。在老屋火塘边，骆国龙对我说：人来这世上就要折腾，人不折腾就死了，活着也是死了。他嘴里的"折腾"当然不是前面有着"瞎"字定语的那一类，而是书面语言里的"奋斗"。

没有选择回流的也并不意味着妥协和放弃。本来，卜德英是有些意见的——对自己的生活有意见，对"贫困户"名册容不下自己有意见。已经把家安在乌斯河的她没有重返古路，破罐子破摔，也不是她的选择。她的选择是在一线天开了一间小卖部，取名"胖妈百货"。一线天以往是上山下山的必经之路，索道建成后分流了一部分游客，生意难免受影响，最惨淡的时候，"胖妈"一天只有二十多块进账。利润又是薄得讲出来别人都不信的——他们卖的好些东西，比超市里还要便宜。有一次她去金口河进货，她卖八块五的蛋黄派，批发价八块。从乌斯河送来的货也不便宜。六块一袋的鸡爪，供货商定价五块三。她问能不能再便宜些，人家说没办法，汽油那么贵。就算这样她仍然守在一线天，守着节假日里的另一番光景。往后走，来古路的游客会越来越多。这是她的判断，也是她人虽离开，心却留在那里的全部理由。

....

对不起，读者朋友，就算这样的"快闪"，我也只能就此打住了。我无法将古路村的所有面孔一一定格，我更无法讲完他们所有人所有的奋斗故事。让我稍感安慰、你们也尽可放心的是，只要来古路，你一定随处可以和卜德英、常朝林、申华刚相遇，和一个个脚踏实地的追梦人"峡"路相逢。你会看到一个个撸起袖子的古路人正在同命运搏击,他们改变着古路,古路也在改变着他们。一个令人心动的世界正在打开,他们的目光,已经从心底出发,与更大面积的幸福牵手在未来时刻。

——请不要说我们和未来之间隔着时光的玻璃幕墙,不要说没有人真正看清过未来的面目。其实无时无刻,我们不在同希望握手,同未来相逢——骆国龙、兰绍林他们有水吃、有电用、有路走的梦想不是一一变现了吗?骆云莲让古路走出一条新路来的努力,不是正在开花结果吗?申绍兵让家像个家、申绍华把旅游饭碗越端越稳的心愿,不都成活生生的现实了吗?"花枝俏,万木春"的蓝图,不是姹紫嫣红地绽放在罗开茂面前了吗?

就连曾经于1993年12月和1994年9月两次走进古路的杨水源,也在时隔二十多年之后,与他在心里无数次眺望过的彝寨古路的未来时光,有了一次零距离的亲密接触。

2018年年底,在骆云莲和罗开茂陪同下,杨水源又一次走进古路村。一路看一路问,一路回望一路对比,七十七岁的他感慨不已,兴奋莫名。古路归来,老书记难抑心中激动,一气呵成,写下《三走古路村》:

> 我第三次到古路村是2018年12月6日。在党和政府关心支持下,马坪村和古路村之间的一线天峡谷上空架起了索道。坐车到马坪村,再坐索道到古路村,看到新修的黑色沥青路,我惊叹不已。在三组一家农家乐同彝族同胞共进午餐,饭菜之丰盛不亚于汉源城边的农家乐。饭后与乡、村、组干部和彝族群众一起座谈时得知,改革开放四十年来,古路村发生了翻天覆地的变化。从没有水、没有电、没有路、没有网络,到全村有水、有电、有网络、有骡马道和小公路,修了高峡索道。古路村"大包干"前农民人均年收入二十多元,现在人均年收入四千一百多元,今年全

村贫困户全部脱贫。近年来,随着旅游业的兴起,村民收入逐步增加。2018年全村接待游客五万多人次,省内外人士主要是来这个村看彝家变化、天边小学、云上村寨、大峡谷奇观。申绍华家今年旅游收入二十多万,最多一天收入达两万多。我这次到古路村,前两次曾经护送我下山的当年的彝族小青年兰绍林,见到我时,两眼饱含泪花,激动得久久说不出话……

我们走向未来,未来也在走向我们。
未来未来,一定会来。

第五章

古路村还很年轻

"年轻"这个词语，有两种迥乎不同的生命状态可以与之对应。

冉冉升起的旭日可以——每一道光都迸发着能量，都昭示着活力，都闪耀着生命的光亮。

刚刚从泥层下探出头来的幼苗也可以——面对簇新、宽广、热气腾腾的世界，慷慨中晃动着不安，懈弛里潜伏着焦炙。

古路是一轮旭日，也是一株幼苗。作为旭日的古路，她的蓬勃与炽热、明媚与鲜活，相信读者已经有所感受，并且为之欢欣，为之振奋。在这本书的最后，我想带大家看看另一个古路——作为后一种"年轻"定义下的古路。

用于行走的脚下的路，不仅牵系着历史与未来，更决定着古路与当下世界的物理距离。以此观照，古路人至今难抑"路难行"的感伤，仍然做着"通村路"的旧梦，也就并非完全不能理解。情同此理——你困守在一个岛，你盼望着一座桥，你冀望自己不再是一个茕茕独立的存在，你梦想与孤岛以外的世界紧紧相拥、融为一体，你释放了所有的热情，经历了漫长的等待，等来的却不是一座坚如磐石的大桥，而是一只晃晃悠悠的舢板，一艘施施而行的趸船……而今的古路，人们花在路上的时间虽是少了，却不如理想中的少；花在运输上的成本虽是低了，却不如预期里的低。

让古路人心心念念的道路并不仅此一条。退耕还林补贴也好，粮食直补也好，得来全不费工夫的都是吃不饱、饿不死的"稀饭钱"，都是今天有、明天无的"救济款"。真正能让腰包鼓胀、日子饱满的还是自己的双手双脚,还是一条个性突出、特色鲜明的产业之路。然而,乡村旅游大幕拉开,一台大戏呼之欲出,氛围虽是有了,叫好又叫座的气场并未真正形成;将根须深扎进古路的土地,花椒树、核桃树一开始踌躇满志,面对现实的雨打风吹,却也显得摇摆不定……

花繁叶茂,树大根深——路漫漫其修远兮,需要积聚更多的能量来守护初心。

古路准备好了吗?那些注视并牵引着古路向上生长的目光,准备好了吗?

给出答案也许容易,难的却是栉风沐雨时的思想明澈、披荆斩棘时的行动坚执……

古路还很年轻,古路还远远不是一棵华盖如伞的大树。这让人为之牵挂,也因之释怀。

牵挂是因为生命有光,而风雨无常。

释怀是因为年轻内蕴的生机,与伴随成长的无限可能。

1. 通而不顺的"句子"

疙疙瘩瘩的句子,读起来难免磕磕绊绊。古路人眼中,连接自身与外部世界的道路就是一个通而不顺的句子。

从扯着藤蔓攀岩到钢梯嵌进绝壁再到索道飞架南北,古路之路往前迈出的每一步都在书写历史。从索道出发,向前,他们脚下的路,仍然不能令人满意。

以一次古路之行为例。

汽车从县城出发,沿着与大渡河同行的省道三〇六线行驶一个半小时后到达乌斯河镇。去古路,此时有两条路线可走。一是汽车拐上盘山公路,经皇木镇,越岩窝沟,途经乡政府,穿过莫朵村,累计又一个半小时行程后到达马坪村,改乘索道到斑鸠嘴——理论上,这是去往村部咕噜岩最省时间的一条路线。

实际上,对村里人来说,同样是到咕噜岩,走骡马道或许耗时更短。

这是取道骡马道的路线图:汽车到乌斯河镇后继续沿三〇六线金(口河)乌(斯河)段下行八公里,经深溪沟大桥进入凉山州甘洛县乌中大桥乡界。在乌史大桥乡境内的四点七公里道路全部埋没在隧道里,待出了隧道,从桥上跨过大渡河,重新回到汉源地界,距一线天已不过三四百米。从一线天走骡马道,经癞子坪到咕噜岩,外地人一般需要三个小时,当地人轻装前进,只需一多半时间。汽车和索道接力同当地人徒步上山花费的时间不分上下,这是在不转车、不等车、不等索道的情况下。不转车、不等车、不等索道几乎是不可能的事,尤其对全村仅骆云莲有一部小汽车的古路村人来说。班车到皇木就到了终点，从皇木去马坪，必须转乘摩托或者"黑车"。索道按时刻表运行，每天9点30分、11点30分、13点、14点30分、16点30分各发一趟，靠得最近的两趟间隔也有九十分钟。转车、等车、再转车、再等车、等索道，加上雨天路滑、秋天雾浓、冬天结冰，汽车在时间上也就没了什么优势。

古路人关心的不仅仅是时间。同样是花销，他们对费用的敏感度比时间要高。每次去古路采访都有村民跟我聊起同一个话题，回来一看，我的采访本差不多都成了一个记账本。

黄安洪在村里头一个建阳光房。阳光房离不开方钢，方钢从骡马道运不上来。客运索道开通，作为建材运输通道的施工索道摇身一变成了"货运专线"，黄安洪的问题也因此有了解决方案。从乌斯河包车运到马坪，运费两百元。以每吨三十元的价格请人转运到货斗，一百元。当时货运索道按每趟一百五十元收费，打了个挤，一趟勉强运完。到了斑鸠嘴，侄女婿用三轮车帮忙拉到咕噜岩。从咕噜岩运到马鞍山，他组织六个人搬了整整两天，要是算工钱，起码又是两三千。马坪之后发生的费用和增加的麻烦，让他心里鼓起老大个包——要是公路直通马鞍山，你说要节约多少钱？！

从斑鸠嘴出发，到金竹坪的路程不过到马鞍山的五分之一。金竹坪李国贤家新建两间住房，说到建材运费，李国贤吐出的"心疼"二字都带着痛感。水泥是在皇木镇买的，每吨六百元。从皇木运到马坪花了四百元，然后卸载、转运、过索道，花掉五百元。左邻右舍和亲戚朋友牵着骡马帮忙，从斑鸠嘴转运到金竹坪，省掉一笔开支，欠下一份人情。这九百元已经花得李国贤扯着心肝地疼，要是建房所需的沙子和砖也这样一笔一画地来，她哪承受得起。好在沙子和砖都是乡政府出面协调运到斑鸠嘴，一分运费都没再出。

不是"特困户",申绍华也就没这"特权"。从皇木买的水泥砖两元一匹,运往咕噜岩,身价一路往上飙,到家大概就要五元了。当然了,这是当初的价格。后来,顺应村民呼声,在县政府支持下,负责索道运营的汉源县盛祥文旅发展有限公司将索道运费从每趟一百五十元调整为五十元,但一匹砖运到咕噜岩,全部运费加起来,仍然不下两块。

"盛祥文旅"由县国资委全资注册,索道建设是只赔不赚的"稳生意",这一点,公司的人不说,政府的人和骆云莲他们不说,村民们也心知肚明。然而,即使政府进一步加大补贴,货运索道零收费运行,打在大峡谷间的这个"逗号",依然是他们难以解开的心结。马进蓉在家里开了一个小卖部,下山进货,对她来说,骡马道仍是不二的选择。一

古路人眼中,连接自身和外部世界的道路是一个通而不顺的句子·李伊凡/摄

匹骡子每次可以驮回来十六件啤酒，每件进价二十四元的啤酒她卖三十元，每听利润只有五毛，只当是让骡子帮着挣点运费。要是走索道，她的赚头又在哪里？

"盛祥文旅"这边，总经理刘罡手上的账也很不好看。货运索道如今每趟收费五十，相当于只收了电费。同样是货运索道，据他一次参加专业年会时得知，泰山上的标准是每吨四百八十元，运力四吨的索道，每趟满打满算，一千九百二十元。他也知道，泰山货运索道主要为企业服务，这里的服务对象完全不同，不能用同一把尺子去量。客运方面，经营情况更加不容乐观。建设成本先不去说，索道运行一趟需一百元电费，每天运行五趟，加上特殊情况下增加班次，每年电费三十万元。索道要人管理，工人要领工资，又是三十万元。高空索道是特种设备，安全上不能有任何闪失，委托陕西一家具备管理资质的公司提供技术支持，代管费五十万元起步，按每年五万元递增。定期保养、更换配件、购买保险，又是二三十万。一笔笔加起来，索道一年的运行费少说要一百五十万元。算过支出再看看收入：古路村村民坐索道一分钱也不用掏——就连保险费也由公司"团购"解决。游客是仅有的收入来源，可游客的贡献有多大呢？2019年5月10日，"盛祥文旅"当班员工向成伟告诉我，今天周末，也只卖出去十张双程票。平日里乘索道的游客更少，昨天就只卖出去五张单程票。我以为假日里乘客会多出很多，向成伟却说多数游客还是会首选徒步。就说刚刚结束的五一小长假，三天里只卖掉两百来张票。索道定价单程五十元、往返八十元，粗略估算，一年里销售额未必能达到五十万。

增收节支，刘罡他们也没少想办法。前不久，公司三个小伙伴成功考取上岗证，意味着索道运行和管理逐渐可以自力更生。节支是有明显突破了，一时半会儿，增收的目标还难以实现。想象中，提高知名度，扩大影响力，销售收入会水涨船高。现实却是，自索道开通试运行，报纸、电视连带抖音、微信，古路"曝光率"居高不下，索道上的游客流量却一直不见上涨。叫好却不叫座，问题出在哪儿？刘罡认为古路村接待条件不能满足游客需求是一个原因，另一个原因则是，虽说从马坪到古路乘索道只要三分钟，从乌斯河到马坪的路程却足足有四十公里。

刘罡找到的第二个症结，申绍华感受尤为深刻。2019年3月，一位往日里来过古路的成都导游联系申大哥，有个马来西亚团队慕名要来古路，要他确认道路和索道是否一切正常。得到确切消息，客人从香格里拉风尘仆仆赶了过来。安排好吃饭住宿一应事宜，申绍华提前赶到乌斯河接应客人。外国人来古路村不是第一次，朝鲜、英国、吉尔吉斯斯坦客人都在申大哥家住过，至于来自港澳台的同胞，申大哥接待得就更多。这次毕竟是三十多人的团队，还是舟车劳顿辗转而来，无论如何，他得让人家觉得大峡谷的风光和古路人的热情配得起这一趟长途跋涉。申绍华的热情从来不打折扣，来自远方的客人一开始也还兴高采烈。谁知汽车还没到皇木，客人脸上的表情就发生了变化。从他们一个接一个"要到了吗"的追问中，申绍华听出客人的兴奋在渐渐消失，忧虑在不断堆叠。到岩窝沟时，有人反复向领队提议：山这么高，路这么窄，弯那么急……我们不去了，我们回去了！申绍华不忍心让客人乘兴而来败兴而归，满脸堆笑解释说：路看起来窄，是因为大巴车个儿高。实在恐高，把眼睛闭上就是，反正要不了多一会儿也就到了……客人看来真的是吓得不轻，他这一番话，人家根本听不进去。这趟行程最终没有进行到底，而大客车调转车头的地方，离古路村只有十多公里。

老外在这段路前望而却步，这不奇怪，如果不是当着他们的面，申绍华也有一肚子苦水要倒。路窄，窄到一头牛、一群羊也会制造堵车，遇到刮风下雨、起雾结冰，开车的人如履薄冰，坐车的人提心吊胆。不只老外，也不只村民，说起这条路，交通部门同样头大。骆云莲曾经给县交通局提议开通莫朵村到马坪村的客运线路，县交通局书面回复：该条公路

"依山临崖而建,坡陡,路窄,弯急,部分路段缺乏防护设施,尤其是小地名'阴山槽'路段岩层为风化岩,极其危险,不具备农村交通安全运行条件"。

路险,还得在索道那儿打一个顿,这条路带给古路人的获得感就打了折扣。拿申绍华的话说,借道马坪出山同剥甘蔗一样,甜头是有,节巴太多。

抱怨归抱怨,索道架通后的好处,申绍华一说一大堆。以前去乡政府办事,就算打空手从流星岩走"近道",来回一趟也要整整一天。骡马道修通,从斑鸠嘴往下走,再从一线天坐车,乌斯河、皇木、乡政府一程程转,车费是多出去的开支,人却没轻松多少,花的时间还同走流星岩大同小异。索道开通后,不管时间还是车费,节约一多半。采购物资,优势就更明显,索道两头都连着公路,自家又有三轮车,再用不着人背马驮。去峡谷对面走亲访友也方便多了,不像当年,去马坪吃个宴席,花在下决心上的时间比用在路上的都长。最能显出好处的是索道能救命,以掰苞谷时摔成重伤的庆燕平为例,要是硬背着下山,背的人受不了,被背的人受不了,山路上的颠簸,断掉的大腿和受伤的内脏也受不了。

相较于多数村民,申绍华对索道的作用更为看重一些。这也好理解,毕竟村里多数人没有开农家乐和小卖部,没有修房建屋,也没有那么多事情需要去乡政府办理,所以每每下山回村,大家首先想到的还是骡马道。他们图的是轻松——骡马是现成的,可以直达家门口,不必一波三折。节省车费是更大的考量。2018年11月9日,在癞子坪和斑鸠嘴间的骡马道上,我与马鞍山的杨秀容和跟在她身后的三个孩子不期而遇。童雪梅和童宇轩是杨秀容的孙女、孙儿,另外一个叫黄霞的姑娘是邻居家的女儿。当天是星期五,是在外读书的学生回家的日子。

曾经,到了周末,这几个娃娃也是坐车回家。从乌斯河包车经皇木到马坪,单程包车费要一百五十元,摊到人头,每个月往返四次,一个人就是两百多。一学期下来，村民眼里，数字就有点大了。如果车费便宜一些，坐车回家当然是更好的选择，说到底，娃娃脚疼，大人心疼。但杨秀容也清楚，这是不可能的事，路有那么远，车费和物价一样又是只涨不降的。说不可能，其实也有可能——听说永深公路已进入政府规划，要是规划能实现，从乌斯河到马坪的路程可以一刀砍掉三十公里，路程近了，车费就能省下来了。

杨秀容口中的"永深公路"并非空穴来风。她的消息来源是骆云莲，而骆云莲手中一份红头文件，不光让杨秀容，也让所有得到消息的古路人精神为之一振。

文件不长，鉴于这个消息对古路村意义重大，鉴于古路人对这条路翘首跂踵，我将全文转录于下：

雅安市交通局对市四届人大三次会议
第160号建议答复的函

骆云莲代表：

您提出的《关于建设省道三〇六线至汉源永利乡马坪村客运索道处公路的建议》收悉，答复如下：

首先感谢您对雅安农村公路建设工作的关心。您反映的道路为汉源县乡道永深公路，该道路已纳入雅安市"十三五"乡级公路建设项目规划，全长十四点五公里，预计投资六千六百万元。由于原矿山公路技术指标不符合农村公路技术标准，改造费用大，目前县政府投入困难，正在多方筹集资金。

根据《国务院办公厅关于创新农村基础设施投融资体制机制的指导意见》（国办发[2017]17号）、《四川省人民政府办公厅关于加强建制村联网路和村内通组路建设工作的指导意见》（川办发[2017]62号），我市出台了《雅安市人民政府关于加强建制村联网路和村内通组路建设工作的实施意见》（雅办发[2017]54号），要求结合我市农村现状和需求，进一步完善农村交通网络，切实增强农村公路通行保障和服务发展能力，提升交通基本公共服务能力，为巩固脱贫攻坚成果和全面建成小康社会提供有力的交通支撑。明确到2025年，农村主要居民聚居点、重要农业产业园区、乡村旅游景点实现道路基本覆盖，具备条件的建制村联网路基本打通、村内道路不断延伸，农村交通网络不断完善，服务"三农"能力明显增强，基本适应幸福美丽新村建设和农业产业发展需求。永深公路已纳入"十三五"公路建设项目规划，我局将配合汉源县积极争取部、省补助资金，力争早日开工建设。

雅安市交通运输局
2018年7月11日

如你所见，这份以复函形式生成的文件，是对编号一六〇的市人大代表骆云莲的议案所作的回应。骆云莲递交议案的时间是2017年3月，雅安市交通局延时回复，可以理解为他们决策慎重。市交通局农建科科长李铁曾陪同有关专家实地踏勘。以长河坝深溪沟为起点、永利乡马坪村为终点的永深路是一个矿老板心血来潮的产物。工程进行到五分之三，才发现矿山开采价值远远低于预期，矿老板把队伍一撤，路就成了"没娘藤"，今年这里枯掉一段，明年那里垮掉一截，十多年过去，路已非路。把路打通，远不是清除垮方、整修挡墙那样简单——路上跑货车还是客车，车上装矿还是坐人，安全性、舒适度要求完全不可同日而语。

预算做出来，所有人都吓了一跳。六千六百万元，唯一可能的是争取省上项目。2019年8月3日，李铁告诉我，"十三五"看来是指望不上了，

"十四五"期间项目能否启动也还难说。这里边有时间问题——到2020年"十三五"就结束了，这期间项目启动的可能性几乎为零。有步骤问题——省上相关补助资金，百分之八十五以上往八十八个省定贫困县和五个部定贫困县倾斜，而汉源县已于2018年年底脱贫摘帽。归根到底还是资金问题——农村公路建设，县政府是实施主体，即使按四级公路标准争取到每公里一百万元项目补助，余下五千万元资金缺口，地方政府的财力也很难填补。2018年，汉源县财政一般预算收入五亿两千一百万元。对一个三十五万人的县来说，要花钱的地方实在太多，不大的蛋糕上切出来十分之一，谁的想法也不敢那么浪漫。李铁最后带给我的是一个好消息，也是一个坏消息：四川省农村公路规划网编制已经启动，我们力争让古路上"网"，这个规划要管到2035年……

　　我犹豫了很久，要不要把从李铁这里得来的信息告诉骆云莲。几个月前，在给我看这份文件的同时，骆云莲有些天真地说：等永深公路完成改造，再想办法把马坪到斑鸠嘴这段公路提上日程。也是这时我才知道，古路人对路的追求，索道同样只是一个逗号。

　　目光难免回到当初，回到面对架索道与修公路的两难选择时，古路人既亢奋又迷茫的脸上。村民们一开始都希望修公路，后来，市县领导来村里召开座谈会，把决策权交给村组干部，他们中的大多数却选择了索道。对此，兰绍林说：村组干部可能是觉得领导见识多，说的一定有道理，也有可能是怕出了左脚（方言，意见相反之意），领导不高兴。兰绍林敢这么说，是因为他出了左脚。开会当天，他是唯一站出来说"最好还是修公路"的人。没有人响应他，兰绍林很失落，他在心里想，如果总是觉得领导说的一切都对，或者明明有意见也不敢表达，这不是尊敬领导，这是害怕领导。更让他生气的是后来有别的组长拿他开涮，说你想修公路，还不是因为癞子坪掉在下面，沾不了索道的光。不过后来，兰绍林还是想开了。修路要多花几千万,大家要是真的选择修路,领导未必真下得了决心拿出这笔钱来。曾经有交通上的人议论这事,他们的话,兰绍林无意间听到了。他们说省上有个主要领导很重视古路这条路,批示交通厅支持一千多万,后来这位领导出了问题,那一千多万就没了动静。他还从手机上看到一个消息,2017年7月,因为甘肃祁连山生态环境问题,包括三名副省级干部在内的一拨官员被追责。大渡河峡谷是国家地质公园,在岩壁上修路是不是也会被认定为破坏生态?这样的压力,也许也是领导的难言之隐。这世界上的人,哪一个没有自己的想法,哪一个又没有自己的难处呢?

最终,我还是把从李铁那里听到的话原样说给了骆云莲听。没等她作出反应,我把话题转移到了别处。心碎的声音,会让另外的人心碎。

为这条路,骆云莲的心已经碎过几次了。碎得差点拾不起来的那次,有领导说:古路能有条索道就不错了,知足吧。

劝她知足,就是嫌她不知足,翻译成成语是"得陇望蜀",再翻译成当地土话是"吃饱不晓得放碗"。知足常乐,真理一定长成真理的样子吗?这不是骆云莲的疑问,而是我的。而这句话,也是行文至此,才突然从我的脑子里冒出来的。

我理解奉劝骆云莲知足常乐的人;我更理解骆云莲和她的村民,他们希望理想中的路伸进现实,这不是不知足,他们只是希望自己的生活变得更好。

比起不能实现的梦想来,一个没有梦想的人更让人心凉。

2. 我想和古路村谈谈

今天买的核桃多少钱一斤？

九块。

咋跌了呢？前两天还是十块！

跌了你还有意见？

眼下核桃还没大量上市，等到中秋，价格估计还要往下走，情况不妙啊！

脑子没烧吧，你？

你算算，除了运费，除了中间商的利润，收购价岂不是只有四五块，甚至更低！

以上是2019年8月4日，我和夫人的一段对话。直到对话结束，她也不明白，她买的核桃要过秤，而买回来的核桃还要在我心上过一道秤：古路村的核桃，今年收成几何？

一年前的国庆节，我去古路时，核桃小收过不久。眼见满地里种着的核桃树，自然要问到产量和销路。村会计郑望春告诉我，产业政策激励下，古路村几年间发展了两千多亩核桃，产量在两三万斤，再过两三年，新嫁接改良的一万余芽"新品种"全部挂果，如果管理跟上，产量还会翻番。两千亩核桃，产量五六万斤，尽管数学不是体育老师教的，我仍感觉得到，这两个数字关系处得不够融洽。同我也算老熟人了，郑望春吐了真言，主要是核桃成活率低，加上管理没跟上，"小个子"多，还是"瘦肠"，直接成了废品。又问价格，也不理想。一开始鲜核桃每斤还能卖七八元，不多久后，估计是其他地方的核桃也都上市了，价格就垮了，垮到每斤五六元，再到三四元，品相不好的甚至只有一两元——还得用骡马运到山下。鲜核桃便不再往外卖，那个价钱对不起自己，还对不起骡马。于是晒成干果，看行情再说。现在都是这个价，以后是啥情况谁又说得清呢？品相不好的就没人采摘了，任它挂在树上，直到和树叶一起，被秋风撞落到地上。

郑望春说的话，第二天就得到印证。我去四组采访老书记骆国龙，离他的住处还有一里多地时，已是筋疲力尽。坐到地上休息，才记起该对肚子有所交代。下午2点15分还不是饭点，而且据之前骆云莲所说，跟着老书记混不到饭吃，因为连他自己都是长期在黄安洪家蹭饭。人是铁饭是钢，还没来得及心疼自己，屁股被什么东西硌得生疼。这才注意到，我先前行走、此刻歇坐的，原来是一条铺满核桃的小路。不宽的路面上到处都是核桃，或者核桃被人或牲畜践踏后的尸骸。路两边，浓密的核桃树下是更加稠密的核桃——被主人遗弃、被秋风扫落的核桃。仅仅说稠密还不够具体，实际上，我没有移动自己的身体，仅靠两只手四下抓拿，就靠着这些躺错了地方的果实安抚了自己的肠胃。见到老书记时，我不由得为这些遭人遗弃的果实打抱不平。骆国龙说：也不是就都不要了，有时我也会拿撮箕去撮一些回来喂猪。

核桃身价大跌，骆国龙说原因很简单——到处都在种，一多就不值钱了，啥东西都是这样。不光古路种核桃，其他村也在种。不光永利乡种，其他乡也在种。也不光汉源前几年大干快上，其他县、其他地区，还不都在大干快上？核桃在市场上撞车，这还仅仅是开始。古路有一部分核桃树没到丰果期，还有一万多芽改良后的核桃树刚挂果，不出三年产量又会翻番，到那时候，价格说不定会"跳岩"。好在古路核桃口感比很多地方的要好，和其他地方的打起架来多少还占些优势——就像高考，竞争虽是激

古路是一棵老树，也是一株幼苗·李伊凡/摄

烈，底子好的胜算总要大些。娃娃都是自家的乖，但骆国龙觉得古路的核桃好是真的好，不是王婆卖瓜，也不是自我安慰，而是日照和水土涵养出来的底气。虽说对"自家的娃"谨慎乐观，作为当了二三十年村干部的"老革命"，骆国龙还是觉得这个事情值得反思，值得重视——一乡一业、一村一品，我还在当村干部时上面就大会讲了小会讲，可这么多年过去了，结果呢？这个事情还不能怪农民，因为大力发展核桃是政府的意思，听政府的，他们没有错。而且农民还有一个是人都有的缺点，见不得利益在面前招手。政府号召种核桃，还出台了配套扶持政策，相当于请客吃饭还给钱花，不干才怪。农民当然有农民的问题——好多人把树种下地就不管了，树子当然要死。至于产量低、"瘦肠"，有天气原因，更主要的问题出在管理上。不会管，不愿管，不去管，还想核桃自己长得大、长得好。树子又不读书又不看报，哪来那么高觉悟？

时隔一年，骆国龙所说的"三不管"问题不仅没有得到解决，暴露得却是更充分了,以致提到古路村,一个"愁"字,挤满了彭国福那张国字脸。

彭国福何许人也?他可是汉源县赫赫有名的"田秀才""土专家",是汉源县农业农村局果树管理培训的"座上宾",也是县里县外水果专业合作社请也请不过来的"高参"。科学技术是第一生产力,政府不可能不懂,要不然就不会有一笔果树管理培训专项资金下拨到乡政府,用于聘请专业技术人员,开展"传帮带"。汉源县几乎乡乡镇镇种果树,花椒、核桃、苹果、梨,样样懂样样精的彭国福自然成了"香饽饽"。舍近求远去古路,本意上,彭国福不愿接招。县局出面做工作,乡上的热情又是以满格信号传过来的,实在拉不下情面,彭国福勉强应承下来。乡政府让他把工作重点放在古路村,用意显而易见——好钢用在刀刃上,古路的产业发展是古路村甚至全乡工作的重中之重。彭国福的认真劲有口皆碑,加之"土专家"的教学内容、培训方式更接地气,彭国福走到哪里,身边都会围了一圈粉丝。到了古路,彭国福却完全找不到存在感。他头一次去古路授课,课堂设在癞子坪一片核桃林里。左等右等,包括地主人兰绍林、这天活动的组织者郑望春,一共才来了三个人。彭国福说郑会计啊,你说我这么远跑过来,是培训人呢还是培训树?郑望春脸上也挂不住,掏出手机打了一通电话,好容易又叫来两个,其中一个怀里还抱着奶瓶。担心彭国福就此不来古路,郑望春解释的话说了一大堆,求情的话又说了一大堆。他的担心还真不是多余,若非郑望春一再强调今天是有人办酒席拖了后腿,彭国福和古路的缘分到这里也就到了尽头。拿彭国福自己的话说,我都这把年纪的人了,要不是看古路真是恼火(方言,困难之意),真心想帮他们一把,就是到5A景区,这样的山我也懒得爬。第二次临去古路,他在电话里对骆云莲说:丑话说前头,要是这次还跟上次一个样,别怪我不近人情。骆云莲听出了这句话的分量,专门交代三组组长申其林,让他提前发动组织,千万可别再冷场。哪知"涛声依旧",到了说好的11点,只来了两个人。彭国福眼睛都绿了:我来一次脚要痛上几天,可辛辛苦苦爬上来，人花花都看不到。我算是看清楚了，古路需要修理的首要是人，然后才是树。

来都来了，彭国福拿修枝剪"咔嚓咔嚓"修了二十多棵树，现场查看并回答了申其林几个问题，饭也没吃，闷不作声下了山。骆云莲那天正好不在村里，从电话里听申其林汇报完情况，她急得在话筒里就吼了起来：没三火车皮好话，下次休想再把老彭请上山！

情况比她想象的还要糟糕。从咕噜岩回去的路上，彭国福给乡长邱静打电话：没有金刚钻不揽瓷器活，古路这活我干不了，到此为止了！

邱静心里虽急，话语间却赔着笑脸：好事做到底，送佛送到西，彭老师您就再原谅他们一次。

彭国福却是铁了心了：一个人坐在台上，下面坐两三个人，邱乡长，我就问你这话讲着有劲没劲？

邱静也顾不得那么多了：我说彭老师，我们乡政府可是和您签了技术服务协议的，还是先把这一年合作下来，再说以后的事吧。

彭国福的话说得够直接：我要不来就违约了，是这意思吧？就算违约，这个活我也干不下来！

人生病了都知道去医院，树子生病了，"医生"请到家门口，邱静不信人们会无动于衷。莫非是出于崇"洋"心理，村民信不过"土专家"？自以为这样的分析不是没有道理，邱静出面联系了县农业农村局果树管理站农技员李威到古路开展"专家讲座"。李威进村，邱静也去了。讲课地点安排在村活动室，在此之前，她和骆云莲、申其林陪着李威到几块地里挖了一通"病根"。把脉的结论，"洋大夫"和"土医生"大同小异，就连两个人开出的"药方"也几无差异。申其林吃了定心丸：找准病根，这些树子就还有救，要不然，好端端的地里，树是死的，果是残的，想起来都心寒。进得村活动室，邱静心里还真是打了一个寒战——她是下过死命令的，骆云莲和申其林也说，只差挨家挨户送"传票"了，来听课的人还是少得可怜。

不过，总算是弄明白了，村民们不来听课，是因为他们对当初满怀希望栽下地的核桃树已不抱希望。头一年，鲜核桃上市不久就遭遇市场大棒当头痛击，虽然情况后来有所好转，但是他们知道价格是很难回到从前了。既然如此，又何必对着瞎子打俏眼——浪费表情！村民心灰意冷，邱静能够理解，却不能听之任之、懒漫放纵。邱静说：把一件事情做到最好，把一件事情坚持到最后，把自己身上所有的劲都使出来，一些古路人还缺这样一种精神。

毫不掩饰地说，邱静的感慨，其实也是我非要说出来不可的话。采写这本书的一年多时间里，有三件事留给我的印象历久弥深。在马鞍山听完李志全的故事，我顺便和马学华聊起他的日常。这当中，马学华说他2016年从银行贷款三万元买了五头牛，心想着有了收入，偿还前两年修房子欠下的债。没想到才过一年，五头牛就都因为害病，一头接一头死掉了。我问牛生的啥病，他说不晓得。我又问：这些牛生的是不是同一种病？他还是说不晓得。我说：你没找兽医看过吗？他说：他们都没有来过村里，我哪里去找他们。我说：你咋不主动找一下呢，牛是你的，不是兽医的。他就答非所问了。另一件是申绍华扩建客栈。申绍华是村里公认的"首富"，也是搞旅游接待的"带头大哥"。听说他家要扩建客栈，我对他说，磨刀不误砍柴工，不妨到名山、雅安一带取取经，争取一炮打响。申绍华的回答是我没想到的，他说：我只想多几个房间帮我挣钱，我才不心凶（方言，野心大之意）。再说羊毛出在羊身上，要是投入一大、房费一高，游客嫌贵咋办？为了帮助申大哥解放思想，我把开民宿的朋友田姐的经历讲给他听，告诉他人家是如何靠注重品质和细节吸引全国各地"回头客"的，告诉他"田姐家"民宿品牌如何花开南京，还告诉他只要他安排出来时间，我亲自带他去"田姐家"和雅安周边生意爆棚的几家民宿看一看。我把话说到这个份上，申大哥却说：不摸锅底手不黑，小本生意，"赌"不起。最终，申大哥按自己的想法把新客舍建了起来，建造、装修标准虽比原先有所提高，在客人眼中，先前与当下，却不过是五十步与百步的区分。第三件事发生在村会计郑望春身上。郑望春的儿子在金口河读小学二年级，孩子妈和房陪读，母子俩每年要开支两三万，占了他全年收入绝大部分。节流不如开源，盘算来盘算去，最为立竿见影的来钱路数还是搞旅游接待。郑望春动了心思，让自家两层楼的砖房改头换面：外观突出彝家风格，内装追求简洁明快。循着这个思路，2019年4月，郑望春从皇木信用社争取到十万元贷款。钱拿到手，全村最上档次的一个客栈呼之欲出。然而，一觉醒来，郑望春想法转了个弯——运一包水泥上来要十多块，别说十万，就是二十万砸进去只怕也只能冒几个泡，这些钱投进去不知啥时候收得回来。这个弯在郑望春脑子里绕了大半年也没绕得回来，我不禁替他着急，贷款和存款的利息可不是同一个算法。郑望春的话显然是经过了深思熟虑：宁愿亏了利息，我也不敢去冒这个险……

当这三个人和发生在他们身上的故事一幕幕从眼前经过，一百多公里外的古路村，在我脑子里是一个面目清晰的人物形象，是具体而实在的大山之子。这个人从遥远的地方走来，身后是一片迷蒙，是不堪回首的困顿、煎熬与跋涉，是好不容易才勉强摆脱的峻峭之境。这个人此刻停留的地方，与之前已是另一重天地，只不过是，天空虽不再阴云密布，阳光仍没有普照大地；地上虽不再沼泽遍地，前途也并非一马平川。这样的地方如何能留住他呢，如何能让他两条走过长路的腿甘于停顿呢？人总是要向着前方、去往远方的。然而，他想往前走，实际上也在尝试着往前走，双腿却是虚怯的，目光却是犹疑的，心里那一片天，也被忐忑的云团大块大块地占据：要是有一双、两双，最好三双手一直拉着我就好了，带我去远方，带我到山顶。我也可以一个人走，也许会把时光走慢，也许会把远方走远，但我在走，一直在走……

长久注视之下，一件事物反而容易变得模糊。当一帧帧画面聚合而成的人物脸谱变得虚化、变得迷蒙，"这个人"的名字像浮出云海的山峦进入了我的眼底。古路村，"这个人"就是古路村，人格化了的古路村。马学华、申绍华、郑望春，以及古路村里许许多多的男女老少，都是构成这个叫古路村的"人"的性格谱系与精神基因。"他"想前行，是他们想前行；"他"在徘徊，是他们在徘徊；"他"不够坚定、不够勇敢，是他们不够坚定、不够勇敢。

  我突然有一种冲动，想和这个叫古路村的"人"好好谈谈。我想说，别人帮我们，是因为我们也愿意帮助自己。我想说，人活一世，总是要拼上一把，你不拼，你都不知道自己到底有多行。我想说，一个人追求成功，先得做好失败的准备，若总是畏惧失败，你将永远体会不到成功的滋味。我想说，我们不推崇好高骛远，不把物质的丰足与否作为衡量人生成败的尺度，但我们从来都希望自己活得精彩，而所谓成功的人生，从来离不开探索和冒险。我还想说，世界一直在睁眼看我们，我们也该睁大眼睛，好好看看这个世界……

3. "上集"结束,"下集"开始

实际上,关于古路,在我记忆里打下最深烙印的,不是彭国福,不是申绍华,也不是郑望春。当这本书的写作进入尾声,我用了整整一个下午,翻阅自己一年来五上古路记下的三本笔记,以为自己的书写查漏补缺,以防那些从耳朵里回流出来的声音出现失真,以防我对古路的呈现左支右绌、顾此失彼。如此这般的结果是我让自己陷入了对于自己的深深的失望——还有那么多面孔、声音和场景等在那里,而我的古路之行行将结束。我用一种深深的无力感,自欺欺人地说:挂一漏万总是难免,人要懂得放过自己。然而,合上最后一本笔记的一刻,一个声音钻进了我的耳朵,接着,一张沧桑纵横的脸,就像4D电影里的特写镜头一般定格在了我的眼前。

画面中的男人叫申其兵,五十二岁的他,是水井槽最后一个"小伙子"了。往"小伙子"身上打引号,不光因为五十二岁已然不"小",还因为正如人气不再的水井槽像被抽干了井水的枯井一样,他的整架骨头被在外打工时染上的矽肺病给腐蚀得没了多少硬度。申其兵是倒插门来水井槽的,同是倒插门到流星岩的大哥和多数水井槽、流星岩的人后来把房子重新修回到了癞子坪或是别的地方,他却像一匹耗尽了力气的老马,再也不能蹑影追风地奔驰。

那天,李国银和我从流星岩回来的路上,先于形销骨立的申其兵映入眼帘,我听到了从他口中发出的"哞——哞——"的呼唤。他的声音是伤了翅膀的鸟,飞不出多远,所以从听到他的声音到见到他本人,前后也就是几分钟。那时天光已经从四围大批撤退，也许是这个原因，他的脸上沉闷阴郁，给人大雨将至之感。

牛还没回家么？我用一句废话同他搭话。

回不来了，他说。接着又说：原本是两头，我唤的只不过是牛儿子。

大牛呢？我问。

死了。他徐徐吐出的两个字像一道延时到达的闪电，让我心下一紧。

时间走了下神，才听李国银说：咋这么合适，3月就死过一头……李国银的话，应该是只说了半句。

时间又消失了好一会儿，才在申其兵低沉的诉说中重新回到我们中间。

申其兵和老婆李其秀育有两个女儿、一个儿子。大女儿安家在成都郊县，二女儿带着小孩在外打工。儿子二十岁，也在成都，说是去学理发，学了三年还没出师。这一来就苦了老两口——岳母八十九岁，申其兵有个舅子，六十岁还是单身，也靠他们照顾。这个家成了这样，申其兵想，就是糟了朽了，我也还是一根梁，该顶还得往上顶啊。核桃是不敢多指望了，今年拢共就卖了几百块钱。不多的一点希望，他寄托在了牛的身上。2017年年底，申其兵养了三年的母牛下了个崽。一头牛是放，两头牛也是放，他凑了四千五百块钱，给小牛犊买了一个"干兄弟"。再过一年，两头小牛就可以养大往山下卖了，一头一万，两头两万，申其兵脑子里翻滚着新币呛鼻又诱人的气味。和电视里几乎所有的剧情一样，一个人的伤悲总是紧跟在喜悦之后。牛是敞放的，白天上山吃草，晚上回来睡觉。三月里的一天，遇到山体塌方，买回来不到四个月的那头牛被乱石打死在山上。不死已经死了，申其兵到咕噜岩叫了几个人，把死牛五花大绑抬回来，大卸八块，分而食之。那天晚上，因为心疼，李其秀翻来覆去，直到两行泪把枕巾湿透也不能入睡。申其兵安慰李其秀：好在挨打的不是母牛，留得青山在，不怕没柴烧。

但是这一套，现在是讲不通了。前天下午，牛儿子提前回到家中，平日里喜欢走在前头的母牛却天黑尽了也不见影子。这下连申其兵也闹起失眠，不等天亮就拄着棍子四处寻找。从老熊棚找到石板坡，再从石板坡找回老熊棚，好不容易，他才在两块小山似的巨石夹缝间，在堆得高高的脸盆、海碗、酒杯大小的乱石下方，看见了似乎还在往夹缝深处寻找生路、实际早已气绝身亡的母牛。不用说，又是遇到垮方，小牛成功脱逃，误把石缝当了生路的母牛被从后面追来的石头活活埋掉。死去的母牛生前拼了命地想在石缝间挤出一条活路来，不然也不会钻得那么深，卡得那么紧。看样子，即使找了人，也不一定能把它拉得出来，而且即使拉出来，也很难从人迹罕至的陡坡上运送回去。只有任它留在这里、烂在这里了，这也是最让申其兵伤心的地方——上山来就下不去，这些牛上辈子作了恶才跟了我家。

同情这头母牛，申其兵也是在同情自己的命运。同样是从癞子坪来到山上，大哥现在虽然人还在流星岩，但房子早就修回去了，离开是早晚的事。自己却再没有离开的机会了，尽管连土生土长的水井槽的人都纷纷离开，原来的二十二户人，如今只剩下他们一家。当年挣扎着来到这里，和那头钻进石缝的牛一样，都是为了寻求一个转机、一条生路。最后的结局也都一样——都是被死死卡住，无力抽身，都是心有不甘，无可奈何……

掐指算来，路遇申其兵，已经是三百三十九天以前的事了。三百三十九天里有多少面孔从眼前经过又消失，有多少发生在周遭的事情曾经墙一样堵在那里，如今已灰飞烟灭，这是一件不敢细想的事，而申其兵那张苍老、清瘦、冷峻的脸，却成了一幅黑白版画，在时间的雕琢下更加显得纹路深刻。当时，我是为他捏着一把汗，为古路村捏着一把汗的。"贫困户"帽子摘不下来，说明他们一家的年收入达不到当年脱贫的"硬杠子"：人均纯收入三千九百元。如果把可支配收入比作Wi-Fi信号，三千九百元无疑是最矮、最短的那段弧线。申其兵家连那条弧线都没有达到是我所担心的，如若有，于我则是更大的担心——他家会是"被脱贫"吗？

四十七户一百八十二名贫困户全部脱贫。2018年年底，消息从古路村传来，我首先想起的便是申其兵，以及我之前打下的问号。实在是因为这个问号在脑子里挥之不去，我从电话里请郑望春给我讲讲申其兵的三千九百元如何构成。从语气和语速里，我感觉到这个并不怎么友好的发问并没有让村会计太过为难。舅子李其荣虽跟着申其兵两口子过，却是另一个户口，他家两个女儿也打发（方言，出嫁之意）了，算账，先要把他们刨开。交代过背景，郑望春说：我给你算个大账吧——李其秀养了两头猪，吃一头、卖一头，卖猪收入接近三千；地里种的核桃和花椒，卖了大概两千；申其兵有矽肺病，国家每月补助一百元，他又吃着低保，每月有一百七十元补助，两项加起来有三千二百多；他家小儿子在理发店当学徒，学徒工资虽低，把自己和外婆的"平均"上去不成问题。除了这些，粮食直补加退耕还林补贴，他家一年大概还有五六千元收入。如果算上国家为申其兵支出的医疗费，这个数字就有点大了。贫困户住院报账比例很高，而且矽肺病医治一分钱也不用出。除了到县医院检查、治疗，申其兵一年至少要去成都保养两次，如果硬掏腰包，每年都要好几万……

看来我的担心有些多余。不过，就像一波潮水退去后紧跟着又一波涌了上来，几乎没有时间上的间隙，我又生起了新的担心。如果生活是一柄长矛，不到两万元的纯收入，对于这样一个由老弱病残构成的家庭来说，也许只是一个藤条编织的盾牌。在长矛袭来的时候，这个盾可以用来壮胆，可以抵挡虚张声势的一枪，但是，如果遇到心狠手辣的敌人、不留情面的进攻，实在是不值一提、不堪一击。申家最老的老人已是耄耋之年，申其兵两口子也都年过半百，矽肺病又是难以治愈的，任谁有个意外，对这个底座不牢的家来讲都无异于釜底抽薪……申其兵一家日子过得紧张，大哥申其全家也并不显得宽松。和大哥一起坚守在流星岩的李树全家如此。李树全后来迁到金竹坪，金竹坪多数人家如此。古路村绝大多数人家，大多也都在掰着指头过日子。这样的脱贫，算脱贫吗？

　　我把我的担忧讲给邱静听，怕她嫌我挑刺，或者让她觉得我太过书生意气，故而我紧跟着补充了一句：在古路跑了这么多趟，我都快成古路人了。她该听得出来，我是想说，每个人的角色都不是一成不变，我们都该懂得换位思考。乡长不恼，反而笑了——她笑的是我画蛇添足的补充和藏在话里的话吧。但很快邱静面色就变得庄重起来，她说：脱贫摘帽，虽然古路通过了"考试"，但只能说是及格而不是优秀，更不是满分。按照四川省脱贫攻坚领导小组办公室2018年2月出台的《贫困县贫困村贫困户退出验收工作指导意见》，贫困户脱贫，主要衡量标准是"两不愁、三保障"，也就是年人均纯收入稳定超过当年国家扶贫标准且吃穿不愁，义务教育、基本医疗、住房安全有保障，在此基础上做到户户有安全饮用水、有生活用电、有广播电视；贫困村退出，除了贫困发生率降至百分之三以下，主要衡量标准为村有集体经济收入、有硬化路、有卫生室、有文化室、有通信网络。不管对贫困村还是贫困户，这样的标准都说不上苛刻。即使这样，这套标准中的一些子项完成得也并不容易。拿硬化路来说，斑鸠嘴到咕噜岩不仅硬化还黑化了，但中间隔着峡谷，这个"有"，一些村民口服心不服。再比如"村有集体经济"，古路村是临时抱佛脚，靠帮扶单位临时想办法才完成指标，而非长久、稳定的项目收益。实事求是地讲，贫困户年人均纯收入也还不是一个保险箱里的数字，因为农产品价格和务工收入都有一定的不稳定性……

　　邱静说到这里，我植入了一个问题。三天前，2019年9月14日，我在电话里问黄安洪眼下核桃价格如何，黄安洪的愁容隔着一两百公里我都能看见：前天还是三块五，昨天却只给两块五了，这个价格比白菜还低，伤自尊。所以我准备先不卖了，晒干再卖——但愿干核桃别再这么相因（方

一抹乡愁·卫志均/摄

言,便宜之意)。复述黄安洪的话,我是为了问乡长:看样子,"返贫"的风险也是有的,乡政府是否有预判和预案?

没有太多停顿,邱静笑言:没有就太失职了。习近平总书记在参加十二届全国人大五次会议四川代表团审议时指出,防止返贫和继续攻坚同样重要,要建立健全稳定脱贫长效机制。为贯彻总书记讲话精神,省委、省政府专门对"回头看""回头帮"作出部署。整个工作格局中,我认为最重要的是增强"造血功能",确保已脱贫人口稳定脱贫、同步奔康。古路的问题,乡上和村上专门进行了梳理研究,准备会同有关部门从三个方面精准施策,持续给力。一是加大"古路造"形象宣传和品牌推广,加大古路特色农产品营销力度。都说古路的东西好,好在哪里,你得让人知道。连个商标都没有,连个包装盒都没有,出了古路,人家都搞不清你姓甚名谁,哪还搞得清你是好是坏。古路现在是隔着门缝吹喇叭——鸣(名)声在外,我们要把这个活招牌好好竖起来。有了品牌优势,价格优势才能体现出来,不光核桃,古路出产的腊肉、油茶、杆杆酒、野生白茶身价都会不同以往。二是科技兴农,深化种植结构调整。种地要讲科学,种什么是科学,怎么种也是科学。经济作物种植,因地制宜是关键,突出特色是重点。花椒经济价值高、方便运输,汉源花椒又是响当当的"贡椒",所谓人无我有、人有我优,把"宝"押在这上面,错不到哪儿去。所以我们发动了新一轮花椒种植,目前摸底的结果,古路村意向新增花椒种植四百八十亩。树种下去,管理得跟上来,不能和之前一样,劳神费力把专家请上山,却是有老师讲没学生听,到头来要产量没产量,要卖相没卖相。三是要把旅游产业做大做强。国家地质公园、中国传统古村落,这两块金字招牌中的任何一块,按现在流行的说法,都可以"亮瞎你的眼"。古路两个都占全了,但是目前为止,古路旅游说"亮相"可以,离"亮瞎"还远。基础设施滞后、接待条件简陋、服务水平欠缺、旅游业态单一……问题一说一大堆。不过初步的解决方案也有了。投资二百七十万元的进村入口整治已经动工,以前古路"没脸没面",还没个像样的停车场,这次将一并解决。停车场建成,玻璃滑道项目落地就更有把握了,项目投资上亿元,对古路旅游产业带动作用不是一般大。索道两端,投资三百万元的景观节点打造定于国庆后动工,几个月后,游客再来古路,一进村就可以感受到浓浓的彝家风情。提升游客入住体验也是重点要做的事,初步思路是盘活废弃宅基地,引进优质民宿项目,以点带面带动农家乐上档升级。等这些工作做到位,古路旅游不火都难。之所以这么说,还有一个利好:2022年,峨(眉)汉(源)高速公路将建成通车,等乐山、雅安、汉源形成旅游环线,峨眉山、瓦屋山、乐山大佛、碧峰峡……这些"大咖"级的景点离古路就更近了——乌斯河附近有一个高速出口,离一线天不到十公里。

结束对邱静的采访，我和雅安市人大常委会副主任杨兴品有过一次面对面交谈。杨兴品担任汉源县县长、县委书记加起来有八年时间，八年里杨兴品七上古路，2018年11月27日，调离汉源的两天前，他还专程到古路现场办公。

在中国现行层级架构中，县一级党政机构有着极为特殊的地位和作用。早在任职福建时，习近平就在《从政杂谈》中指出，"如果把国家喻为一张网，全国三千多个县就像这张网上的纽结。'纽结'松动，国家政局就会发生动荡；'纽结'牢靠，国家政局就稳定。国家的政令、法令无不通过县得到具体贯彻落实。因此，从整体与局部的关系看，县一级工作好坏，关系国家的兴衰安危。"由此足见，中央对脱贫攻坚的顶层设计落地生根，县这一级至关重要。造访杨兴品，我其实也是想借助一个"纽结"的视角透视脱贫攻坚，在上情和下情的交汇点上，对这一宏伟事业予以更深一层的勘测、更进一步的打量、更准一些的把握。我想把脱贫攻坚进程中既具个性更具共性的古路作为一只麻雀来解剖，这只麻雀属于汉源，又不仅仅属于汉源。

我长久注视的古路之路有三条，一条是出行之路，一条是脱贫之路，一条是未来之路。我和杨兴品的对话，在三条路上渐次展开。

杨兴品坦言，单从出行的角度，古路目前仍然不如别的地方便捷顺畅。但看问题得一分为二，凡事都有两面性，你得看利大于弊还是弊大于利。要是修公路，钱从哪里来先不去说，路从马坪下到谷底，相当于从人的左肩往右胯砍一刀，再从谷底升到斑鸠嘴，相当于从右肩往左胯又砍一刀。大渡河峡谷是记录了十几亿年地质演化历史的玄武岩，是世界级自然遗产，是屈指可数的国家地质公园，是古路最靠得住的摇钱树，如果被砍得面目全非，破坏生态环境是一宗罪，砸了子孙饭碗又是一宗罪。所以，在资金和技术受限的条件下，索道也不失为一种选择——至少，有比没有要好。

有了第一条路上的热身，到了第二条路上，我问得更深，他答得更细。

仍是在举了申其兵的例子后，我说，申家虽脱了贫，脱得却并不利索。

杨兴品没有反驳我的观点，不过他给了我一个公式：乡村振兴=脱贫攻坚+致富奔康。杨兴品说：改革开放以来，我国实施了一系列中长期扶贫规划，共减少六点六亿贫困人口。特别是党的十八大以来，党中央把脱贫攻坚作为全面建成小康社会的底线任务和标志性指标，作出了一系列重大部署，明确到2020年我国现行标准下农村贫困人口实现脱贫，贫困县全部摘帽，解决区域性整体贫困。六年间，农村贫困人口累计减少八千二百三十九万人，百分之八十左右的贫困村退出，一半以上贫困县脱贫摘帽，不光最大程度上消减了贫困、改善了民生，还为全世界减贫事业作出重大贡献。作为一个十四亿人口的大国，这个成绩来之不易。不过，我们也要看到，脱贫攻坚重点在于解决农村贫困群众增收难、就医难、行路难、吃水难、上学难，而不是一夜之间让一棵树苗长成一棵大树。申其兵看病几乎不用花钱，下山有两条路可以选择，也不用半夜排队吃脏水了，这是前所未有的进步和胜利。然而，这个胜利只是一个节点，不是终点。十九大报告提出乡村振兴战略，要求全党继续把解决好"三农"问题作为全党工作的重中之重，习近平总书记还作出庄严承诺，"全面建成小康社会，一个民族都不能少""不获全胜决不收兵"。"日子好过"是"全面小康"题中应有之义吧，这是总书记在为我们的信心兜底。

话题重新回到申其兵身上。提起他的自然还是我：全面小康纵然人心所向，巩固成果更是当务之急。申其兵家脱贫更多是靠政策帮扶，一旦停止"输血"，很可能前功尽弃。

未来未来,一定会来·李伊凡/摄

杨兴品粲然一笑，说：国务院曾经专门召开新闻发布会，为了巩固脱贫成果，贫困县脱贫退出后，在一定时期内国家原有扶贫政策保持不变，支持力度不减，留出缓冲期，确保实现稳定脱贫。不过话说回来，你的担心也并非一点没有道理。拿申家来说，如果老两口意志消沉，年轻人不思进取，那返贫的风险不光是有，而且还大。中央强调把扶贫与扶志相结合，最大限度激发内生动力，有前瞻性更有针对性。常言说，天雨不润无根之苗，汉源还有一句老话，捡钱还要弯腰杆，意思殊途同归。

话到这里，一开始"低调"到拒不接受我的采访的杨兴品就刹不住车了：聚焦脱贫攻坚，有一个现象不能忽视，那就是有的地方人为拔高标准、吊高胃口，过分提高群众预期。最近六年，中国贫困地区农民收入年均增长百分之十二点一，增幅高于全国平均水平，而我们划定的脱贫线也高于世界银行最新标准。此情此境下，我国农村地区的发展速度是不是可以再快点，脱贫标准是不是可以再高点，这样的声音也是有的。我可以试着用两句话来说说我的看法——一句是量体裁衣，另一句更通俗，一口吃不成胖子。人要肌肉结实，得循序渐进，得日积月累，不能看谁身体虚弱，就鸡蛋牛奶蛋糕麦片一起上，因为这样容易虚胖。脱贫致富是两个词组成的一个词，也是一个目标的两个阶段或者一部电影的上下集。上集是脱贫，需要稳扎稳打，不能好大喜功，更不能像媒体曝光的有些地方那样，"刷白墙""薅羊毛"，大搞形式主义、官僚主义，甚至衍生出腐败问题。下集才是接下来要做的事，让日子好过起来——更加好过起来。

这就来到了第三条路的路口：未来之路，古路如何走？换句话说，这部片名《古路之路》的电影，下集的走向会是怎样？

回应我的问题之前，杨兴品先给我做了一个"形势报告"：让农业成为有奔头的产业，让农民成为有吸引力的职业，让农村成为安居乐业的美丽家园，这是乡村振兴的目标所向。任何一个目标的实现都要循序渐进而不能操之过急，为此，2017年12月召开的中央农村工作会议提出了实施乡村振兴战略"三步走"的时间表，也就是到2020年，乡村振兴取得重要进展，制度框架和政策体系基本形成；到2035年，乡村振兴取得决定性进展，农业农村现代化基本实现；到2050年，乡村全面振兴，农业强、农村美、农民富全面实现。目标越宏伟壮丽，越难以一蹴而就，需要定力，需要耐心，更需要努力拼搏、接续奋斗。坚持农业农村优先发展，中央态度再明确不过、再积极不过了。两天前（2019年9月24日），财政部部长刘昆介绍，七十年来全国财政收入年均增长百分之十二点五，增长了近三千倍。也就是说，现在一天的财政收入，就相当于八个1950年的规模。有这个家底作支撑，也就完全可以相信，"一个也不能少"的承诺不是信口开河，"在一定时期内国家原有扶贫政策保持不变，支持力度不减，留出缓冲期，确保实现稳定脱贫"的承诺不会成为空头支票，也就可以相信，接下来还会有更多的政策利好投向农村、促进农业、惠及农民。

不仅"接天线"，杨兴品的话也"接地气"。回到我的问题，回到古路村，杨兴品说：一个巴掌拍不响，中央政策再好也要靠基层政府抓好落实，也要靠当地群众自力更生。政府这一只手如今是越举越高、越来越有力量了，巴掌能不能拍响，另一只手至关重要。我是有信心的——对古路人的干劲拼劲有信心，对中国人把日子越过越好的底气、志气有信心……

念念不忘，必有回响。杨兴品话音刚落，2019年9月28日晚，我从骆云莲的朋友圈里看到，当天，汉源县委书记郑朝彬、县长覃建生率四大班子领导和县级有关部门主要负责人从骡马道徒步来到古路村，围绕"不忘初心、牢记使命"主题教育开展现场调研，把脉古路发展。

国庆大假行将来临的星期六，县上三十多个头头脑脑深入一个边远山村，而且放着好好的索道不乘，一步一个脚印上山，非常之举里是否包含了非常之意？尽管已是深夜，我仍没忍得住拨通了骆云莲的电话。

骆云莲的语气是这一年里很少有的激动：这是在给我们把关定向，也是在为我们撑腰打气。从中央到地方，政府如此给我们扎起（方言，支持之意），古路的路，肯定会越走越顺，越走越宽！

村民们呢？他们怎么说？之所以这样问她，是因为我知道，古路是骆云莲的古路，却不是她一个人的古路。

骆云莲的情绪持续在高位运行：申绍华在座谈会上有一段发言，说出了绝大多数古路人的心里话。他是这么说的——流多少汗，吃多少饭。政策这么好，各级领导又这么关心我们，只要舍得干，古路闯不出一条路来，古路老百姓把日子过不伸展，鬼都不信！

没有丝毫犹豫，我翻身起床，一字不落记下了骆云莲的话，以及她所转述的申绍华的话。

把这明亮、清越、带了大山性格和金秋质感的声音传出峡谷、传遍中国，同时告诉过去、告诉未来，我是如此急切、如此兴奋，又是如此从容、如此平静。

/ 后　记 /

不止是"身入"

想起来真是吓人，2019年的日子硬生生比往年少了一百来天。往年日子顺着往下数，周一是周一，周六是周六。今年周一是周一，周六还是周一，什么大假小假，也统统成了"虚假"，那一百来天，就这么没了。不仅日子少了数，白天也缺斤少两，夜晚却像顽皮孩子手中的皮筋越拉越长。

实际上，这本"非典型性日历"2018年国庆假期就开篇了。放假第一天，我驱车两个半小时来到大渡河峡谷一线天，从那里徒步三小时，经过癞子坪，抵达古路村村部所在地咕噜岩，开始了《古路之路》的行走。

2019年春节除外，一年多来，所有假期我差不多都去了古路。多数时候，我选择从一线天弃车步行，只是为了更深地走进这个村庄的肌理，走进村民的情感世界与心灵空间。古路可以追溯的历史有三四百年，而索道只三分钟长，没有同时间匹配的纵深感，没有可供捡拾的脚印，也就找不到古路的来路，看不清古路的去路，也就无法真切感知来来往往于这条路上的人们的心跳，尤从把握一个村庄的呼吸与脉搏。打个不恰当的比方，对一个采访者而言，坐索道进村如同闪婚，你没有真正了解对方，没有和对方产生共鸣，也就没有建立起可靠的感情基础。从一线天上山，当地人走得快，两个小时也就到了。外来者很少走这么远的山路，花四个小时也算正常。我属于不快不慢的，耗时大概在三个小时。而这只是一线天到咕噜岩的距离，从咕噜岩出发，到五组马鞍山还要一个多小时，到一组流星岩还要三四个小时。光路远也不值得拿出来说，关键是路陡，超出想象的陡。2019年5月1日的那次进村,过癞子坪不到十分钟我就感到自己快要被晒化了,而体力和汗水,还在被火辣辣的太阳大把大把往身体外掏。初夏的太阳战斗力业已生成,人走在无遮无掩的骡马道上,装备了强烈紫外线的日头更显得淫威十足。那次回来,见我晒得黢黑,儿子打趣说:你这几天是拉三轮儿去了吧?一周后我手上开始蜕皮,接下来脸上、脖子上也都长出了一层新肉。那次采访有一个收获,咕噜岩的申绍兵曾经破罐子破摔,他儿子吐槽说:连我家喂的猪都跟着他一起受罪。闻听此言,不由得想起,此前去马鞍山,头晚一直下雨,陡狭的路上全是稀泥,脚下每一步都在负重前行——鞋是真的太重了。鞋重是因为稀泥糊不上墙,糊起鞋底却很有一套,才刚借路边石头剐蹭掉,没走出几步稀泥又卷土重来。这一来不仅人狼狈不堪,连穿在脚上的鞋也跟着我一起受罪。脚和泥竞相斗法,一只鞋半途上难过得张开了嘴巴。跟人都差不多报废相比,损失一只鞋倒也没有什么。为去流星岩寻访全组仅有的两个留守老人,我和六十七岁的向导李国银在几近荒废的羊肠小道上来回折腾了整整一天。回程路上,偷偷喝过大酒的李国银恰好头晕病犯了,宽不盈尺的路挂在绝壁,像有人拿粉笔在墙上画了根线,要是刮阵大风,没准那根线就被吹断了,没准我和李国银会成了飘在空中的粉笔灰……

《古路之路》是四川省作协"万千百十工程"重点创作项目,也是中国作协"定点深入生活"项目。照我理解,"深入"意味着"身入",意味着在场,意味着空间上的整合与被整合。仅是如此还远远不够,"人在曹营心在汉"的老话告诉我们,人有同床异梦,人有貌合神离,人有心口不一。就像我们每一个人本来就在参与"人民"的构成一样,我们无时无刻不存在于生活之中,郑重其事地把"深入生活"作为一种范式,其实是号召作家进入别人的生活,而且"身入"的同时做到"心入",让心走在身体前头,与脚下的土地贴合,融于周遭一切,细致、周密、热情地与他人的历史、现状和未来对话,以审视自己的命运那样的敏感,于不由自主间调动起自己的悲喜。古路之行,如果借得来一点胆量,我兴许可以大言不惭地讲,我是做到了"心入"的。这里有一个契机、一个背景。契机是"精准扶贫"成为最具热度的词语,与之对应,唱衰乡村的论调在某些圈层大行其道。这激起了一个从乡村出走,又觊觎着有朝一日回归乡村的人极大的好奇心。所以,用心体察古路的体温,我体察的也是当下中国无数村庄的体温。选择古路而非其他村子,则因为古路那么寻常又那么不同寻常,是巧合,也是有意为之。背景则是,十年之前,生我养我的与古路同为汉源县治下的海螺村因为兴建水库成为水下泽国,我成了没有故乡的人。一个回不到故乡的人心里的空虚落寞,大约也是无家可归的空虚落寞,回望故乡、寻找回家的路,也便成了他生命里充满痛感又乐此不疲的习惯。二十年前,我因机缘巧合去过古路,后来,同样因为工作关系,我又不止一次去过那里。村庄的面相不尽相同,但飘散在村子上空的气息、刻画在村口老树上的乡情,以及人与人之间的简净、纯粹与通透却和一条河流两岸的大地一样,色彩、纹理、气息无不趋近统一——尤其对于多年以前的、被崇山峻岭把商业社会阻隔开来的边远山区来说。随着身体的渐渐楔入,不知不觉间,古路成了我精神上的故乡,又或者是一只乡愁的寄居蟹。当我被陌生而又熟悉,而且陌生越来越多地被熟悉替代的感觉包围起来,"心入"也从姿态成了状态,从下意识的自我要求,变成无意识的情感自觉。

既然提到了"情感自觉",我要说,"情入"也是内蕴于"深入"的关键词,是其中最柔软也最"硬核"、隐藏最深也最易察觉的敏感部位。假设借来的那点胆量还在,我不免又要大言不惭地说,一年多来,我在古路的行走,我和古路的互动,动了真心,也用了真情。一个人拄着棍子顶着烈日走在悬崖路上时,我把古路当成海螺,进而告诉自己,乡村养育了你,你不能让看着你长大的眼睛看扁了你。打着电筒走进村民家中,围着火塘听他们讲家长里短,同他们聊起往事、聊起日常、聊起一切愉快和不那么愉快的事,我似乎也是在回望父辈和自己的乡下时光,而我从古路带回家中的烟火味,同样让我想起老家的伙房,想起从灶膛逸出的炊烟在我侍弄下从轻薄变得粗壮,再被晴空稀释,变得清淡、稀松、了无影踪。我和许多古路人加了微信好友,我同他们互相在朋友圈点赞、留言,我因他们的欢欣而欢欣、伤感而伤感……这些时候,我都在内心里觉得,他们原本就是我的父老乡亲,他们是我那被不可阻挡的河水冲散的乡情的偿还或替身,归拢与重聚。我说这些,并非想借此标榜我有多么重情重义,实际上,我是想感谢古路,在我向她靠近的同时,她把一段情义深重的田园生活归还与我,让我找回消失的故乡,找回同故乡一起消失的乡村况味、人情冷暖,找回这些年里同炊烟一样变得稀薄起来的对于朴素、厚道、友善、诚挚、耿直的期待与信任。也许我永远也忘不了,古稀之年的李国银陪我在绝壁上整整走了一天,当我们在暮色里告别,当我们的身影被一个山包从彼此眼眶里抹掉,他的声音从背后追了上来:小陈,慢走啊,找个时间再来,我们杀一只鸡,好好喝一台酒;九十岁的兰明秀婆婆担心我没吃饭(实际上我刚刚放下碗筷不大一会儿),不由分说地将冒出碗口,又高高堆满腊肉的一大碗饭颤巍巍端到我的面前递到我的手上,非要守着我一口一口吃完;在我走出一里多地后,黄安洪打电话让同我结伴下山的小儿子黄川把我堵在路上,一路小跑追上来,问我为啥要偷偷摸摸留下些钱,非要一分不剩塞还给我。也许我永远也忘不了,有那么几次,碰到我的村民用意外或是自然的语气说,你又回来了,好像我不在的这几天才是离家出走!也许我永远也忘不了,有一次上山,住在癞子坪的村会计郑望春说,我在老林里摘了些野生白茶,你回去时一定要来我家刹一脚。因了他这句话,我下山时有意绕着道走,不料还是被他发现了,他捉贼般把我紧紧抓住,非要我领受了心意才肯松手。我走到山脚后象征性给他发了一个微信红包,他不仅懒得动手去点,连话也懒得跟我多说一句。也许我永远也忘不了村支书骆云莲的口头表扬,和她让人心绪难平的一句话:你三天两头来古路,看样子,不给你发个"荣誉村民"的证书都不行!

与两条腿同步,或者略有延时,我用两只手展开了《古路之路》的丈量。我把眼睛和耳朵看到、听到的古路村压实在厚厚的三个笔记本里,让我讲述的一切,都有坚实的依据;我从史籍和村中老人的记忆里扒拉出有关古路的过往,让历史的底料与现实的沸水互相渗透、彼此激荡;我让古路的风翻动我的思绪,让古路的山抬高我的视线,让古路的大道小路连通我的血管,我借助于键盘和十指,记录下所见所闻、所思所想,构建起一个普通而又独特、纤瘦而又宽广、冷峻而又不失温度的纸上乡村。这样的行走,以文档字数十九万字的《古路之路》完稿并得到《中国作家》杂志、天地出版社认可为标志,于2019年11月下旬抵达终点,我的被设置成了"免休模式"的节假日、被重新分配了长度的白昼与夜晚,由此恢复正常。长长地吐出一口气来,如释重负地伸一个懒腰,艰难跋涉的路上,我曾无数次向这一刻遥望。当这一刻真实降临,我也的确如此松弛、如此愉悦,可自己的情绪很快就被留恋、不舍和淡淡的失落攻占,却是我不曾料到的。我不禁为此生起更大的欢喜和满足来了——留恋古路,是因为我的心还留在古路,还在与那些并不过分讲究装扮、言语也不加修辞的人共处,还在品饮生活的原浆。一个人的心中能容下别人,而不是只有自己、只有得失、只有欲望,说明这个人的心还自由,还宽厚,还有孩童般的单纯与天真,这是多么大的福报。

从纸上古路抬起头来,这个与我互相陪伴了一年有余的村庄,像启动了电源的索道轿厢,渐渐变得遥远,变得模糊起来。而我知道,这种遥远与模糊,只是物理上的距离,与内心的感受无关。在我写下这句话的时候,一张张古路人的面孔,像雕刻在硬岩上的骡马道一样在我面前凸显出来，他们每一个人的奋斗故事、古路村史诗级的出行之路嬗变历程，以及这个村庄脱贫路上的跨越与追赶、兴奋与纠结、亮色与痛点，也都像一部高画质电影，变得具体、清晰、可感可触。也是这时，画面切换，镜头从古路摇到二坪，摇到同古路一峡之隔的凉山州甘洛县乌史大桥乡二坪村。同样是在高峡之巅，李桂林、陆建芬夫妇以三尺讲台为纸，以一腔心血为墨，书写了一段真实的传奇，活出了不一样的人生高度。我曾不止一次登上二坪，追寻天梯之上的火把，探寻中国版的普罗米修斯如何播撒文明的种子，如何用清贫、坚守和操劳，青春、热血和情怀，把一座荒凉的大山，浇灌为精神的沃土。而那已是十年以前的事了，他们距离彼时，又有整整二十年光阴！知识的力量是否能改写贫困的基因，文明的火光是否照亮了无边的寂寞，正在老去的老师和已经长大的学生，是否看到了理想破壳而出？我对这一切充满好奇，这一切对我充满召唤……

我想，二坪村是在那里等着我了。她是生活的又一口深井，是我即将进入的下一个现场。

我想，这是"深入"的召唤，是"身入"的惯性，也是"心"与"情"的冲动与渴念。

补记：2020年4月13日，本书行将付梓之际，永利彝族乡传来消息——为加强党对农村工作领导、降低行政运行成本、整合农村人才资源、优化基层治理体系，汉源县委、县政府就村级建制调整做出安排，将永利彝族乡杉树村、万家村、竹坪村合并，命名为竹坪村；将马坪村、古路村合并，命名为古路村。合并前马坪村幅员面积十点四平方千米，辖七个村民小组、一百零九户、三百零五人，古路村幅员面积二十一点八平方千米，辖六个村民小组、一百三十五户、三百九十九人。合并后的古路村幅员面积三十二点二平方千米，辖十三个村民小组、二百四十四户、七百零四人。